梁启勋文集

稼轩词疏证

［宋］辛弃疾／著

梁启超／辑

梁启勋／疏证

李志强／标点

上海古籍出版社

图书在版编目(CIP)数据

稼轩词疏证/(宋)辛弃疾著;梁启超辑;梁启勋
疏证;李志强标点.--上海:上海古籍出版社,
2020.11
　(梁启勋文集)
　ISBN 978-7-5325-9804-5

　Ⅰ.①稼… Ⅱ.①辛… ②梁… ③梁… ④李… Ⅲ.
①宋词-选集 Ⅳ.①I222.844

中国版本图书馆 CIP 数据核字(2020)第 221338 号

梁启勋文集

稼轩词疏证

〔宋〕辛弃疾　著

梁启超　辑　　梁启勋　疏证

李志强　标点

上海古籍出版社出版发行

(上海瑞金二路 272 号　邮政编码 200020)

(1) 网址: www.guji.com.cn

(2) E-mail: guji1@guji.com.cn

(3) 易文网网址: www.ewen.co

常熟新骅印刷有限公司印刷

开本 635×965　1/16　印张 25.5　插页 6　字数 343,000
2020 年 11 月第 1 版　2020 年 11 月第 1 次印刷
印数:1—2,100
ISBN 978-7-5325-9804-5

I·3531　定价:78.00 元

如有质量问题,请与承印公司联系

梁启勋先生像

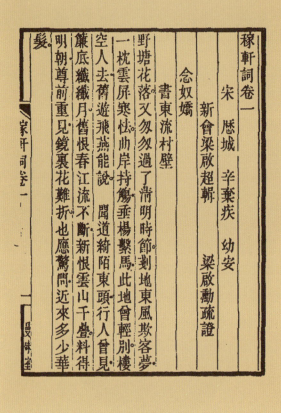

稼軒詞卷一

宋　歷城　辛棄疾　幼安

新會梁啟超輯

梁啟勳疏證

念奴嬌

書東流村壁

野塘花落又匆匆過了清明時節剗地東風欺客夢
一枕雲屏寒怯山曲岸持觴垂楊繫馬此地曾輕別樓
空人去舊遊飛燕能說　聞道綺陌東頭行人曾見
簾底纖纖織月舊恨春江流不斷新恨雲山千疊料得
明朝尊前重見鏡裏花難折也應驚問近來多少華
髮

《稼轩词疏证》书影

前　言

梁启勋（1876—1965），字仲策，号曼殊室主人，广东新会人。幼年就家学，1893 年入康有为万木草堂，1895 年进京，结识夏曾佑、谭嗣同等人。1896 年赴上海，任《时务报》编辑。1902 年就读于震旦学院（现复旦大学前身），1903 年入美国哥伦比亚大学攻读经济学，毕业后到日本任《新民丛报》《国风报》编辑。

辛亥革命后归国，1912 年任《庸言》杂志撰述，翌年任《大中华》杂志撰述。1914 年，他任北京中国银行监理官，又任币制局参事。1926 年任司法储才馆总务长兼会计。1932 年 2 月，赴国立青岛大学文学院任讲师，后又于北京交通大学、北平铁道管理学院任教。

1951 年，梁启勋与章士钊、康同璧、齐白石等 28 位各界著名人士一起，成为中央文史馆首批馆员。此外，他还当选为北京市第一、二、三届人民代表大会代表。

梁启勋是梁启超的长弟，两人为一母所生。他前半生基本追随长兄，各项活动大都受其领导或提携。辛亥革命后，他随兄回国，代为会客、出纳、管理寓中诸务，成为任公的大管家和得力助手。1913 年，梁启超准备竞争责任内阁，梁启勋以政争险恶，苦谏长兄定居天津。1914 年 11 月北京南长街 54 号寓所院建成，他专门留出 10 间房供兄长居住。1924 年，任公夫人李蕙仙逝世，梁启勋操办丧事，山居两月，圹内"一砖一石，都经过目"。2012 年 10 月，一批与梁启超和梁启勋有关的文物档案公诸于众，共有梁启超信札 241 通，其中梁启超致梁启勋书有 226 通，可见兄弟感情之深。

梁启勋积极参与近代政治与社会活动。早期参与《时务报》《新民丛报》活动，为维新与革命活动张目。戊戌变法失败，梁启勋组织掩护康、梁等家属逃离，后被戏称"家属队长"。上海电报局总办经元善（莲珊）与蔡元培等联名反对慈禧改立大阿哥，在澳门被捕。为营救经元善，梁启勋曾在澳门法庭为其作证。留美期间，他协助康有为处理保皇会经济事务。1919年"五四"爱国运动，梁启勋曾赠金千元给被捕学生。其二子三女全部参加革命。在梁启勋的支持下，解放战争后期，南长街寓所转移大量进步人士到解放区。1948年冬，北京围城，也做过一点地下工作。但梁氏以为"卑不足道"。

　　梁启勋的存世著作，涉及多个领域。有经济类文章，如《中央银行制度概说》《梁启勋拟对于整理辅币之意见书》；有回忆性文章，如《"万木草堂"回忆》；还译有《血史》《世界近代史》《社会心理之分析》。有词集《海波词》传世。梁启勋的中国文学研究——尤其是词曲研究的专著，最能体现其学术水准，代表性专著主要包括《曼殊室随笔》《稼轩词疏证》《词学》《词学铨衡》《中国韵文概论》。

　　《曼殊室随笔》是梁启勋1926年至1946年的读书随笔。"曼殊室"是梁启勋书房名，吴德潇（小村）光绪丙申年（1896）冬以隶书题写。"曼殊"是佛教词语，意为"妙吉祥"。该书分为《词论》《曲论》《宗论》《史论》《杂论》五部分，内容涵盖文、史、哲领域以及语言、教育、建筑、地理环境、心理学、生物学诸多方面。其中《词论》《曲论》主要涉及文艺部分，内容包括作品整理、欣赏、创作、研究心得、文人轶事等，既有对故事的勾稽，也有理论的阐发。词、曲是其记述重点，对词曲的韵、调与发展轨迹着力较多。《宗论》除对清、民社会评论外，主要涉及考证、评价、感想等。《史论》多为历史事实的勾稽、连缀、排比与评论。《杂论》则为文、史、哲三科的综合。此外，还记载了梁启勋的经历与时局观感，他与民国一些闻人的交往，对民国历史、文学研究均有一定价值。

　　《稼轩词疏证》一书的缘起，是梁启超于1928年夏着手撰写辛弃疾年谱，并拟将稼轩词系于年谱中，后因梁启超患病和去世而中断。梁启勋决定"继伯兄未竟之业"，对稼轩词进行疏证。从1929年10月开始属稿，于当年 12 月完稿，体例上明显体现出兄弟二人合作的特征，每首词下，先列校记，包括梁启超校勘及梁启勋补校；次为考证，包括梁启超考证和梁启勋案语。该书考证详赡，实际上是第一次对稼轩词进行全面的系年与系地的整理研究；抑且搜罗宏富，将宋四卷本、信州十二卷本及辛敬甫从《永乐大典》辑得之补遗集合诠次，并于《清波别志》辑录一首，共收稼轩词六百二十三首。这与六十多年后邓广铭先生《稼轩词编年笺注（增订本）》的六百二十九首之数相比，也是一个令人惊叹的数字了。

《稼轩词疏证》之后，梁启勋于 1931 年 5 月又完成了《词学》一书，如果说前书是作者与亡兄合作的古籍整理之作，未脱出传统学术的窠臼的话，后书就是作者在词学研究领域内的开创性著作，是他努力革新中国传统学问的一个尝试。他在《词学》总论中说："学问递嬗，遂成进化。韵文亦学问之一种，自不能外此公例。"谈到元曲时他认为曲"移宫换羽，可以变化无穷，此则韵文之大进化矣""曲有衬字而词则无，此曲之所以为进化也"，皆是以进化的观念来考察词的发展变化及其在中国文学长河中的地位。梁启勋在《词学》成书之后，马上就投入《中国韵文概论》的撰写中，这是他把自己在词学研究中所得出的规律和结论应用到整个中国韵文史研究的又一个尝试。该书以文体为纲，以作家作品为纬，着重表现韵文各体之演变及其关系，贯穿着进化和发展的观点。以这种观点来看待文学的流变，一方面当然有中国传统文化中变易观念的影响，另一方面也与作者接受西方教育、受西方科学中的进化观念的影响有关。虽然这些观点的运用在今天看来近于机械，但这种融合中西学问的开创之功还是非常可贵的。《词学铨衡》成书于 1956 年，时间最晚，内容上是对《词学》和《中国韵文概论》的浓缩和简写，带有入门教科书的性质，在那个时代也自有其文学普及的价值。

梁启勋的著作，今天的读者如果想要阅读，版本不易找寻，阅读亦复不便。故我们将上述五种著作整理出版，合为《梁启勋文集》。所用底本为:《曼殊室随笔》,1989 年上海书店《民国丛书》影印 1948 年上海中正书局排印本;《稼轩词疏证》,1977 年台北广文书局《国学珍籍汇编》影印梁氏曼殊室刻本;《词学》,1985 年北京中国书店影印京城印书局排印本;《词学铨衡》,1964 年上海书局排印本;《中国韵文概论》,1938 年商务印书馆排印本。《词学铨衡》《中国韵文概论》与《词学》合为《词学(外二种)》一册。简体横排,并加以新式标点,以飨读者。限于学识水平,整理时难免有错讹之处,恳请方家批评指正。

李志强　段双喜
2020 年 8 月

凡 例

一、原书为繁体竖排，今改为简体横排，采用规范的标点符号，以便读者阅读。

二、原书异体字、俗字等，除因文意原因酌情保留外，径改为规范汉字，不作另外说明。

三、词作标点一仍原书，以作者所遵行的韵、叶、句、豆为标准，而非以词意为标准。标点符号形式上加以改变以符合现代阅读习惯，如原书字右侧或字间所加之记号，均按现行句号、逗号、顿号标点。偶有不妥者，依词律订补。

四、每首词之下，先录梁启超及梁启勋之校勘，次录梁启超之考证，又次为梁启勋之案语。个别校记顺序，据词作上下句顺序略作调整。

五、原书对引文有所省改、删并，或仅概括大意，凡不影响文意者，不作校改。并仍加引号，以明起迄。

六、明显错讹误植者径改，必要时出按语予以说明。

目　录

带　湖

林　序

　　自渔洋尊诗抑词，奉其说者，或不免有所轩轾。顾其故亦可得而言焉。周美成词，所谓无美不备者，然如"强整罗衣抬皓腕，更将纨扇掩酥胸。羞郎何事面微红""爱残朱宿粉云鬟乱。最好是、帐中见""兰袂褪香，罗帐寒红，绣枕旋移相就。海棠花谢春融暖，偎人恁、娇波频溜。象床稳，鸳衾谩展，浪翻红绉"，此类艳辞绮语，集中到处可见。刘融斋谓周词"旨荡"，学之则不知终日意萦何处矣。至于屯田、乐章之流，尤喜揣摩床第、描述中冓。骨格不存，益无足道。大抵词家以托言比赋，无事检束，举凡侧媚靡曼之辞，不可入诗者，一于词发之。晏元献、欧阳公且有"淡薄梳妆轻结束，天付与、脸红眉绿。断环书素传情久，许双飞同宿"及"走来窗下笑相扶。爱道画眉深浅入时无""水精双枕，傍有堕钗横"诸语，他更无论耳。忆吾乡王碧栖，有以词人称之者，则怫然曰："独不可为诗人乎？"碧栖已作古人，此语犹传人口。

　　今日词学复兴，世之爱重，或有过于诗者。十年以前不尔也。至若稼轩之气象卓荦，一洗香泽脂粉之习，宜其独有千古矣！论者或谓其粗犷，少蕴蓄深厚之旨，或指摘其音律不精，歌麻杂用。张玉田于稼轩即有微词，后人竟谓辛词不可学，是皆非知言者。王静庵谓南宋词人其堪与北宋人颉颃者，唯幼安一人。其推挹也如此。饮冰室好之尤笃，平时谈词，辄及稼轩，盖其性情怀抱均相近。晚乃有《稼轩年谱》之作，遂成绝笔。可伤也！

　　介弟仲策先生，亦喜攻稼轩词。己巳初冬，始有《疏证》之作。岁暮脱稿，所收都凡六百廿三首，分卷六。以视信州本之五百七十二首、吴文恪所收宋四卷本之四百廿七首，此编为最富矣。书既成，属余为之序。

　　按稼轩词行世者，今日通行刊本即所谓信州十二卷本。此本宋刻不传，元大德己亥广信书院重刊，明万历间刊行之李濂评点本，亦即十二卷本。毛氏汲古阁《宋六十名家词》所收稼轩集，虽是四卷，而编次与万历本同，其祖本亦信州本也。嘉庆间万载辛敬甫刻稼轩词，即据毛氏本。近日王半塘所刻稼轩词，则翻刻元大德本，皆属十二卷一系。外此者，宋刻有长沙本，宜春张氏本，皆不传。《永乐大典》引稼轩词，经法梧门录出，辛敬甫据以刻《稼轩词补遗》，朱古微收入《疆村丛书》者，其佚词有廿余首皆他本所无，此又别为一本，入明以后，乃失传耳。至《宋史·艺文志》及马端临《文献通考》著录稼轩词四卷本，则传世绝少。明吴文恪（讷）之《唐宋名贤百家词》所收稼轩集，分甲、乙、丙、丁四卷，与汲古阁四卷本异，饮冰定为即《文献通考》著录之四卷本，有二十阕为信州十二卷本所无。稼轩词集本，当以此为最古。近武进陶氏刻宋元本词集，其稼轩词三卷，为宋淳熙本，盖与吴氏同一祖本，而缺其一卷耳。饮冰之作《稼轩年谱》，即以得见吴本每卷所载，略具编年之意，可由此而知其作词之时代。《年谱》中所考证，即为稼轩词编年之准备。仲策此作，可谓能继饮冰未竟之业，而补苴订正之功尤不可没。惜乎饮冰之不及见也！

　　仲策所疏，如《感皇恩·滁州送范倅》词，据《南宋文范》周孚《滁州奠枕楼记》，证明稼轩莅滁任，在乾道八年；《满江红·贺王帅宣子平湖南寇》词，引史王佐破陈峒事，在淳熙六年四月；《满庭芳》"和洪景伯"及"游豫章东湖"三词，引景伯词集《盘洲乐章》，证明在淳熙八年辛丑；《水龙吟·甲辰岁寿韩南涧尚书》引《南宋文录》洪景卢所作《稼轩记》，证明淳熙十一年甲辰稼轩在湖南；《沁园春·带湖新居将成》词，据景卢《稼轩记》及辛敬甫编《稼轩年谱》，证明带湖新居落成于淳熙十二年乙巳，并知移帅隆兴府乃在十二年；同调《送赵景明知县东归》引《历代诗余》赵和章及丘宗卿和章，知淳熙十一年甲辰冬初稼轩独在湖南。又稼轩落职家居之年，《宋史》本传失载，辛敬甫《旧谱》罢官在戊申，饮冰推定为丙午丁未间，仲策根据《西河·送钱仲耕自江西漕移守婺州》一首，有"对梅花、更消一醉"句，知必在冬日，而乙巳冬之《菩萨蛮》有"霜落潇湘白"之句，知乙巳犹在湖南，又据洪景卢《稼轩记》证明稼轩乙巳在湖南，则江西送钱仲耕之作必在丙午冬（饮冰以为乙巳作），是冬稼轩尚在江西安抚任，则落职必为丁未无疑。《清平乐·寿信守王道夫》词，据钱士升之《南宋书》，王道夫淳熙进士，又《南宋文录》亦载道夫淳熙中登进士，卒于绍熙中，证明《广信府志》绍兴初出知信州之误，绍兴稼轩尚未生，当是误"绍熙"为"绍兴"。《醉翁操·赠范廓之》题中"今天子即位"云云，疏证引绍熙元年刘光祖奏章，与本题语意吻合，定为此词必为光宗绍熙元年庚戌作。《水调歌头·席上用黄德和推官韵寿南涧》词，疏证引《南涧诗余》有《水调歌头》一首，题"席上次韵王德和"，与稼轩所和者韵正同，知即此人，稼轩作"黄德和"，南涧作"王德和"，知必有一误。又据《水调歌头·送杨民瞻》裘字韵、《水龙吟》些字韵，推知瓢泉别馆乃成于徙居铅山之前。据《千年调·赋苍壁》《蓦山溪·停云竹径》《南歌子·开新池戏作》《六州歌头·得疾小愈》等阕，得考知瓢泉亭馆之结构。又如遣姬止酒诸作，及元日投宿博山寺之《水调歌头》、别澄上人之《浣溪沙》等词，并得知稼轩之性格。书中创获类此者，多不胜举，读者当能详之。

夫词学原无关考据，然不读《渚山堂词话》则不知刘改之《沁园春》"绿鬓朱颜"一阕，乃为代寿韩平原之作；不读《耆旧续闻》，则不知陆子逸《瑞鹤仙》"脸霞红印枕"一阕，乃为宗子侍人盼盼者而作；不读《清容居士集》及戴表元《剡源集》，则张叔夏征招"秋风吹碎江南树，石床自听流水"一阕，不知袁伯长之果然善琴（《元史》袁桷本传不云其能琴）；不读《雪窦寺志》，则叔夏《台城路·游北山寺》词，竟不辨所访为何人。不读《知稼翁词》所系本事，则不知《菩萨蛮》之"玉人依旧无消息"词，乃怀汪彦章而作；《青玉案》之"邻鸡不管离怀苦。又还是、催人去"一阕，乃应召赴行在，不得于当路而作;《好事近》之"湖上送残春"一阕,乃为秦益公所扼,罢归离临安之作。又如叶绍翁《四朝闻见录》载有陆放翁"飞上锦裀红皱"之句(此词放翁集不载),遂于《南园阅古泉记》之外,平添一重公案。杨升庵《词品》收入朱淑真"月上柳梢头,人约黄昏后"之句(欧阳永叔词混入朱集),遂使《断肠词》蒙白璧微瑕之讥。是知征证与辨核,二者盖不可偏废。自非广摭故实,则原委莫明,词意或无由领解,亦赖参考互勘,庶歧闻异说不致泛涉而失真。郑叔问跋校本《清真集》,至谓词有笺释转为赘疣。此殆有激之谈,非以为考订之作,遂可不讲也。

仲策此作,大之足以补史传方志所不备。次之则稼轩生平、志业、遭际、出处、踪迹俱略可悉。而集中唱和之作,互见他集者,亦复搜集备列于篇,资参究焉。读兹编,恍然如与前人几砚相接,謦欬相通,其愉佚酣适、狂歌痛饮、慷慨郁勃不平,举可于词中遇之。循文抚迹,历历在目,若稼轩未尝舍我辈而去也者。乌乎!文字之为用,岂不伟哉!

词之有疏证著于世者,盖寥寥耳。仲策之作,以视江宾谷之《山中白云词》《蘋洲渔笛谱疏证》,足以鼎足而立,有过之而无不及。今人辽阳陈君慈首,补辛敬甫所撰《稼轩年谱》,又闻有《稼轩词笺》之作,余惜未获见。果其书之已成,则仲策为不孤矣!

辛未清明前一日闽县林志钧识

稼轩词疏证序例

　　人之思想变化，每与时代及环境为因缘。若作品不编年，则无以见其迁移之痕迹。稼轩先生词品，上承北宋之正声，下开南宋之别派，雄风杰调，横绝一时。在文学上之地位，自足千古。但传世词六百数十首，坊本皆以调为别，无时代性。伯兄久欲为之次第，然全集词题之有甲子，及词句中略有年代可追求者，不过四十余首，尚不及十分之一，颇感困难。初欲以地为别，循先生宦游之足迹为先后，分建康、临安、滁州、豫章、湖湘、带湖、三山、瓢泉、会稽、京口十项目。此法似甚便，然地有重至者，如建康、豫章、带湖是也。若用空间则失时间，仍非本旨。

　　戊辰之夏，伯兄尝用武进陶氏涉园景宋淳熙三卷本，校临桂王氏四印斋景元大德信州十二卷本竟，并随笔写考证数十条于信州本之眉。秋九月，始属稿著《先生年谱》，原拟谱成而后编其词，继又获见明吴讷《唐宋百家词》所收之四卷本，甲集乃先生门人范开辑，有淳熙戊申元日之序文。从知甲集词皆先生四十八岁以前作品，最为确据。乙集不知何人辑，然据伯兄钩稽所得，无闽中词，知是成于绍熙辛亥。丙、丁两集颇乱杂，通各时代皆有，但无浙东词，知是成于嘉泰辛酉。伯兄谓四卷本所收词截止于庆元庚申，似有误。因丙集有辛酉生日前两日之《柳梢青》词一首，知是截止于辛酉。因即以此为依据，将各词系于谱中，而加以考证。岂意谱尚未完，而病猝发，竟以不起，所志中断。

　　启勋不自惴其谫陋，继伯兄未竟之业，将宋四卷本、信州十二卷本、并辛敬甫从《永乐大典》辑得之补遗，集合而诠次之，去其误入与重出，得词六百二十二首。又于《清波别志》辑得一首，共为六百二十三首。是为先生传世词之总数。虽其中有一二首曾发生真伪之辩，但未得有力之反证，自不容否认。于是专从并时人之诗文词集觅证据，以推求年代，结果尚不负初志。十月十九日始属稿，于每首之下，先录饮冰室校勘，与《历代诗余》之异同，则为启勋所校。次录饮冰室考证，又次为启勋之案语。其间有因伯兄翻检未周、考证不甚正确者，则修正之；未备者，则补充之。名曰《稼轩词疏证》。词取断句，悉依万氏《词律》分韵、叶、句、豆，韵与叶用圈，句则加点于字旁，而豆则加点于字间[1]。凡此符号，则为心之所裁。全集分为六卷，以年为序。卷一、卷二为淳熙丁未以前词，卷三为戊、己、庚、辛四年间词，卷四、卷五为壬子至辛酉之十年间词，卷六则为壬戌以后四卷本所未收之词。每卷于目录之先，标出年与岁及所在地，用存伯兄以地为纲之意云尔。

十八年十二月一日启勋记

伯兄尝语余曰："稼轩先生之人格与事业，未免为其雄杰之词所掩。使世人仅以词人目先生，则失之远矣。"意欲提出整个之"辛弃疾"以公诸世。其作《辛稼轩年谱》之动机，实缘于此。所志未竟，而遽戛然，可为深惜。余不文，不敢为先生作传。且每见古人之传，总不免有作者之主观语，难得真相。盖有时因行文之便，此病最易犯也。今但列举客观之事实，以供读者之想象。虽只区区十条，似亦可以表现先生之全人格矣。

启勋又记

稼轩先生之特殊性格

一、先生乃一热烈之爱国者，且具规复中原之大计画。读《请练

---

[1] 按：本次整理，韵与叶用"。"表示，句用"，"表示，豆用"、"表示。

民兵守淮疏》《美芹十论》《九议》《应问》诸文可见。见辛敬甫之《稼轩集钞存》。

二、先生乃一勇敢之强健男儿。二十二岁，率部曲二千投耿京。《鹅湖夜坐》诗云："昔者戍南郑，泰山郁苍苍。铁衣卧枕戈，睡觉身满霜。"二十三岁，赤手缚张安国，献俘于临安。洪景卢《稼轩记》云："齐虏负国，辛侯赤手领五十骑，缚取于五十万众中，如挟兔兔。束马衔枚，由关西奏淮，至昼夜不粒食。壮声英概，儒士为之兴起，天子为之动容。"

三、先生作事敏捷，且勇于负责。大计画虽不见用，然有机会辄为地方造福。如苏、滁州民于兵烬之余（见周孚《奠枕楼记》），平江西、湖南之籴，实其仓廪（见《宋史》及《朱子大全集》）。为福州府藏积镪至五十万缗，充其府库（见《宋史》）。凡此数事，皆以极短时间而奏大效者。至于创立湖南飞虎军垒，尤见伟业。当时因此事而弹章纷上，至降御前金牌，令即日停工。先生乃受牌而藏之，严令速工兼作，期以一月成。既成，然后开陈本末，绘图缴进，上始释然（见《宋史》）。

四、先生在官，不猛进亦不苟退。真可谓乐则行之，忧则违之，卓乎其不可拔。故自二十三岁以至六十八岁，受职四十五年，虽三仕三已，然未尝一度求去，只有帅闽时，因受谤太甚乃请陛见以自明。亦未尝一度召不起。生平弹章数十见，迄不为动。陈同甫之先生像赞曰："呼而来，麾而去，无所逃天地之间"，最能写先生之真。

五、先生精力弥满，不松不懈。张功甫和先生之《贺新郎》曰："何日相从云水去，看精神、峭紧芝田鹤"。"精神峭紧"四字，最能得先生神理。

六、先生富于建设性。上饶与铅山两宅，构造皆自出意匠（见洪景卢《稼轩记》及丘宗卿《和汉宫春词》）。不宁唯是，即在传舍之官府，亦复如之。知滁州，则建奠枕楼、繁雄馆（见周孚之《奠枕楼记》）；帅浙东，则建秋风亭（见张功甫《和汉宫春词》题）。

七、先生对于家人之爱极厚（见《哭子诗》及寿其夫人词）。然殊不恋家，常独居于外，甚且在距家不远之萧寺度岁（见"元日投宿博山寺"之《水调歌头》）。

八、先生虽好营第宅，然绝非求田问舍者流。以渊明之超逸，其宅毁于火，集中且数见。先生带湖之甲第毁于火，六百二十三首词中无一语道及。证以本集，此虽小事，然性格实与常人殊。

九、先生交游虽广，然择友颇严。唯与朱晦翁、陈同甫二人交最笃（见《祭朱晦翁文》《祭陈同甫文》及唱和诸作）。此外如洪氏兄弟、韩氏父子、赵氏兄弟等，则诗酒之交而已。

十、先生宗教观念似颇薄。虽常寄居于僧院，然集中与方外人词，似仅"别澄上人并送性禅师"之《浣溪沙》一首，且犹是题于壁上而非写呈，有韩仲止之和章可证。岂以当时当地无高僧，先生视此碌碌者为不足与语耶？唯丙寅九月二十八日有律诗一首云："渐识虚空不二门，扫除诸幻绝尘根。此心自拟终成佛，许事从今只任真……"丙寅九月二十八，距属纩已不满一年。可见人之精神，终须求一最后之归宿，殆天性也。

稼轩先生南归后之年表

二十三岁	绍兴三十二年	壬午	奉表南归
二十四岁	隆兴元年	癸未	任江阴签判
二十五岁	二年	甲申	同
二十六岁	乾道元年	乙酉	同
二十七岁	二年	丙戌	同
二十八岁	三年	丁亥	同
二十九岁	四年	戊子	任建康府通判
三十岁	五年	己丑	同
三十一岁	六年	庚寅	迁临安司农主簿
三十二岁	七年	辛卯	同
三十三岁	八年	壬辰	知滁州
三十四岁	九年	癸巳	辟江东安抚司参议官
三十五岁	淳熙元年	甲午	迁临安仓部郎官
三十六岁	二年	乙未	提点江西刑狱
三十七岁	三年	丙申	知江陵府兼湖北安抚使
三十八岁	四年	丁酉	知隆兴府兼江西安抚使
三十九岁	五年	戊戌	迁湖北转运副使
四十岁	六年	己亥	同
四十一岁	七年	庚子	知潭州兼湖南安抚使
四十二岁	八年	辛丑	同
四十三岁	九年	壬寅	同
四十四岁	十年	癸卯	同
四十五岁	十一年	甲辰	同

续表

四十六岁	十二年	乙巳	知隆兴府兼江西安抚使
四十七岁	十三年	丙午	同
四十八岁	十四年	丁未	家居江西上饶县
四十九岁	十五年	戊申	同
五十岁	十六年	己酉	同
五十一岁	绍熙元年	庚戌	同
五十二岁	二年	辛亥	同
五十三岁	三年	壬子	知福州府兼福建安抚使
五十四岁	四年	癸丑	同
五十五岁	五年	甲寅	同
五十六岁	庆元元年	乙卯	家居江西上饶县
五十七岁	二年	丙辰	家居江西铅山县
五十八岁	三年	丁巳	同
五十九岁	四年	戊午	同
六十岁	五年	己未	同
六十一岁	六年	庚申	同
六十二岁	嘉泰元年	辛酉	同
六十三岁	二年	壬戌	同
六十四岁	三年	癸亥	知绍兴府兼浙江安抚使
六十五岁	四年	甲子	同
六十六岁	开禧元年	乙丑	知镇江府
六十七岁	二年	丙寅	家居江西铅山县
六十八岁	三年	丁卯	是年九月初十日卒于家

《续通鉴》："开禧元年乙丑十一月，召辛弃疾知绍兴府兼两浙安抚使，又进宝文阁待制，皆辞免。进枢密都承旨，未受命而卒。"此段记载，错误殊甚。召知绍兴府，乃嘉泰三年癸亥事。进宝文阁待制，乃开禧二年丙寅事。进枢密院都承旨，乃开禧三年丁卯事。卒，乃同年九月初十事。集中有《洞仙歌》一首，题作"丁卯八月病中作"，可证开禧三年八月，先生犹在人间也。事则四件，时间则前后五年，《续通鉴》乃合一炉而冶之，铸成一句，编纂者未免太不负责任。

右表乃客岁十二月廿二所编制。近正拟将全书付雕刻，昨从子廷灿复从伯兄遗稿中检得与稼轩词有关系之文字两篇，一跋四卷本，一跋十二卷本以外诸词，皆余当时所未及见者。首篇之中段，略叙稼翁二十九岁以后之踪迹，纪年与此表每多出入。即较于伯兄所著之《稼轩年谱》，亦微有异同。盖此跋之作，乃在《年谱》属稿之前十四日，未详加考订故也。次篇对于前人所怀疑之数阕，略为评判。然此书乃辑而非选，词既见于宋四卷本，辑者自不必负别择去留之责，亦伯兄所谓"过而存之"之意焉尔。去腊此书脱稿时，正恨不及乞得伯兄一序文。兹即将斯二稿影印，以为开卷之冠。

十九年九月十六日启勋记

卷一

共五十四首

年　乾道五年己丑至淳熙十四年丁未

岁　三十至四十八

地　建康　临安　滁州　豫章　湖湘　带湖

念奴娇

书东流村壁

野塘花落，又匆匆过了、清明时节。剗地东风欺客梦，一枕云屏寒怯。曲岸持觞，垂杨系马，此地曾轻别。楼空人去，旧游飞燕能说。　　闻道绮陌东头，行人曾见，帘底纤纤月。旧恨春江流不断，新恨云山千叠。料得明朝，尊前重见，镜里花难折。也应惊问，近来多少华发。

【校】

题，《花庵》作"春恨"。《草堂》亦同。《历代诗余》同信州本。

"野塘"，四卷本甲集"塘"作"棠"。《花庵》与《草堂》均同甲集。

"一枕"，甲集"枕"作"夜"。

"轻别"，《花庵》与《草堂》"轻"均作"经"。

"能说"，《草堂》"能"作"归"。

"曾见"，甲集"曾"作"长"。

"不断"，甲集"不"作"未"。

【启劼案】

此词见甲集，作年无可考，唯相传谓写徽、钦二宗北狩之事，词意甚似。伯兄在清华学校所讲之"韵文与情感"亦引此词。其论断则谓"东流村正是徽、钦二宗北行所经之地，所以把稼轩的新愁旧恨一齐招惹出来"云云。徽、钦二宗北行之途径，据史文所载，则自汴梁经濬州、真定府、中山、代州，而至云州东行。至燕山府住悯忠寺。乃再折而东北行，至会宁，终于韩城。以今地理释之，则由开封经彰德、正定、保定入龙泉关，斜掠太原东境北行，而至大同。又东折而至北京，住宣武门外之法源寺。再出关至吉林阿城县，终于延吉之五国城。若此词之本事果如所传，则东流村或当在豫北与南直隶之间。考先生到此地之机会，一在儿时随乃祖宦游开封时（见本集《声声慢·嘲红本犀》之词题）；一在《美芹十论》札子所云"两随计吏抵燕山视形势"之时；一在天平节度使耿京幕中时。凡此皆二十二岁以前事。若二十三岁南归后，则绝对无缘重履此地矣。果如是，则此词当是绍兴三十二年壬午以前作，即先生二十三岁以前。较于伯兄所认为三十岁作之《水龙吟》为更早矣。但东流村之所在地一时无可考。若在大河以北，则此词为壬午以前作，可以决矣。姑悬此说，以俟反证。

又案：池州有东流县，但县而非村，且非徽、钦二宗北行所经之路。

水龙吟

登建康赏心亭

楚天千里清秋，水随天去秋无际。遥岑远目，献愁供恨，玉簪螺髻。落日楼头，断鸿声里，江南游子。把吴钩看了，栏干拍遍，无人会、登临意。　　休说鲈鱼堪脍，尽西风、季鹰归未。求田问舍，怕应羞见，刘郎才气。可惜流年，忧愁风雨，树犹如此。倩何人唤取，红巾翠袖，揾英雄泪。

【校】

"远目"，宋四卷本甲集"目"作"日"。

"红巾"，四卷本作"盈盈"。

【饮冰室考证】

此词年月无考，唯词中"落日楼头，断鸿声里，江南游子。把吴钩看了，栏干拍遍，无人会、登临意"，及"倩何人唤取，红巾翠袖，搵英雄泪"等语，确是满腹经纶在羁旅落拓或下僚沉滞中勃郁一吐情状。当为先生词传世者最初一首，故以冠编年。

【启勋案】

王象之《舆地纪胜》："赏心亭下临秦淮，尽观览之胜。晋公丁谓建。"戊子、己丑两年，先生在建康通判任。

案：《舆地纪胜》："建康府，春秋属吴，战国属越，后属楚。初置金陵邑，秦改为秣陵。吴大帝定都于此，改为建业。晋武帝平吴，复为秣陵，旋复改为建邺。后避愍帝讳，改为建康。东晋及南朝因之。唐置江宁郡，属润州，又改为昇州。杨行密改为金陵府。徐知诰又改为江宁府。北宋初改为昇州，仁宗复为江宁府。南宋又为建康府。"

案：孝宗乾道五年己丑，先生三十岁。

念奴娇

登建康赏心亭，呈史留守致道

我来吊古，上危楼赢得、闲愁千斛。虎踞龙蟠何处是，只有兴亡满目。柳外斜阳，水边归鸟，陇上吹乔木。片帆西去，一声谁喷霜竹。　　却忆安石风流，东山岁晚，泪落哀筝曲。儿辈功名都付与。长日唯消棋局。宝镜难寻，碧云将暮，谁劝杯中绿。江头风怒，朝来波浪翻屋。

【校】

"龙蟠"，信州十二卷本"蟠"作"盘"，从四卷本甲集。

"兴亡"，《历代诗余》作"江山"。

【饮冰室考证】

《续通鉴》："乾道三年九月，以知建康府史正志兼沿江水军制置使史。""留守致道"当即此人。盖先生倅建康时第一任长官。（己丑）

满江红

倦客新丰，貂裘敝、征尘满目。弹短铗、青蛇三尺，浩歌谁续。不念英雄江左老，用之可以尊中国。叹诗书、万卷致君人，翻沉陆。　　休感慨，浇醽醁。人易老，欢难足。有玉人怜我，为簪黄菊。且置请缨封万户。竟须卖剑酬黄犊。甚当年、寂寞贾长沙，伤时哭。

【校】

"翻沉"，四卷本乙集"翻"作"番"。

"感慨"，乙集"慨"作"叹"。

"浇醽醁"，乙集作"年华促"。

【启勋案】

此词见四卷本乙集，无题。《读史方舆纪要》："新丰乃丹阳县属。唐至德二载，淮南诸将讨永王璘，济江至新丰，大败璘军。"《舆地纪胜》："丹阳旧属建康府。"此词首句"倦客新丰"，又有"貂裘敝""弹短铗"等语，正伯兄所谓"羁旅落拓""下僚沉滞"时矣。

玩词意确似早年作，必非四十九岁以后作品。虽在乙集，想是收甲集所遗耳。因移置于乾道己丑，即先生通判建康之年。

又

建康史帅致道席上赋

鹏翼垂空，笑人世、苍然无物。又还向、九重深处，玉阶山立。袖里珍奇光五色，他年要补天西北。且归来、谈笑护长江，波澄碧。　　佳丽地，文章伯。金缕唱，红牙拍。看尊前飞下，日边消息。料想宝香黄阁梦，依然画舫清溪笛。待如今、端的约钟山，长相识。

【校】

题，四卷本甲集作"建康史致道留守席上赋"。

【启勋案】

当是乾道五年己丑作。时先生在建康通判任。钟山亦名蒋山，见下游蒋山案语。

千秋岁

金陵寿史帅致道，时有版筑役

塞垣秋草。又报平安好。尊俎上，英雄表。金汤生气象，珠玉霏谈笑。春近也，梅花得似人难老。　　莫惜金尊倒。凤诏看看到。留不住，江东小。从容帷幄去，整顿乾坤了。千百岁，从今尽是中书考。

【校】
　　题，四卷本甲集作"为金陵史致道留守寿"。

【启勋案】
　　此亦当是己丑作。

八声甘州
寿建康帅胡长文给事。时方阅拆红梅之舞，且有锡带之宠

　　把江山好处付公来，金陵帝王州。想今年燕子，依然认得，王谢风流。只用平时尊俎，弹压万貔貅。依旧钧天梦，玉殿东头。　　看取黄金横带，是明年准拟，丞相封侯。有红梅新唱，香阵卷温柔。且画堂、通宵一醉，待从今、更数八千秋。公知否、邦人香火，夜半才收。

【校】
　　题，四卷本甲集作"为建康胡长文留守寿"。
　　"画堂"，四卷本"画"作"华"。

【饮冰室考证】
　　长文名及到任年待考。然先生二次宦建康，乃入叶衡幕府，则胡之作帅，盖继史任，宜在乾道四五年间。

【启勋案】
　　胡长文名元质，长洲人。官至敷文阁大学士。（己丑）

太常引

建康中秋夜为吕潜叔赋

一轮秋影转金波。飞镜又重磨。把酒问姮娥。被白发、欺人奈何。　　乘风好去，长空万里，直下看山河。斫去桂婆娑。人道是、清光更多。

【启勋案】

此词见四卷本丙集，但先生五十三至六十二之十年间，足迹未尝到建康。丙、丁两集兼收甲、乙集之所遗，因将此一首移于己丑。

品令

迢迢征路。又小舸、金陵去。西风黄叶，淡烟衰草，平沙将暮。回首高城，一步远如一步。　　江边朱户。忍追忆、分携处。今宵山馆，怎生禁得，许多愁绪。辛苦罗巾揾取，几行泪雨。

【启勋案】

此一首见补遗，无年可考。但先生至金陵只有两次。一在乾道四年戊子，由江阴转通判建康府。一在乾道九年癸巳，由滁州转辟江东安抚司参议官。此外更无到金陵之机会。此词似是早年作品，又无渡江痕迹。姑以附于第一次建康诸词之后。

念奴娇

西湖和人韵

晚风吹雨，战新荷声乱、明珠苍璧。谁把香奁收宝镜，云锦周遭红碧。飞鸟翻空，游鱼吹浪，惯趁笙歌席。坐中豪气，看君一饮千石。　　遥想处士风流，鹤随人去，已作飞仙伯。茅舍疏篱今在否，松竹已非畴昔。欲说当年，望湖楼下，水与云宽窄。醉中休问，断肠桃叶消息。

【校】

"周遭红"，四卷本甲集作"红涵湖"。

"看君"，四卷本"君"作"公"。

"已作"，四卷本"已"作"老"。

"仙伯"，《历代诗余》"伯"作"客"。

【饮冰室考证】

集中在临安所作词极少，唯以下三首及《观潮上叶丞相》一首耳，并见甲集中，知为早年作。《观潮》当作于淳熙元年。此三首年分无考。考先生自本年起，直至次年夏秋间，似皆在临安供职司农主簿。其一生在临安当以此次为最久，故姑以临安作品无年月者，系于本年。"照影溪梅"一阕，因和冷泉亭韵，知为同时作。

【启勋案】

辛敬甫所编之《年谱》，误以本年出知滁州。今据周孚所作之《奠枕楼记》，知出知滁州乃在八年春，六、七两年当在临安，供职司农主簿也。

《舆地纪胜》："西湖在临安府城西，周回三十里，其源出武林泉。元祐间，苏轼筑堤其上，自孤山抵北山。乾道中，孝宗命筑新堤，自南山净慈寺门前新路口，直抵北山。湖分为两，大舟往来，不能达北山。至绍熙中，光宗始命京尹造二高桥。出北山，舟行往来始无碍。"

《方舆胜览》："西湖在州西，周回三十里，山川秀发。四时画舫遨游，歌吹之声不绝。好事者常命十题，有曰'平湖秋月''苏堤春晓''断桥残雪''雷峰夕照''南屏晚钟''曲院风荷''花港观鱼''柳浪闻莺''三潭印月''两峰插云'"云。案雷峰塔已于五年前坍塌矣。

案：孝宗乾道六年庚寅，先生三十一岁。

满江红

冷泉亭

直节堂堂，看夹道、冠缨拱立。渐翠谷、群仙东下，佩环声急。谁信天峰飞堕地。傍湖千丈开青壁。是当年、玉斧削方壶，无人识。　　山木润，琅玕湿。秋露下，琼珠滴。向危亭横跨，玉渊澄碧。醉舞且摇鸾凤影，浩歌莫遣鱼龙泣。恨此中、风物本吾家，今为客。

【校】

"谁信"，四卷本甲集作"闻道"。

"东下"，《历代诗余》"东"作"来"。

"天峰"，《历代诗余》"峰"作"锋"，误。

"山木"，《历代诗余》"木"作"水"。

【饮冰室考证】

玩末两句似公曾居临安，作词时已移家。

【启勋案】

《舆地纪胜》："冷泉亭在灵隐寺前，飞来峰下。白公有亭记。"

右之考证见于信州本之眉。（庚寅）

又
再用前韵

照影溪梅，怅绝代、佳人独立。便小驻、雍容千骑，羽
觞飞急。琴里新声风响佩，笔端醉墨鸦栖壁。是使君、文度
旧知名，今方识。　　高欲卧，云还湿。清可漱，泉长滴。
快晚风吹赠，满怀空碧。宝马嘶归红旆动，龙团试碾铜瓶
泣。怕他年、重到路应迷，桃源客。

【校】

"便"，四卷本甲集作"更"。

"使君"，信州本"使"作"史"。从四卷本。《历代诗余》作"使"。

"文度"，《历代诗余》"度"作"雅"。

"高欲卧"，四卷本湿韵二句与滴韵二句上下相错。

"吹赠"，信州本"赠"作"帽"。从四卷本。《历代诗余》作"帽"。

"试碾"，信州本"碾"作"水"。从四卷本。《历代诗余》作"水"。

【启勋案】

此一首当亦是庚寅作。

贺新郎

别茂嘉十二弟。鹈鴂、杜鹃实两种，见《离骚补注》

　　绿树听鹈鴂。更那堪、鹧鸪声住。杜鹃声切。啼到春归无寻处。苦恨芳菲都歇。算未抵、人间离别。马上琵琶关塞黑，更长门、翠辇辞金阙。看燕燕，送归妾。　　将军百战身名裂。向河梁回头万里，故人长绝。易水萧萧西风冷，满座衣冠似雪。正壮士悲歌未彻。啼鸟还知如许恨，料不啼、清泪长啼血。谁共我，醉明月？

【启勋案】

　　先生有两从弟在南方。祐之奉母居浮梁，似是文采风流之士。茂嘉则似才气纵横，亦宦游以奔走国事者。刘改之有《沁园春》词一首，见《龙洲集》，题"送辛幼安弟赴桂林官"，其必为茂嘉无疑，盖祐之无赴桂林之痕迹也。词之上阕曰："天下稼轩，文章有弟，看来未迟。正三齐盗起，两河民散，势倾似土，国泛如杯。猛士云飞，狂胡灰灭，机会之来人共知。何为者，望桂林西去，一骑星驰。"读此，则茂嘉之人物可以略知。先生此阕《贺新郎》为集中有名之一首。作年无考。见四卷本丙集。考丙、丁集，辑于先生五十三岁以后，唯作品则通各时代都有。此词之内容，只堆砌惜别典故，无事实可考。唯一种慷慨激昂之气，读之可以增人热，绝非中年以后作品，比较便知。更证以龙洲之词，颇疑为早岁作。计先生持主战论，以文章耸动朝野者，唯南归之最初数年间。在二十四岁时，有《请练民兵守两淮疏》。二十六岁，进《美芹十论》及进论札子。三十一岁，进《九议》及《应问》三篇，力请备战，尤为耸人耳目。过此以往，知朝廷无意雪耻，则亦少谈矣。证以龙洲之作，似即当时。

因将此词移置辛卯，以俟反证。参观伯兄所编《年谱》之"族氏谱"及庚寅年下。刘改之名过，襄阳人，一云太和人。自号龙洲道人。尝客先生幕，有《龙洲词》一卷。（辛卯）

案：蒋子正《山房随笔》谓改之入先生幕，乃在先生帅浙东时，朱晦庵与张南轩为之介绍。此说似不确。晦翁卒于庆元六年庚申，而先生帅浙东则在嘉泰三年癸亥，相去已三年。张南轩更于二十四年前卒矣（南轩卒于淳熙七年庚子）。尤荒谬者，谓改之求见，公不纳。朱、张二公为之地曰："某日公宴客，君可来与门者喧争，当得入。"改之如所教，公怒甚。二公曰："此亦豪杰士也。"乃纳之。问："能诗乎？"指桌上馔为题，诗成而后揖之坐云。改之乃当时名士，以先生之好客，岂有来而不纳之理？况晦翁与南轩为之介绍耶？孰谓以晦翁大儒而教人与门者喧争也？此段笔记，颇似三等小说家之理想，殊不合先生与晦翁、南轩、龙洲四人身分。且所举之诗亦不见《龙洲集》。非敢谤古人，奈彼之罅漏太多耳！（见《历代诗余》《词话》）

水调歌头

寿赵漕介庵

千里渥洼种，名动帝王家。金銮当日奏草，落笔万龙蛇。带得无边春下，等待江山都老，教看鬓方鸦。莫管钱流地，且拟醉黄花。　　唤双成，歌弄玉，舞绿华。一觞为饮千岁，江海吸流霞。闻道清都帝所，要挽银河仙浪，西北洗胡沙。回首日边去，云里认飞车。

【启勋案】

此词不载于四卷本，年代无可考。然篇中有"教看鬓方鸦"语，作年似甚早。集中更有《新荷叶》一首，题为"和赵德庄韵"，见甲集。篇中有"记当年、初识崔徽"语，似在此首之后。乾道六、七、八年，介庵官江西漕，姑以附于辛卯。介庵名彦端，字德庄。宋宗室。有《介庵琴趣外编》六卷。

感皇恩
滁州送范倅

春事到清明，十分花柳。唤得笙歌劝君酒。酒如春好，春色年年依旧。青春元不老、君知否。　　席上看君，竹青松瘦。待与青春斗长久。三山归路，明日天香襟袖。更持金盏起、为君寿。

【校】

题，四卷本甲集为范倅寿。

"依旧"，四卷本"依"作"如"。

【饮冰室考证】

本传虽以迁司农主簿，出知滁州，连文未必遂同一时。据《跋太祖赐王嶭帖》云："守滁之十月，僧智淳以帖来献。"若献与跋同时，则八年壬辰二月始履滁任耳。然公在滁，似最少亦有两年。则或辛卯已到任，亦未可知。

周孚《蠹斋铅刀编》"寄辛滁州诗"："江皋追送仅逾旬，节物俄惊一度新。西涧潮生还值雨，南山雪尽更逢春。"可证赴滁任当在七年辛卯腊月中旬也。

【启勋案】

右之考证第一条，批在敬甫所编《年谱》"乾道七年辛卯"之眉。第二条，则在伯兄所著《先生年谱》"乾道七年辛卯"年中。案《南宋文范》有周孚所作之《滁州奠枕楼记》，篇中第一句曰："乾道八年春，济南辛侯自司农寺簿来守滁。"可证先生莅滁任，乃在八年。翌年，即辟江东安抚司参议官。则滁州所作词，当在壬辰也。

案：孝宗乾道八年壬辰，先生三十三岁。

木兰花慢

滁州送范倅

老来情味减，对别酒，怯流年。况屈指中秋，十分好月，不照人圆。无情水都不管，共西风、只等送归船。秋晚莼鲈江上，夜深儿女灯前。　　征衫便好去朝天。玉殿正思贤。想夜半承明，留教视草，却遣筹边。长安故人问我，道愁肠、殢酒只依然。目断秋宵落雁，醉来时响空弦。

【校】

"只等"，信州本"等"作"管"，从四卷本甲集。《花庵》与四卷本同。

"承明"，《花庵》作"恩纶"。

"愁肠殢"，四卷本作"寻常泥"。

"响空弦"，四卷本作"向空弦"。

【饮冰室考证】

范倅，名字无考。集中别有"寿范南伯"《西江月》一首，中有

"奠枕楼头风月",似与先生在滁州有往还者,初疑即此人。然集中尚有与南伯关涉之作,细参又不甚合。姑悬以俟考。

【启勋案】

此亦滁州作。自是乾道八年壬辰。《舆地纪胜》:"滁州,春秋时属吴楚之交。秦以其地置九江郡,两汉因之。晋属淮南郡,宋、齐属新昌郡,梁立南谯州,旋改为临滁。隋改为滁州,炀帝废之,以其地为清流县,属江都郡。唐析扬州地置滁州。"

一剪梅

游蒋山,呈叶丞相

独立苍茫醉不归。日暮天寒,归去来兮。探梅踏雪几何时。今我来思,杨柳依依。 白石冈头曲岸西。一片闲愁,芳草萋萋。多情山鸟不须啼。桃李无言,下自成蹊。

【饮冰室考证】

《宋史》本传:"辟江东安抚司参议,留守叶衡雅重之。"叶衡以明年甲午六月入相,先生去年壬辰十一月犹在滁州任,则辟参议必在癸巳无疑。

是年叶衡未为丞相,然过此以往先生似无与叶在金陵游宴之机会。则此词必为本年或次年作。丞相之称,或后此编集者追题耳。

【启勋案】

蒋山亦名钟山。《金陵览古》云:"在上元县东北十八里。"《舆地志》云:"汉末秣陵尉蒋子文死事于此,吴大帝为立庙。子文祖讳钟，因又名钟山。"《皇朝类苑》云："元丰中，王荆公在金陵，东坡自黄北迁，日与公游于此山，相与纵谈今古。公谓人曰：'不知更历几百年，方有如此人物。'"叶衡，字梦锡，金华人。淳熙元年拜右丞相。

案：孝宗乾道九年癸巳，先生三十四岁。

菩萨蛮
金陵赏心亭为叶丞相赋

青山欲共高人语。联翩万马来无数。烟雨却低回。望来终不来。　　人言头上发。总向愁中白。拍手笑沙鸥。一身都是愁。

【校】

题，宋四卷本甲集无"金陵"二字。

【启勋案】

"赏心亭"详见己丑《水龙吟》案语。此亦当是乾道癸巳作。

声声慢
滁州旅次登奠枕楼作，和李清宇韵

征埃成阵，行客相逢，都道幻出层楼。指点檐牙，高处浪涌云浮。今年太平万里，罢长淮、千骑临秋。凭栏望、有东南佳气，西北神州。　　千古怀嵩人去，还笑我身在，楚尾吴头。看取弓刀，陌上车马如流。从今赏心乐事，剩安排、酒令诗筹。华胥梦，愿年年、人似旧游。

【校】

题，四卷本甲集"滁州旅次登楼作"。

"浪涌"，四卷本"涌"作"拥"。

"还笑"，四卷本"还"作"应"。

【饮冰室考证】

词题云"旅次"，则决非守滁时作。奠枕楼为先生手创，则决非守滁以前作。词云"行客相逢，都道幻出层楼"，是楼初成后一二年间语。淳熙元年以后，先生足迹无缘履滁州。则此词必为在叶衡幕府时作，非本年即次年也。

【启勋案】

《宋史》本传："出知滁州。州罹兵烬，井邑凋残。弃疾宽征薄赋，招流散，教民兵，议屯田。乃创奠枕楼、繁雄馆。"周孚所作《滁州奠枕楼记》："乾道八年春，济南辛侯自司农寺簿来守滁……是岁秋余客游滁，侯为余言其名楼之意曰：'滁之为州也，……处于两淮之间。用兵者之所必争……吾之名是楼，非以侈游观也。以志夫滁人，至是始有息肩之喜，而吾亦得以偷须臾之安也……'十月三日，济北周孚记。"据是记，知先生以八年春到滁，九年即辟江东安抚司参议官。更越一年，迁江西提刑。词中云"还笑我身在，楚尾吴头"，的是在江东任上语。以系诸本年，当无大过。《舆地纪胜》："奠枕楼在招福坊。"

案：孝宗乾道九年癸巳，先生三十四岁。

西江月

寿范南伯知县

秀骨青松不老，新词玉佩相磨。灵槎准拟泛银河。剩摘天星几个。南伯去岁七月生子。　　奠枕楼头风月，驻春亭上笙歌。留君一醉意如何。金印明年斗大。

【校】

题，四卷本丁集"为范南伯寿"。

"楼头"，四卷本"头"作"东"。《历代诗余》作"楼前"。

【启勋案】

此词虽无确实年月可考，但据周孚所作之《奠枕楼记》，则楼成于乾道八年秋冬之间。明年先生即辟江东任，南伯在滁州与先生有往还，而又在奠枕楼既成之后。则非八年冬即九年春耳。姑以系于癸巳。范南伯，京口人。

摸鱼儿

观潮上叶丞相

望飞来、半空鸥鹭，须臾动地鼙鼓。截江组练驱山去，鏖战未收貔虎。朝又暮。悄惯得、吴儿不怕蛟龙怒。风波平步。看红旆惊飞，跳鱼直上，蹴踏浪花舞。　　凭谁问，万里长鲸吞吐。人间儿戏千弩。滔天力倦知何事，白马素车东去。堪恨处。人道是、属镂怨愤终千古。功名自误。谩教得陶朱，五湖西子，一舸弄烟雨。

【校】

"悄惯"，四卷本甲集"悄"作"诮"。

"属镂"，四卷本作"子胥"。

"终千古"，《历代诗余》"终"作"留"。

【饮冰室考证】

敬甫所编《先生年谱》云：是岁十一月，叶衡为右丞相兼枢密使，荐先生。案衡转右丞相虽在十一月，其授参知政事则在六月。观潮例在八月。疑先生被荐当在六七月间，其上半年则仍在江东安抚司参议任也。

【启勋案】

《武林旧事》："浙江之潮，天下之伟观也。自既望以至十八日为最盛。方其远出海门，仅如银线。既而渐近，则玉城雪岭，际天而来。大声如雷霆，震撼激射，吞天沃日，势极豪雄。杨诚斋诗云'海涌银如郭，江横玉系腰'者是也。"又云："每岁八月，观潮时节。江干上下十余里，珠翠罗绮溢目，车马塞途，饮食百物皆倍穹常时，而僦赁看幕，虽席地不容间也。"

案：孝宗淳熙元年甲午，先生三十五岁。

洞仙歌

寿叶丞相

江头父老，说新来朝野。都道今年太平也。见朱颜绿鬓，玉带金鱼，相公是、旧日中朝司马。　　遥知宣劝处，东阁华灯，别赐仙韶接元夜。问天上，几多春，只似人间，但长见、精神如画。好都取、山河献君王。看父子貂蝉，玉京迎驾。

【校】

题，宋四卷本甲集"为叶丞相作"。

"劝处"，《花庵词选》"处"作"后"。

【启勋案】

此词当是与前首同年作。（甲午）

满江红

赣州席上呈太守陈季陵侍郎

落日苍茫，风才定、片帆无力。还记得、眉来眼去，水光山色。倦客不知身远近，佳人已卜归消息。便归来、只是赋行云，襄王客。　　些个事，如何得。知有恨，休重忆。但楚天特地，暮云凝碧。过眼不如人意事，十常八九今头白。笑江州、司马太多情，青衫湿。

【校】

题，四卷本甲集作"赣州席上呈陈季陵太守"。

【饮冰室考证】

先生虽家居江西，且屡次宦于江西，然计其南至赣州之时，盖甚少据。周孚诗句"问君章贡何时发"，则移漕京西前在章贡可知。

此词当即其时作也。

【启勋案】

　《系年录》："绍兴二十三年改虔州为赣州。盖贡水出新乐山，至城东北与章水合，故名焉。"

　《中兴小历》云："虔州又名虎头城，即汉之赣县。"

　案：周孚字信道。《蠹斋铅刀编》："《闻辛幼安移漕京西诗》：'孤鸿茫茫暮天阔，问君章贡何时发。去年不得一字诗，今日又看千里月。向来人物推此邦，至人不死唯老庞。唯君剩酿葡萄酒，为君酬渠须百缸。'"

　案：孝宗淳熙二年乙未，先生三十六岁。

菩萨蛮
书江西造口壁

郁孤台下清江水。中间多少行人泪。西北望长安。可怜无数山。　　青山遮不住。毕竟东流去。江晚正愁余。山深闻鹧鸪。

【校】

　"西北"，四卷本甲集"西"作"东"。

　"望"，四卷本作"是"。

　"东流"，四卷本"东"作"江"。

【饮冰室考证】

　《大清一统志》："郁孤台在赣州府治西南。"《鹤林玉露》云："南渡之初，金人追隆祐太后御舟至造口，不及而还。"此词盖感兴前事，故沉痛乃尔。先生踪迹，唯本年曾到赣州。此词应是本年作。

【启勋案】

《舆地纪胜》："郁孤台在郡治，隆阜郁然，孤起平地数丈。冠冕一郡之形胜，而襟带千里之山川。赵清献公诗曰：'群峰郁然起，唯此山独孤。筑台山之巅，郁孤名以呼。'"（乙未）

祝英台近
晚春

宝钗分，桃叶渡，烟柳暗南浦。怕上层楼，十日九风雨。断肠片片飞红，都无人管，更谁劝、啼莺声住。　　鬓边觑。应把花卜归期，才簪又重数。罗帐灯昏，哽咽梦中语。是他春带愁来，春归何处，却不解带将愁去。

【校】

调，四卷本甲集作"祝英台令"。

"更谁"，四卷本"更"作"倩"。

"劝"，四卷本作"唤"。

"啼莺"，四卷本"啼"作"流"，《历代诗余》作"流"。

"归期"，四卷本"归"作"心"。

"哽咽"，四卷本"哽"作"呜"。

"带将愁去"，四卷本作"将愁归去"。

【饮冰室考证】

张端义《贵耳集》云："吕婆，吕正己之妻。正己为京畿漕吏，有女仕辛幼安。因以微事触其怒，竟逐之。今稼轩桃叶渡词因此而作。"案此说若可信，则事当在先生任京漕时，即本年或明春也。然宋人说部，最喜臆造典故，未可遽认为事实。姑存异闻可耳。（乙未）

破阵子

为范南伯寿。时南伯为张南轩辟宰卢溪，南伯迟迟未行，因作此词以勉之

掷地刘郎玉斗，挂帆西子扁舟。千古风流今在此，万里功名莫放休。君王三百州。　　燕雀岂知鸿鹄，貂蝉元出兜鍪。却笑卢溪如斗大，肯把牛刀试手不。寿君双玉瓯。

【校】

"卢溪"，四卷本丁集"卢"作"泸"。

【饮冰室考证】

考南轩自淳熙二年至四年皆在广西经略任，此词当作于此数年中。

【启勋案】

泸溪县属建昌府，见《信州府疆域志》。县在府城东北百六十里，北邻广信。（乙未）

霜天晓角

赤壁

雪堂迁客。不得文章力。赋写曹刘兴废，千古事、泯陈

迹。　　　望中矶岸赤。直下江涛白。半夜一声长啸，悲天
地、为余窄。

【启勋案】

　　先生在湖北之时间甚短，集中似未有能确指为当时作品者。此
首见于补遗，当是淳熙三年作。因先生之在湖北只此一年耳。姑以
系于丙申。

　　案：《读史方舆纪要》："赤壁山在嘉鱼县西七十里。其北岸相对
者为乌林，即周瑜焚曹操船处。"《武昌志》："操自江陵追备至巴丘，
遂至赤壁，遇周瑜兵大败。取华容道归国。"《图经》云："赤壁在嘉
鱼县。东坡指黄州之赤鼻山为赤壁，误矣。时刘备据樊口，进兵逆
操，遇于赤壁。则赤壁当在樊口之上。又赤壁初战，操军不利，引
次江北。则赤壁当在江南也。操诗曰：'西望夏口，东望武昌。'此
地是矣。今江汉间言赤壁者有五：汉阳、汉川、黄州、嘉鱼、江夏
也。当以嘉鱼之赤壁为据。"

乌夜啼
戏赠籍中人

江头三月清明。柳风轻。巴峡谁知还是，洛阳城。
春寂寂，娇滴滴，笑盈盈。一段乌丝阑上，记多情。

【启勋案】

　　此词见补遗，无年可考。因有巴峡之句，姑以附入江陵作。因
除却丙申一年外，先生足迹更未尝到巴峡也。

水调歌头

淳熙丁酉，自江陵移帅隆兴，到官之三月被召，司马监、赵卿、王漕饯别。司马赋《水调歌头》，席间次韵。时王公明枢密薨，坐客终夕为兴门户之叹，故前章及之

我饮不须劝，正怕酒尊空。别离亦复何恨，此别恨匆匆。头上貂蝉贵客，苑外麒麟高冢，人世竟谁雄。出门一笑去，千里落花风。 孙刘辈，能使我，不如公。余发种种如是，此事付渠侬。但觉平生湖海，除了醉吟风月，此外百无功。毫发皆帝力，更乞鉴湖东。

【校】

题，四卷本乙集"三月"作"二月"。

"苑外"，四卷本"苑"作"花"，《历代诗余》作"花"。

"出门一笑"，《历代诗余》作"一笑出门"。

"但觉"，《历代诗余》"觉"作"得"。

【饮冰室考证】

篇中有"别离亦复何恨，此别恨匆匆"语，盖到任甫三月即言别，洵太匆匆也。赵王名字无考。司马字汉章，名无考。

【启勋案】

孝宗隆兴元年十月二十五日，升洪州为隆兴府，即今南昌。江西吉水县东二里有鉴湖，会稽城南三里亦有鉴湖。

案：淳熙四年丁酉，先生三十八岁。

贺新郎

赋滕王阁

　　高阁临江渚。访层城、空余旧迹，黯然怀古。画栋朱帘当日事，不见朝云暮雨。但遗意、西山南浦。天宇修眉浮新绿，映悠悠、潭影长如故。空有恨，奈何许。　　王郎健笔夸翘楚。到如今、落霞孤鹜，竞传佳句。物换星移知几度，梦想珠歌翠舞。为徙倚、阑干凝伫。目断平芜苍波晚，快江风、一瞬澄襟暑。谁共饮，有诗侣。

【校】

　　题，四卷本丁集无题。《历代诗余》题同信州本。

　　"遗意"，《历代诗余》"意"作"下"。

　　"长如故"，《历代诗余》"长"作"痕"。

　　"苍波"，《历代诗余》"苍"作"沧"。

【饮冰室考证】

　　此词之作非丁酉则淳熙十三年丙午也。

【启勋案】

　　淳熙四年丁酉，先生由江陵迁知隆兴，十三年丙午由湖南安抚调任隆兴。

　　《舆地纪胜》："滕王阁在南昌郡城之西。唐高祖之子滕王元婴所建也。夹以二亭，南曰压江，北曰挹秀。"（丁酉）

满江红

送李正之提刑入蜀

蜀道登天，一杯送、绣衣行客。还自叹、中年多病，不堪离别。东北看誊诸葛表，西南更草相如檄。把功名、收拾付君侯，如椽笔。　　儿女泪，君休滴。荆楚路，吾能说。要新诗准备，庐江山色。赤壁矶头千古浪，铜鞮陌上三更月。正梅花、万里雪深时，须相忆。

【校】

　题，四卷本甲集无"入蜀"二字。

　"庐江"，信州本"江"作"山"，从四卷本。

　"看誊"，信州本与四卷本"誊"皆作"惊"。从《历代诗余》。

【饮冰室考证】

　此词有"中年""别"字样，玩词句似是湖南作。

【启勋案】

　右之考证，见于信州本之眉。《朝野杂记》："淳熙四年李正之为四川提举，以茶课稽滞，为减引息钱十六万缗。此后遂定以为例。"

　又"庐山"甲集作"庐江"，疑即四川之泸江。因入蜀不必准备作庐山诗也。（丁酉）

又

贺王帅宣子平湖南寇

箚鼓归来，举鞭问、何如诸葛。人道是、匆匆五月，渡泸深入。白羽风生貔虎噪，青溪路断貔貙泣。早红尘、一骑落平冈，捷书急。　　三万卷，龙韬客。浑未得，文章力。把诗书马上，笑驱锋镝。金印明年如斗大，貂蝉却自兜鍪出。待刻公、勋业到云霄，浯溪石。

【校】

题，四卷本甲集无"帅"字。

"风生"，信州本作"生风"。从甲集。《历代诗余》作"风生"。

"貔"，甲集作"狸"。

"龙韬"，信州本"韬"作"头"。从甲集。《历代诗余》作"头"。

"云霄"，甲集作"□云"。《历代诗余》作"云霄"。

【饮冰室考证】

本词作年及宣子事迹皆未详。唯后此湖湘盗起时，先生已帅彼土。所云"湖南寇"或即茶寇赖文政。先生用兵江西，而王正帅湘，与相犄角。故推功归之耶？姑存一说，再考。

【启勋案】

王宣子名佐，山阴人。淳熙六年正月，宜章民陈峒窃发，连破郴州、道州及桂阳军诸县。集英殿修撰知潭州王佐请发荆、鄂精兵三千。诏以本路兵进讨，命佐节制。佐用流人冯湛，勉其立功。佐亲赴宜章，命诸县屯兵悉听湛调发。四月二十三日，湛屯何卑山，待符进剿。二十九日夜半符下，五路并进，突入其隘口。贼仓猝出，战即溃走。进夺空冈寨，斩峒等，郴州平。此淳熙六年四月二十九日事也。伯兄误以此词系于淳熙二年，殆以为六年己亥先生已自湖北移漕湖南矣。王宣子平陈峒后，旋徙知临安府。可见先生移漕当在下半年，即接王佐后任。此词乃当日以邻省同级官相庆贺也。

案：孝宗淳熙六年己亥，先生四十岁。

又

汉水东流，都洗尽、髭胡膏血。人尽说、君家飞将，旧时英烈。破敌金城雷过耳，谈兵玉帐冰生颊。想王郎、结发赋从戎，传遗业。　　腰间剑，聊弹铗。尊中酒，堪为别。况故人新拥，汉坛旌节。马革裹尸当自誓，蛾眉伐性休重说。但从今、记取楚楼风，裴台月。

【校】

"髭胡"，《历代诗余》"胡"作"须"。

"楚楼"，《历代诗余》"楼"作"台"。

"裴台"，《历代诗余》作"庾楼"。

【启勋案】

此词无题，亦不见于四卷本，但必与前首同是贺王宣子之作，望文可知。"君家飞将"殆用王彦章事，而王郎则指宣子也。先生亦以本年官湖北，故曰"故人新拥，汉坛旌节"。（己亥）

水调歌头

淳熙己亥，自湖北移漕湖南，周总领、王漕、赵守置酒南楼，席上留别

折尽武昌柳，挂席上潇湘。二年鱼鸟江上，笑我往来忙。富贵何时休问，离别中年堪恨，憔悴鬓成霜。丝竹陶写

耳，急羽且飞觞。　　序兰亭，歌赤壁，绣衣香。使君千骑鼓吹，风采汉侯王。莫把离歌频唱，可惜南楼佳处，风月已凄凉。在家贫亦好，此语试平章。

【校】

　　题，四卷本甲集无"淳熙己亥"四字。

　　"王漕"，四卷本无"漕"字。

　　"离歌"，四卷本作"骊驹"。

【饮冰室考证】

　　词云"折尽武昌柳，挂席上潇湘。二年鱼鸟江上，笑我往来忙"，盖去年甫抵湖北任，今年遽迁，故曰"二年""往来忙"也。

【启勋案】

　　《舆地纪胜》："南楼，在郡治正南黄鹄山顶，后改为白云阁。元祐间知州方泽重建，复旧名。"

　　案：孝宗淳熙六年己亥，先生四十岁。

摸鱼儿

淳熙己亥，自湖北漕移湖南，同官王正之置酒小山亭，为赋

　　更能消、几番风雨，匆匆春又归去。惜春长怕花开早，何况落红无数。春且住。见说道、天涯芳草无归路。怨春不语。算只有殷勤，画檐蛛网，尽日惹飞絮。　　长门事，准拟佳期又误。蛾眉曾有人妒。千金纵买相如赋，脉脉此情谁诉。君莫舞。君不见、玉环飞燕皆尘土。闲愁最苦。休去倚

危栏，斜阳正在，烟柳断肠处。

【校】

题，《花庵》作"暮春"。《草堂》作"春晚"。

"长怕"，四卷本甲集"怕"作"恨"。

"无归"，四卷本甲集"无"作"迷"。

"危栏"，四卷本"栏"作"楼"。

【饮冰室考证】

王正之盖前题之王漕，似是接先生任者，故曰同官。集中与王正之唱和词凡三首，尚有一首为《水调歌头·和王正之右司吴江观雪见寄》，想又在此次别后矣。并附见于此。

罗大经《鹤林玉露》跋此词云："词意殊怨。'斜阳''烟柳'之句，比之'未须愁，日暮天际有轻阴'者，异矣！在汉、唐时宁不贾种豆种桃之祸？闻寿皇见此词颇不悦，然终不叩以罪，可谓盛德。"宋人说部好傅会，此段却似可信。孝宗（寿皇）好文词，且具赏鉴力。观其改俞国宝之《风入松》（见《武林旧事》）、评赵彦端之《谒金门》（见《贵耳集》）可见。则其爱读此词、读而不悦，亦意中事。词意诚近怨望。"长门事"以下数句，至"脉脉此情谁诉"语几露骨矣。先生两年来由江陵帅、隆兴帅暂任漕司，虽非左迁，然先生本功名之士，唯专阃庶足展其骥足。碌碌钱谷，当非所乐。此次去湖北任，谓当有新除。然仍移漕湖南，殊乖本望。故曰"准拟佳期又误"也。本年《论剧盗札子》有云："臣孤危一身久矣，荷陛下保全。事有可危，杀身不顾。"又云："生平刚拙，自信年来不为众人所容，恐言未脱口而祸不旋踵"，则"蛾眉曾有人妒"亦是实情。盖归正北人骤跻通显，已不为南士所喜。而先生以磊落英多之姿，好谈天下大略，又遇事负责任。与南朝士大夫泄沓柔靡风习尤不相容。前此两任帅府皆不能久于其任，或即缘此。诗可以怨，怨固宜矣，然移漕未久旋即帅潭，且在职六七年，谮言屡闻而天眷不替，岂寿皇读此词后，感其朴忠，悯其孤危，特加赏拔调护耶？因读《鹤林玉露》，辄广其意如右。

此词作于晚春，移漕当属此时，帅潭盖即夏秋间。谢叠山《注唐绝句选》云"辛稼轩中年被劾，凡一十六年。不堪谗诬，遂赋《摸鱼儿》"云云。先生被劾之多，当在湖南、江西帅任中，赋此词时犹未也。叠山殆追述而未详考耳。（己亥）

【启勋案】

《舆地纪胜》："小山在东漕衙之乖崖堂，有池曰清浅。"《摸鱼儿》词赵应斋有和章题"和辛幼安韵"："喜连宵、四郊春雨。纷纷一阵红去。东君不爱闲桃李，春色尚余分数。云影住。任绣勒香轮，且阻寻芳路。农家相语。渐南亩浮青，西江涨绿，芳沼点评絮。

西成事，端的今年不误。从他蝶恨蜂妒。莺啼也怨春多雨，不解与春分诉。新燕舞。犹记得、雕梁旧日空巢土。天涯劳苦。望故国江山，东风吹泪，渺渺在何处。"

王正之名特起，代州人，作监使。

满江红
江行，简杨济翁、周显先

过眼溪山，怪都似、旧时曾识。还记得、梦中行遍，江南江北。佳处径须携杖去，能消几两平生屐。笑尘劳、三十九年非，长为客。　　吴楚地，东南坼。英雄事，曹刘敌。被西风吹尽，了无尘迹。楼观甫成人已去，旌旗未卷头先白。叹人生、哀乐转相寻，今犹昔。

【校】

题，四卷本甲集作"江行和杨济翁韵"。

"还记得、梦中行遍"，四卷本作"是梦里、寻常行遍"。

"坼"，四卷本作"拆"。

"尘迹"，四卷本"尘"作"陈"。

"甫成"，四卷本"甫"作"才"。

【饮冰室考证】

篇中有"笑尘劳、三十九年非，长为客"语，当知作于淳熙五年戊戌。周显先名籍待考。杨济翁名炎正，吉水人。庆元二年进士，官至江西安抚使（见《江西诗征小传》）。二人似是当时在先生幕府相随同行者。

【启勋案】

此词似是淳熙六年己亥作。虽则五、六两年先生均有江行之机会，但集中元日投宿博山寺之《水调歌头》"四十九年前事，一百八盘狭路，拄杖倚墙东"既已确定为五十岁作，则"笑尘劳、三十九年非，长为客"亦可定为四十岁作矣。《哨遍》之"试回头、五十九年非"，伯兄亦定为六十岁作。何独于此一首而定为三十九？因移置于本年（参观己未年《哨遍》之案语）。

案：《历代诗余》："杨炎，号止济翁。庐陵人。偃蹇仕进，悒悒不得志。清海有山曰西樵，常寓居其中，因取以名集。乐府一卷，亦名《西樵语业》。"与《江西诗征》微有异同，未知孰是。但本集有"检点笙歌多酿酒"之《蝶恋花》一阕，题为"和杨济翁韵"。其原唱则见于杨炎之《西樵语业》也。可证此翁名炎，而非炎正。想是《江西诗征》将号止斋之"止"字，误连于上，且误"止"为"正"耳。（己亥）

水调歌头

舟次扬州，和杨济翁、周显先韵

落日塞尘起，胡骑猎清秋。汉家组练十万，列舰耸层楼。谁道投鞭飞渡，忆昔鸣髇血污，风雨佛狸愁。季子正年少，匹马黑貂裘。　　今老矣，搔白首，过扬州。倦游欲去江上，手种橘千头。二客东南名胜，万卷诗书事业，尝试与君谋。莫射南山虎，直觅富民侯。

【校】

　　题，四卷本甲集作"舟次扬州和人韵"。

　　"层楼"，四卷本"层"作"高"。

　　"匹马"，四卷本"匹"作"疋"。

　　"塞尘"，《历代诗余》"塞"作"暗"。

　　"胡骑"，《历代诗余》作"边马"。

　　"髇"，《历代诗余》作"镝"。

【饮冰室考证】

　　杨、周同舟，自当与前调为同时先后作。

【启勋案】

　　杨济翁原唱题为"登多景楼"："寒眼乱空阔，客意不胜秋。强呼斗酒发兴，特上最高楼。舒卷江山图画，应答龙鱼悲啸，不暇顾诗愁。风露巧欺客，分冷入衣裘。　　忽醒然，成感慨，望神州。可怜报国无路，空白一分头。都把平生意气，只做而今憔悴，岁晚若为谋。此意仗江月，分付与沙鸥。"先生和章全首步韵，唯最后之一韵不同。当是济翁原作后来有所更改。亦可见此词原非写赠先生者。多景楼在镇江甘露寺，又可见非当时之促膝联吟，乃和其旧作而已。前词既移于己亥，此首亦同。

蝶恋花
和杨济翁韵，首句用丘宗卿书中语

点检笙歌多酿酒。蝴蝶西园、暖日明花柳。醉倒东风眠永昼。觉来小院重携手。　　可惜春残风雨又。收拾情怀、闲把诗僝僽。杨柳见人离别后。腰肢近日和他瘦。

【校】

题，四卷本甲集作"和杨济翁韵"。

"永昼"，信州本"永"作"锦"。从四卷本。

"闲把"，四卷本"闲"作"长"。

【启勋案】

《西樵语业》杨炎原唱题"稼轩坐间作，首句用邱六书中语"："点检笙歌多酿酒。不放东风、独自迷杨柳。院院翠阴停永昼，曲阑随处堪垂手。　　昨日解醒今夕又。消得情怀、长被春僝僽。门外马嘶人去后，乱红不管花消瘦。"

案：丘宗卿名崈，江阴军人。隆兴元年进士，授建康府观察推官。谥文定。有《文定词》一卷。（己亥）

又
席上赠杨济翁侍儿

小小年华才月半。罗幕春风、幸自无人见。刚道羞郎低

粉面。傍人瞥见回娇盼。　　昨夜西池陪女伴。柳困花慵、
见说归来晚。劝客持觞浑未惯。未歌先觉花枝颤。

【校】

"娇盼"，四卷本甲集"盼"作"眄"。

【饮冰室考证】

右两首无从定为本年作，但俱见甲集，作时当不晚。姑汇次于
济翁唱酬诸篇之后。（己亥）

西江月

江行采石岸，戏作渔父词

千丈悬崖削翠，一川落日镕金。白鸥来往本无心。选甚
风波一任。　　别浦鱼肥堪脍，前村酒美重斟。千年往事已
沉沉。闲管兴亡则甚。

【校】

题，四卷本甲集作"渔父词"。
"兴亡"，《历代诗余》"亡"作"衰"。

【饮冰室考证】

此词虽绝无本年作品之实据，但先生是年似由临安经建康，溯
江赴任武昌途中，吟咏颇多。故附此。（淳熙己亥）

【启勋案】

《读史方舆纪要》："采石属当涂县，在太平府西北二十五里，滨

江为险。昔时自横江渡者必道采石，趋金陵，为江津之最要冲。"

《志》云："采石以昔人采石于此而名。其石突出江中，渡江者縻此登跻。今为采石镇。"

减字木兰花

长沙道中，壁上有妇人题字，若有恨者，用其意为赋

盈盈泪眼。往日青楼天样远。秋月春花。输与寻常姊妹家。　　水村山驿。日暮行云无气力。锦字偷裁。立尽西风雁不来。

【校】

题，四卷本甲集作"纪壁间题"。

【启勋案】

先生之在湖南，除来去两年不算外，有庚、辛、壬、癸、甲五年长在湘境。此词年月无可考，姑以附于庚子。

案：淳熙七年庚子，先生四十一岁。

阮郎归

耒阳道中为张处父推官赋

山前灯火欲黄昏。山头来去云。鹧鸪声里数家村。潇湘逢故人。　　挥羽扇，整纶巾。少年鞍马尘。如今憔悴赋招魂。儒冠多误身。

【校】

题，四卷本甲集只作"耒阳道中"四字。

"灯火"，四卷本作"风雨"。

【启勋案】

此亦湘中作。姑以附于庚子。《舆地纪胜》："耒阳县在衡州东南百三十五里。"《元和郡志》云："本秦耒县，因耒水以为名。在汉名耒阳。颜注曰在耒水之阳也。汉高帝割长沙、南郡置桂阳郡，领县十一，耒阳其一也"。

贺新郎

柳暗凌波路。送春归、猛风暴雨，一番新绿。千里潇湘葡萄涨，人解扁舟欲去。又樯燕、留人相语。艇子飞来生尘步，唾花寒、唱我新番句。波似箭，催鸣橹。　黄陵祠下山无数。听湘娥、泠泠曲罢，为谁情苦。行到东吴春已暮，正江阔潮平稳渡。望金雀、觚棱翔舞。前度刘郎今重到，问玄都、千树花存否。愁为倩，么弦诉。

【校】

"凌波"，四卷本乙集"凌"作"清"。《历代诗余》作"凌"。

"又樯"，《历代诗余》"又"作"有"。

"新番"，《历代诗余》"番"作"翻"。

"正江阔"，《历代诗余》无"正"字。

【饮冰室考证】

此是湘中送行作。

【启勋案】

《读史方舆纪要》："黄陵山在湘阴县北四十里，上有舜二妃墓。"

满江红

暮春

可恨东君，把春去、春来无迹。便过眼、等闲输了，三分之一。昼永暖翻红杏雨，风晴扶起垂杨力。更天涯、芳草最关情，烘残日。　　湘浦岸，南塘驿。恨不尽，愁如织。算年年辜负，对他寒食。便恁归来能几许，风流早已非畴昔。凭画栏、一线数飞鸿，沉空碧。

【校】

"如织"，四卷本甲集"织"作"积"。

"早已"，四卷本作"已自"。

"风晴"，《历代诗余》"晴"作"清"。

【饮冰室考证】

篇中有"湘浦岸，南塘驿"语，知是湘中作。（庚子）

木兰花慢

席上送张仲固帅兴元

汉中开汉业，问此地，是耶非。想剑指三秦，君王得意，一战东归。追亡事今不见，但山川、满目泪沾衣。落日胡尘未断，西风塞马空肥。　　　一篇书是帝王师，小试去征西。更草草离筵，匆匆去路，愁满旌旗。君思我回首处，正江涵、秋影雁初飞。安得车轮四角，不堪带减腰围。

【启勋案】

词见四卷本甲集。乃丁未以前作。玩词意知是朝廷正对西方用兵。仲固即以此时前赴兴元任，先生为之祖饯。计淳熙七年庚子有西羌五部之变及沈黎西兵之变，兴元正是边防重镇。是年三月变起，五月川军大败，制置使胡长文告急。与"草草离筵，匆匆去路，愁满旌旗"之词意相合。盖国家正新败之余也。时先生帅潭，与"君思我回首处，正江涵、秋影雁初飞"之词意亦相合。用兵在初秋，与"秋影雁初飞"等亦相合。但先生时在湖南，仲固西上，何以得要于道而饯之？是一疑问。或仲固由湘中调任欤？又查淳熙三年丙申，有青羌之乱，汉中亦边防要地。其时先生知江陵府，正当西行孔道。但此次之变在十一月，非初秋也。且国家战胜，为期且甚短，并未乞援。与"山川满目泪沾衣""愁满旌旗""江涵秋影"等句皆不相符。姑以此词系于淳熙七年庚子。

案：兴元即汉中。《读史方舆纪要》："禹贡为梁州地。秦、汉以来，皆曰汉中。宋平孟蜀，升为兴元府，属利州东路。"

满庭芳

和洪丞相景伯韵

倾国无媒，入宫见妒，古来颦损蛾眉。看公如月，光彩众星稀。袖手高山流水，听群蛙、鼓吹荒池。文章手，直须补衮，藻火灿宗彝。　　　痴儿。公事了，吴蚕缠绕，自吐余丝。幸一枝粗稳，三径新治。且约湖边风月，功名事、欲使谁知。都休问，英雄千古，荒草没残碑。

又

和洪丞相景伯韵，呈景卢内翰

急管哀弦，长歌慢舞，连娟十样宫眉。不堪红紫，风雨晓来稀。唯有杨花飞絮，依旧是、萍满芳池。酴醾在，青虬快剪，插遍古铜彝。　　谁将春色去，鸾胶难觅，弦断朱丝。恨牡丹多病，也费医治。梦里寻春不见，空肠断、怎得春知。休惆怅，一觞一咏，须刻右军碑。

又

游豫章东湖，再用韵

柳外寻春，花边得句，怪公喜气轩眉。阳春白雪，清唱古今稀。曾是金銮旧客，记凤凰、独绕天池。挥毫罢，天颜有喜，催赐尚方彝。公在词掖，尝拜尚方宝彝之赐。　　只今江海上，钧天梦觉，清泪如丝。算除非痛把，酒疗花治。明日五湖佳兴，扁舟去、一笑谁知。溪山好，且拚一醉，倚杖读韩碑。堂记，公所制也。

【校】

题，四卷本甲集无题。

"宝彝"，四卷本"彝"作"鼎"。

"江海"，信州本"海"作"远"。从淳熙本。

"过片第一句"，《历代诗余》作"只今江山远"。

【饮冰室考证】

景伯名适，谥文惠，景卢之兄也。右三词决为淳熙丁酉作。盖其时景卢在豫章，已有《满江红》词可证。（《四朝闻见录》云："洪迈归鄱阳，日与兄丞相适酬唱觞咏于林壑。"）盖二洪告归后，常相合并。而景伯卒于淳熙十一年甲辰二月，虽距本年尚有七年，然先生自本年冬离江西赴行在，即转任湖北、湖南。乙未冬乃得归而景伯已前卒。故除本年以外，更无与景伯酬唱之机会也。

【启勋案】

景伯有词集名《盘洲乐章》，其眉韵《满庭芳》题曰"辛丑春日作"："华发苍颜，年年更变，白雪轻犯双眉。六旬过四，七十古来稀。问柳寻花兴懒，拄筇杖、闲绕园池。尊中有，青州从事，无意唤琼彝。　　人生何处乐，楼台院落，吹竹弹丝。奈壮怀销铄，病费医治。漫道琴弦绿绮，游鱼听、山水谁知。盘州怨，盟鸥闲阔，瘗鹤立新碑。"景伯原唱在淳熙八年辛丑，则先生和韵必非淳熙四年丁酉可知。和韵二首自是同时作。

又案：《历代诗余》："洪景伯名适，乐平人。皓之长子。绍兴十二年与弟遵同举博学宏词科，官至大学士。谥文惠。有《盘洲乐章》二卷。"又：洪景卢名迈，号野处，又号容斋。皓之季子。绍兴十五年登第，官至端明殿学士。谥文敏。有《容斋随笔》《夷坚志》《万首唐诗绝句》《野处类稿》行于世。

《舆地纪胜》："洪州春秋战国时属楚。秦属九江郡。汉高帝始置豫章郡。东湖在郡治东南，周广五里。"

又案：赵应斋有同和一首，题曰"用洪景卢韵"："蝶粉蜂黄，桃红李白，春风屡展愁眉。晓来雨过，应渐觉红稀。满径柔茵似染，新晴后、皱绿盈池。休孤负，幕天席地，逸饮酹金彝。　　东君真好事，绛唇歌雪，玉指鸣丝。念长卿多病，非药能治。试假瑶琴一弄，清音转、便许心知。从今去，园林好在，休学岘山碑。"

案：孝宗淳熙八年辛丑，先生四十二岁。

满江红

席间和洪景卢舍人，兼简司马汉章大监

天与文章，看万斛、龙蛇笔力。闻道是、一诗曾换，千金颜色。欲说又休新意思，强啼偷笑真消息。算人人、合与共乘鸾，銮坡客。　　倾国艳，难再得。还可恨，还堪忆。看书寻旧锦，衫裁新碧。莺蝶一春花里活，可堪风雨飘红白。问谁家、却有燕归梁，香泥湿。

【校】

题，四卷本甲集作"席间和洪舍人，兼简司马汉章"。

【启勋案】

《盘洲乐章》有一首眉韵《满庭芳》，题为"景卢有南昌之行，用韵惜别，兼简司马汉章"，自当亦是辛丑作。时先生正与洪氏弟兄相酬唱，而命题亦复相同。似亦同时所作。伯兄亦以此一首编入丁酉，所持之理由亦如前首之《满庭芳》。（辛丑）

蝶恋花
和赵景明知县韵

老去怕寻少年伴。画栋珠帘、风月无人管。公子看花朱碧乱。新词搅断相思怨。　　凉夜愁肠千百转。一雁西风、锦字何时遣。毕竟啼乌才思短，唤回晓梦天涯远。

【校】

题，四卷本乙集作"和江陵赵宰"。

【饮冰室考证】

乙集本此词题为"和江陵赵宰"，则当时景明所知者，江陵县也。集中江陵作仅见此首。

【启勋案】

《宋史》本传："以平剧盗有功，加秘阁修撰，调京西转运判官，差知江陵府兼湖北安抚"。《舆地广记》："江陵县，故楚郢都。秦分郢为临江县。汉景帝改临江为江陵。即今湖北荆州府属。"

水调歌头

和赵景明知县韵

官事未易了，且向酒边来。君如无我问君，怀抱向谁开。但放平生丘壑，莫管旁人嘲骂，深蛰要惊雷。白发还自笑，何地置衰颓。　　五车书，千石饮，百篇才。新词未到，琼瑰先梦满吾怀。已过西风重九，且要黄花入手，诗兴未关梅。君要花满县，桃李趁时栽。

【启勋案】

此一首不见于四卷本。但篇中有"白发还自笑，何地置衰颓"语，作年定当不早。前首《蝶恋花》，信州本词题与此相同。四卷本乙集作"和江陵赵宰"。伯兄据"江陵"二字以置于淳熙三年丙申，盖以是年先生知江陵府也。但当时先生年甫三十七，似未必有"老去怕寻年少伴"等语。此一首词题相同，又有"白发"二句，颇疑《蝶恋花》作年未必如是之早。集中复有《沁园春》一首，题为"送赵景明知县东归"，首句曰"伫立潇湘"，知是湖南作。又以他种关系知该首《沁园春》乃作于淳熙十一年甲辰，先生四十五岁。《沁园春》乃送其去任东归。因将此两首置于甲辰之前一年癸卯，先生四十四岁时。《沁园春》既可以异地酬唱，此两首亦不必促膝联吟也。（癸卯）

水龙吟

甲辰岁寿韩南涧尚书

渡江天马南来，几人真是经纶手。长安父老，新亭风景，可怜依旧。夷甫诸人，神州沉陆，几曾回首。算平戎万里，功名本是，真儒事、公知否。　　况有文章山斗，对桐阴、满庭清昼。当年堕地，而今试看，风云奔走。绿野风烟，平泉草木，东山歌酒。待他年整顿，乾坤事了，为先生寿。

【校】

题，四卷本甲集作"为南涧尚书寿，甲辰岁"。

【饮冰室考证】

南涧名元吉，字无咎，维曾孙。开封人，徙居上饶。先生家居时，相与唱和最多。此为集中赠韩词最初之一首。读末句可见先生是时功名心仍甚盛，又可见此词乃遥寄为寿者，尚未获与南涧合并也。南涧寿辰在五月，先生时仍在湖南任，抑已移江西？不可考。

【启勋案】

据《南宋文录》洪迈所作之《稼轩记》中有"约略位置而主人初未之识也"云云。此文作于淳熙十二年乙巳，则甲辰五月先生自当仍在湖南。

案：淳熙十一年甲辰，先生四十五岁。

沁园春
带湖新居将成

三径初成，鹤怨猿惊，稼轩未来。甚云山自许，平生意气，衣冠人笑，抵死尘埃。意倦须还，身闲贵早，岂为莼羹鲈鲙哉。秋江上，看惊弦雁避，骇浪船回。　　东冈更葺茅斋。好都把、轩窗临水开。要小舟行钓，先应种柳，疏篱护竹，莫碍观梅。秋菊堪餐，春兰可佩，留待先生手自栽。沉吟久，怕君恩未许，此意徘徊。

【校】

题，《花庵词选》作"退闲"。

"惊弦"，信州本"弦"作"绫"。从四卷本甲集。《历代诗余》作"弦"。

【启勋案】

伯兄谓此词为淳熙十年癸卯作，盖未得见洪迈记文之故。据此文知先生之带湖新居乃落成于淳熙十二年乙巳。则所谓"将成"者，其必为十一年甲辰无疑矣。读先生词者，莫不欲知带湖新居之规模。今不避繁冗，录其全文如次。且洪集已佚，唯《南宋文录》仅存之，尤当广其传也。

稼轩记

国家行在武林，广信最密迩畿辅。东舟西车，蜂午错出，势处便近，士大夫乐寄焉。环城中外，买宅且百数，基局不能宽，亦曰避燥湿寒暑而已耳。

郡治之北可十里许，故有旷土，三面附城。前枕澄湖如宝带，其纵千有二百三十尺，其衡八百有三十尺。截然砥平，可庐以居。而前乎相攸者，皆莫识其处。天作地藏，择然后予。

济南辛侯幼安最后至，一旦独得之。既筑室百楹，才占地什四。乃荒左偏以立圃，稻田泱泱，居然衍十弓。意他日释位得归，必躬耕于是，故凭高作屋下临之，是为"稼轩"。而命田边立亭曰"植杖"，若将真秉耒耨之为者。东冈西阜，北墅南麓，以青径款竹扉，锦路行海棠。集山有楼，婆娑有室，信步有亭，涤砚有渚。皆约略位置，规岁月绪成之。而主人初未之识也，绘图畀余曰："吾甚爱吾轩，为吾记。"

余谓侯本以中州隽人，抱忠仗义，章显闻于南邦。齐虏巧负国，赤手领五十骑缚取于五万众中，如挟毚兔，束马衔枚，由关西奏淮，至通昼夜不粒食。壮声英概，儒士为之兴起。圣天子一见三叹，用是简深知，入登九卿，出节使二道，四立连率幕府。顷赖氏祸作，自潭薄于江西，两地震惊，谈笑扫空之。使遭事会之来，挈中原还职方氏，彼周公瑾、谢安石事业，侯固饶为之。此志未偿，因自诡放浪林泉，从老农学稼，无亦大不可欤？

若余者，伥伥一世间，不能为人轩轾，乃当急须被襜，醉眠牛背，与芜童牧竖肩相摩，幸未黎老时及见侯展大功、衣锦衣、归来竟厦屋潭潭之乐，将荷笠棹舟，风乎玉溪之上。因园隶内谒曰："是尝有力于稼轩者。"侯当辍食迎门，曲席而坐，握手一笑，拂壁间石细读之，庶不为生客。侯名弃疾，今以右文殿修撰再安抚江南西路云。此文讹字不少，但无可校对。

案：此文虽未署年月，但查辛敬甫所编《先生年谱》，淳熙十二年乙巳之记事谓：先生是岁帅湖南，加右文殿修撰，差知隆兴，兼江西安抚使。与洪迈记文结语正相同。可知带湖新居乃落成于乙巳也。伯兄以为移帅隆兴在十一年甲辰。读景卢此文知旧谱不误。

又

送赵景明知县东归，再用前韵

伫立潇湘，黄鹄高飞，望君未来。被东风吹断，西江对语，急呼斗酒，旋拂尘埃。却怪英姿，有如君者，犹欠封侯万里哉。空赢得，道江南佳句，只有方回。　　锦帆画舫行斋。怅雪浪、粘天江景开，记我行南浦，送君折柳，君逢驿使，为我攀梅。落帽山前，呼鹰台下，人道花须满县栽。都休问，看云霄高处，鹏翼徘徊。

【校】

"未来"，四卷本甲集"未"作"不"。《历代诗余》作"未"。

"被东风"，信州本"被"作"快"。从四卷本。《历代诗余》作"快"。

"江景"，四卷本"景"作"影"。

"雪浪"，《历代诗余》"雪"作"云"。

【启勋案】

用前韵，当是同时作。题云"送东归"及首句之"伫立潇湘"，亦可证淳熙十一年甲辰即带湖新居落成之前一年，先生犹在湖南也。

又案：《沁园春》词赵应斋有和韵二章，题"和辛帅"："虎啸风生，龙跃云飞，时不再来。试凭高望远，长淮清浅，伤今怀古，故国氛埃。壮志求伸，匈奴未灭，早以家为何谓哉。多应是，待著鞭事了，税驾方回。　　稼轩聊尔名斋。笑学请、樊迟心未开。似南阳高卧，莘郊自乐，磻溪韬略，传野盐梅。植杖亭前，集山楼下，五桂三槐次第栽。功名遂，向急流勇退，肯恁徘徊。"又："问舍东湖，招隐西山，惠然肯来。有阒香兰桂，无穷幽趣，隔溪车马，何处轻埃。微利虚名，朝荣暮辱，笑尔焉能浼我哉。闲欹枕，被幽禽唤觉，午梦惊回。　　无言独坐南斋。好唤取、芳尊相对开。待醒时重醉，疏帘透月，醉时还醒，画角吹梅。无用千金，休悬六印，荆棘谁能满地栽。人间世，任游鹍独运，斥鷃低徊"。赵应斋名善括，隆兴府人。植杖亭、集山楼，乃先生带湖宅中庭院。见韩景卢

《稼轩记》。

　　丘宗卿亦有和章二首。《历代诗余》题作"次辛稼轩韵"。《文定词》题作"景明告行，颇动怀归之念，得帅卿词，因次其韵。前阕奉送，后阕以自见云"："雨趣轻寒，风作秋声，燕归雁来。动天涯羁思，登山临水，惊心节物，极目烟埃。客里逢君，才同一笑，何遽言归如此哉。别离久，算不应兴尽，却棹船回。　　主人下榻高斋。更检点、笙歌频宴开。便留连不到，迎春见柳，也须小驻，度腊观梅。花上盈盈，闺中脉脉，应念胡麻正好栽。从教去，正危阑望断，小椅徘徊。"又："鞅系弥年，江北江南，羡君去来。笑山横南浦，朝来爽致，文书堆案，胸次生埃。放旷如君，拘縻如我，试问人生谁乐哉。真难学，是得留且住，欲去须回。　　何时竹屋茅斋。去相傍、为邻三径开。撰小窗临水，危亭当巘，随宜有竹，著处须梅。坐读黄庭，手援紫蕌，一寸丹田时自栽。当时暇，更与君来往，林下徘徊"。

　　案：读两人和章，知赵应斋乃和带湖一首，丘宗卿乃和送赵景明一首。又因丘词得知，是年秋尽冬初，先生犹在湖南。

卷二

共八十九首

年　乾道五年己丑至淳熙十四年丁未

岁　三十至四十八

地　建康　临安　滁州　豫章　湖湘　带湖

水龙吟

次年南涧用韵为仆寿，仆与公生日相去一日，再和以寿南涧

　　玉皇殿阁微凉，看公重试薰风手。高门画戟，桐阴闻道，青青如旧。兰佩空芳，蛾眉谁妒，无言搔首。甚年年却有，呼韩塞上，人争问、公安否。　　金印明年如斗。向中州、锦衣行昼。依然盛事，貂蝉前后，风麟飞走。富贵浮云，我评轩冕，不如杯酒。待从公痛饮，八千余岁，伴庄椿寿。

【校】

　　"闻道"，四卷本甲集"闻"作"阁"。

　　"庄椿"，《花庵词选》"庄"作"松"。

【饮冰室考证】

　　题中"次年"二字，据甲辰原唱题言，即乙巳也。南涧用韵寿先生词云"南风五月江波，使君莫袖平戎手。燕然未勒，渡泸声在，宸衷怀旧"，又云"便留公剩馥，蟠桃分我，作归来寿"。称"使君"，知尚在帅任。云"留作来寿"，则尚未归也。云"渡泸怀旧"，则已离荆蛮。云"江波"，则已移镇江。先生与南涧生日同在五月，知是年五月先生恰在隆兴帅任也。

【启勋案】

　　南涧和韵题曰"寿辛侍郎"："南风五月江波，使君莫袖平戎手。燕然未勒，渡泸声在，宸衷怀旧。卧占湖山，楼横百尺，诗成千首。正菖蒲叶老，芙蕖香嫩，高门瑞、人知否。　　凉夜光躔牛斗。梦

初回、长庚如昼。明年看取，蜂旗南下，六嬴西走。功画凌烟，万
钉宝带，百壶清酒。便留公剩馥，蟠桃分我，作归来寿。"南涧此词
乃乙巳年用先生甲辰寿词之韵以寿先生者。有"卧占湖山，楼横百
尺"之句，可知乙巳五月带湖新居已落成矣。

案：淳熙十二年乙巳，先生四十六岁。

菩萨蛮
乙巳冬南涧举似前作，因和之

锦书谁寄相思语。天边数遍飞鸿数。一夜梦千回，梅花
入梦来。　　涨痕纷树发。霜落潇湘白。心事莫惊鸥。人间
千万愁。

【校】

题，信州本作"用前韵"。从四卷本乙集。

"潇湘"，四卷本作"沙洲"。

【饮冰室考证】

此词信州本只题"用前韵"三字。四卷本乙集全题如右，唯
"南涧"作"前涧"，实不词，吾以意校改，自信不谬，果尔。则本
年冬先生与南涧已会晤。南涧老矣（是年六十八），栖隐上饶。细检
《南涧甲乙稿》及《南涧诗余》，晚年绝无去饶远游痕迹。则两公握
手可推定其必在饶。先生帅江西，饶为辖境，虽未尝不可巡阅莅止，
然以他方面资料综核之，似是年秋冬间，先生已落职归饶。故得晤
南涧于带湖新居也。其旁证则于次年详论列之。

【启勋案】

此词颇奇。词题所云"前作"乃《金陵赏心亭为叶丞相赋》。所谓"用前韵"即用赏心亭之韵。前首因金陵及叶丞相等证据，定为乾道九年癸巳作。此首则因四卷本题有乙巳二字，绝无疑问，与前首赏心亭作，相去恰十二年。何以相隔十数年忽而自和一首？初因此首题词中"举似"二字，以为误入南涧作，细案殊非。且赏心亭一首在四卷本甲集，编辑时曾经先生目，更不容有误。乾道癸巳先生与南涧同在金陵，或则当日赏心亭之游亦有南涧。乙巳冬南涧与先生通信偶及先生前作，因而自和此首。第一句"锦书谁寄相思语"，似是通信。"霜落潇湘白"，似仍在湖南未归也。

又

稼轩日向儿曹说。带湖买得新风月。头白早归来。种花花已开。　　功名浑是错。更莫□思著。见说小楼东。好山千万重。

【饮冰室考证】

本词次句云"带湖买得新风月"，先生带湖买宅，其年虽难确指，参伍钩稽，应以淳熙四年丁酉为最近是。先生南归后十余年间，何时始占籍定居，殊属疑问。《鹅湖夜坐》诗云："十载客路旁。"《沁园春·期思卜筑》词云："老鹤高飞，一枝投宿，长笑蜗牛戴屋行。"《新居上梁文》云："欲得置锥之地，遂营环堵之宫。"所谓新居者，即带湖新居也。则前此无置锥地、客路旁如蜗牛戴屋行，或是实情。疑其结婚颇晚，中年以前家族简单，即以官为家。其在信、饶之间，或赁庑而居，或有族属侨寄（其从弟祐之居浮梁）。虽署稼轩，实同萍梗。其始获定栖，实自带湖新居落成后。此新居盖成于淳熙九、十年间。时先生方久居湖南。然其相宅定居，必在出官两湖以前。舍本年外，似无他时期也（谓在乙未年亦得，然彼年正平盗，戎马倥偬，恐无暇及此）。本年冬间，应召赴阙，在信、饶盖颇有盘桓，买得带湖或即此时也。

【启勋案】

伯兄以为此词之作乃在卜筑之始，然细玩词意，实似在落成之后。据洪景卢之《稼轩记》（见本年《沁园春》词下），知带湖新宅乃在湖山胜处，购得空地百万方尺有奇。先生自出意匠，规画而构造之，且绘图以寄景卢，使为之记。并非购入他人之旧第也。苟非落成后，岂得有"种花花已开"及"见说小楼东"等句语？且淳熙丁酉先生才三十八岁，正当盛年。按诸"头白早归来"之句，亦不相似。以为当日先生在湖南任上得上饶家报，知带湖新居已落成，喜极而说与儿曹耳，并非欲筑室而谋诸儿曹也。因将此词移至淳熙十二年乙巳，即带湖新居落成之年。

案：此词信州本缺。四卷本甲集及《稼轩词补遗》均有之。彊村谓"□思"原本作"想思"，误。鹅湖病起之《鹧鸪天》亦可与此词相印证："只因买得青山好，却恨归来白发多"，是初归语；"买得新风月。头白早归来"，是将归语。

鹧鸪天

鹅湖归病起作

翠木千寻上薜萝。东湖经雨又增波。只因买得青山好，却恨归来白发多。　　明画烛，洗金荷。主人起舞客齐歌。醉中只恨欢娱少，无奈明朝酒醒何。

【校】

题，信州本无题。从四卷本甲集。

"结句"，四卷本作"明日醒时奈病何"。

【饮冰室考证】

篇中云"东湖经雨又增波"，是去豫章时语。又云"只因买得青山好，却恨归来白发多"，是初归带湖新居语。

【启勋案】

带湖新居成于乙巳，见前。《舆地纪胜》："鹅湖在铅山县西南十五里。淳熙初，东莱吕公、晦庵朱公、象山陆公曾相会讲道于此，称鹅湖之会。"又："东湖在豫章郡东南，周广五里。"《续职方乘》云："豫章之东湖，犹钱塘之西湖也。虽不敢与西湖齿，然亦一郡之胜。"《读史方舆纪要》："东湖在府城东南隅，周广五里，旧通章江。"

案：淳熙十三年丙午，先生四十七岁。

水调歌头

盟鸥

带湖吾甚爱，千丈翠奁开。先生杖屦无事，一日走千回。凡我同盟鸥鹭，今日既盟之后，来往莫相猜。白鹤在何处，尝试与偕来。　　破青萍，排翠藻，立苍苔。窥鱼笑汝痴计，不解举吾杯。废沼荒丘畴昔，明月清风此夜，人世几欢哀。东岸绿阴少，杨柳更须栽。

【校】

"杖屦无事"，《历代诗余》"屦"作"履"。《花庵》作"无事杖屦"。

"鸥鹭"，四卷本甲集"鹭"作"鸟"。

"相猜"，《花庵》作"相嫌"。

"更须"，《历代诗余》"更"作"便"。

又

汤朝美司谏见和，用韵为谢

白日射金阙，虎豹九关开。见君谏疏频上，谈笑挽天回。千古忠肝义胆，万里蛮烟瘴雨，往事莫惊猜。政恐不免耳，消息日边来。　　笑吾庐，门掩草，径封苔。未应两手无用，要把蟹螯杯。说剑论诗余事，醉舞狂歌欲倒，老子颇堪哀。白发宁有种，一一醒时栽。

【校】

题，四卷本甲集"汤朝美司谏"五字作"汤坡"二字。

"谈笑"，四卷本作"高论"。

【启勋案】

读甲集词题，知朝美名坡。

又

严子文同傅安道和前韵，因再和谢之

寄我五云子，恰向酒边开。东风过尽归雁，不见客星回。

均道琐窗风月，更著诗翁杖屦，合作雪堂猜。子文作雪斋，寄书云："近以旱，无以延客。"岁旱莫留客，霖雨要渠来。　　短灯檠，长剑铗，欲生苔。雕弓挂壁无用，照影落清杯。多病关心药裹，小摘亲锄菜甲，老子政须哀。夜雨北窗竹，更倩野人栽。

【校】

题，四卷本乙集作"严子文同傅安道和盟鸥韵，和以谢之"。

"边开"，四卷本"开"作"来"。

"均道"，四卷本"均"作"闻"。

注，四卷本无注。

【饮冰室考证】

右三首为同时先后作。第一首"先生杖屦无事，一日走千回"，第二首"笑吾庐，门掩草，径封苔"，第三首"雕弓挂壁无用""多病关心药裹，小摘亲锄菜甲"，皆罢官闲居时语。

【启勋案】

以上三首皆丙午作。

浣溪沙

赠子文侍人，名笑笑

侬是嵚崎可笑人。不妨开口笑时频。有人一笑坐生春。

歌欲颦时还浅笑，醉逢笑处却轻颦。宜颦宜笑越精神。

【启勋案】

此词信州本无。与和严子文之《水调歌头》同见四卷本乙集，因附归于前首之后。

满江红

送汤朝美司谏自便归金坛

瘴雨蛮烟，十年梦、尊前休说。春正好、故园桃李，待君花发。儿女灯前和泪拜，鸡豚社里归时节。看依然、舌在齿牙牢，心如铁。　　活国手，封侯骨。腾汗漫，排阊阖。待十分做了，诗书勋业。当日念君归去好，而今却恨中年别。笑江头、明月更多情，今宵缺。

【校】

题，四卷本甲集作"送汤朝美自便归"。

"活国"，四卷本"活"作"治"。

【饮冰室考证】

《南涧甲乙稿》卷一亦有《送汤朝美还金坛》诗，中云："汤公涉南荒。"又："几年卧新州。"又："朅来灵山隈（《上饶志》云："灵山为州之镇山。"），登然慰空谷。濯足山下泉，爱我泉上竹。"汤盖以直谏获罪，曾窜岭表。中间殆量移信州安置。常与韩南涧及先生游宴。至是得赦，许自便。故二公皆有诗送其归云。（丙午）

【启勋案】

《读史方舆纪要》："金坛县在镇江府南百三十里，本曲阿县之金山乡。垂拱四年析置金坛县。"

念奴娇

和韩南涧载酒见过雪楼观雪

兔园旧赏，怅遗踪飞鸟、千山都绝。缟带银杯江上路，唯有南枝香别。万事新奇，青山一夜，对我头先白。倚岩千树，玉龙飞上琼阙。　　莫惜雾鬓云鬟，试教骑鹤，去约尊前月。自与诗翁磨冻砚，看扫幽兰新阕。便拟明年，人间挥汗，留取层冰洁。此君何事，晚来曾为腰折。

【校】

题，四卷本甲集无"韩"字。

"云鬟"，四卷本"云"作"风"。

"明年"，四卷本"□□"。

【饮冰室考证】

《哭䃮诗》云："足音答答来，多在雪楼下。"知雪楼为带湖新宅中之一楼。南涧见过当在本年或次年冬。

【启勋案】

䃮乃先生诸子之一，早殇。先生有诗十五章哭之恸。

水调歌头

九日游云洞，和韩南涧尚书韵

今日复何日，黄菊为谁开。渊明谩爱重九，胸次正崔嵬。酒亦关人何事，政自不能不尔，谁遣白衣来。醉把西风扇，随处障尘埃。　　为公饮，须一日，三百杯。此山高处东望，云气见蓬莱。翳凤骖鸾公去，落佩倒冠吾事，抱病且登台。归路踏明月，人影共徘徊。

【校】

　　题，四卷本甲集无"尚书"二字。

　　"此山"，《历代诗余》"山"作"心"。

【启劻案】

　　南涧原唱题作"水口洞"："今日俄重九，莫负菊花开。试寻高处携手，蹑屐上崔嵬。放目苍岩千仞，云护晚霜成阵，知我与君来。古寺倚修竹，飞槛绝尘埃。　　笑谈间，风满座，酒盈杯。仙人跨海休问，随处是蓬莱（洞有仙骨岩）。落日平原西望，鼓角秋深悲壮，戏马但荒台。细把茱萸看，一醉且徘徊。"《舆地纪胜》："云洞在信州府南二十里，天欲雨则兴云。"

又

再用韵，呈南涧

　　千古老蟾口，云洞插天开。涨痕当日何事，汹涌到崔嵬。攫土搏沙儿戏，翠谷苍崖几变，风雨化人来。万里须臾耳，野马骤空埃。　　笑年来，蕉鹿梦，画蛇杯。黄花憔悴风露，野碧涨荒莱。此会明年谁健，后日犹今视昔，歌舞只空台。爱酒陶元亮，无酒正徘徊。

又

再用韵李子永提干

君莫赋幽愤，一语试相开。长安车马道上，平地起崔嵬。我愧渊明久矣，犹借此翁湔洗，素壁写归来。斜日透虚隙，一线万飞埃。　　断吾生，左持蟹，右持杯。买山自种云树，山下鏖烟莱。百炼都成绕指，万事直须称好，人世几舆台。刘郎更堪笑，刚赋看花回。

【校】

题，四卷本甲集作"再用韵答李子永"。

【饮冰室考证】

右三首当是同时作。王象之《舆地纪胜》"信州景物"条下云："云洞在州南二十余里，天欲雨则兴云。"先生与南涧所游即此。第二首"笑年来，蕉鹿梦，画蛇杯"，是被议落职后语。玩第三首全文，殆李子永赠词为先生深抱不平，先生反以达语开解之，故云"君莫赋幽愤，一语试相开""我愧渊明久矣，犹借此翁湔洗，素壁写归来"，又云"买山自种云树，山下鏖烟莱。百炼都成绕指，万事直须称好，人世几舆台"，皆达观中尚带痛愤也。

【启勋案】

以上数首，伯兄概为丙午、丁未间作。今以系诸丙午。盖带湖新居成于乙巳，而乙巳冬先生犹在湖南。有是年之《菩萨蛮》可以证之。是则去职东归必在丙午。答李子永一首，愤慨溢于言外，似是新受刺激语，而非在一年后也。

又

提干李君索余赋《野秀》《绿绕》二诗，余诗寻医久矣，姑合二榜之意，赋《水调歌头》以遗之。然君才气不减流辈，岂求田问舍而独乐其身耶

文字觑天巧，亭榭定风流。平生丘壑岁晚，也作稻粱谋。五亩园中秀野，一水田将绿绕，稯稯不胜秋。饭饱对花竹，可以便忘忧。　　吾老矣，探禹穴，欠东游。君家风月几许，白鸟去悠悠。插架牙签万轴，射虎南山一骑，容我揽须不。更欲劝君酒，百尺卧高楼。

【饮冰室考证】

子永名泳，号兰泽，庐陵人。尝为坑冶司干官（据《江西诗征小传》）。案《宋史·职官志》云："提举坑冶司在饶者，领江东淮浙福建等路。"子永时正任职在饶，故日与辛、韩唱和也。

【启勋案】

《历代诗余》："李子永名泳，号兰泽，庐陵人。尝为溧水令，著《李氏华萼集》五卷。兄弟五人，洪、漳、泳、洤、涮，皆以文名于时。"（丙午）

蝶恋花

继杨济翁韵饯范南伯知县归京口

泪眼送君倾似雨。不折垂杨、只倩愁随去。有底风光留不住。烟波万顷春江橹。　　老马临流痴不渡。应惜障泥、

忘了寻春路。身在稼轩安稳处。书来不用多行数。

【饮冰室考证】

南伯似是当时上饶知县。后此一两年间，多与杨济翁唱和之作。则此词或竟作于本年丁酉。

【启勋案】

篇中有"身在稼轩安稳处。书来不用多行数"之句，确是上饶新居落成后之语气。谓已一变前此之浪漫生涯矣。因移至淳熙十三年丙午，即带湖新居落成之翌年，亦即先生罢职家居上饶之初年。然而淳熙四年丁酉下距十三年丙午相隔九年，则县令一职几成南伯之终身官矣。济翁原唱见《西樵语业》，题为"别范南伯"："离恨做成春夜雨。添得春江、划地东流去。弱柳系船都不住。为君愁绝听鸣橹。　君到南徐芳草渡。想得寻春、依旧当年路。后夜独怜回首处。乱山遮隔无重数。"（丙午）

昭君怨

豫章寄张守定叟

长记潇湘秋晚。歌舞橘洲人散。走马月明中。折芙蓉。　今日西山南浦。画栋珠帘云雨。风景不争多。奈愁何。

【启勋案】

此词见甲集。乃甫由湖南移知隆兴，词意甚明。盖淳熙十三年丙午也。伯兄亦以此词为乙巳作，因将由湖南移帅隆兴推早一年之故。

西河

送钱仲耕自江西漕移守婺州

西江水。道似西江人泪。无情却解送行人，月明千里。
从今日日倚高楼，伤心烟树如荠。　　会君难，别君易。草
草不如人意。十年着破绣衣茸，种成桃李。问君可是厌承明，
东方鼓吹千骑。　　对梅花、更消一醉。看明年、调鼎风味。
老病自怜憔悴。过吾庐定有，幽人相问，岁晚渊明归来未。

【校】

题，四卷本甲集"移守"二字作"赴"。

"道似"，四卷本"似"作"是"。《历代诗余》作"是"。

"看明年"，四卷本"看"作"有"。

"老病"，《历代诗余》"病"作"大"。

【饮冰室考证】

读末句则先生时尚未归，可知仲耕由江西漕移官。盖先生在江
西任，而与同官者由南昌往婺州，必经广信。故有"过吾庐"语。

【启勋案】

伯兄亦以此词为乙巳作，但据洪迈之《稼轩记》，知乙巳先生犹
在湖南。又据先生乙巳冬之《菩萨蛮》有"霜落潇湘白"之句，可
证乙巳冬犹在湖南。此词作于江西而有"对梅花、更消一醉"及
"岁晚渊明归来未"之句，其必为丙午冬无疑矣。因移于此。

案：丘宗卿有和章题为"饯钱漕仲耕移知婺州奏事用幼安韵"：
"清似水。不了眼中供泪。今宵忍听唱阳关，暮云千里。可堪客里送
行人，众山空老春荠。　　道别去，如许易。离合定非人意。几年

回首望龙门，近才御李。也知追诏有来时，匆匆今见归骑。　　整
弓刀，徒御喜。举离觞、饮醽无味。端的慰人愁悴。想天心注倚，
方深应是，日日传宣公来未。"

水调歌头

庆韩南涧尚书七十

上古八千岁，才是一春秋。不应此日刚把，七十寿君
侯。看取垂天云翼，九万里风在下，与造物同游。君欲计岁
月，尝试问庄周。　　醉淋浪，歌窈窕，舞温柔。从今杖屦
南涧，白日为君留。闻道钧天帝所，频上玉厄春酒。冠盖拥
龙楼。快上星辰去，名姓动金瓯。

【校】

题，四卷本甲集无"尚书"二字。

"尝试"，甲集"尝"作"当"。

"冠盖"，甲集"盖"作"佩"。

【饮冰室考证】

据《南涧集》"南剑道中"诗注，知南涧生于徽宗重和元年戊
戌，其七十寿当在淳熙十四年丁未。甲辰、乙巳间先生与南涧互相
庆寿时，先生服官在外，邮筒往复而已。此词云"从今杖屦南涧，
白日为君留"，则同居上饶，朝夕过从矣。

【启勋案】

乙巳先生犹在湖南帅任上，丙午迁江西安抚使，丁未家居上饶。

带湖新居乃落成于乙巳。见洪迈所作之《稼轩记》。

案：淳熙十四年丁未，先生四十八岁。

六么令
用陆氏事，送玉山令陆德隆侍亲东归吴中

酒群花队，攀得短辕折。谁怜故山归梦，千里莼羹滑。便整松江一棹，点检能言鸭。故人欢接。醉怀霜橘，堕地金圆醒时觉。　　长喜刘郎马上，肯听诗书说。谁对叔子风流，直把曹刘压。更看君侯事业，不负平生学。离觞愁怯。送君归后，细写茶经煮香雪。

【校】

题，四卷本甲集无"侍亲东归吴中"六字。

"欢接"，《历代诗余》"欢"作"欲"。

"离觞"，《历代诗余》"觞"作"肠"。

又
再用前韵

倒冠一笑，华发玉簪折。阳关自来凄断，却怪歌声滑。放浪儿童归舍，莫恼比邻鸭。水连山接。看君归兴，如醉中醒梦中觉。　　江上吴侬问我，一一烦君说。忍使尊酒频空，剩欠真珠压。手把渔竿未稳，长向沧浪学。问愁谁怯。可堪杨柳，先作东风满城雪。

【启勋案】

　　右二首年月虽无考，但俱在甲集。总是戊申以前。第一首之"送君归后，细写茶经煮香雪"，第二首之"手把渔竿未稳，长向沧浪学"，是初罢职家居语。玉山县为上饶属，"攀得短辕折"，是送地方官语。计先生自上饶筑室以后、戊申以前，得以悠然家居者，唯罢隆兴帅后之丁未一年。因以系于丁未。

临江仙

醉宿崇福寺，寄祐之弟。祐之以仆醉先归

　　莫向空山吹玉笛，壮怀酒醒心惊。四更霜月太寒生。被翻红锦浪，酒满玉壶冰。　　小陆未须临水笑，山林我辈钟情。今宵依旧醉中行。试寻残菊处，中路候渊明。

【校】

　　题，四卷本甲集无"弟祐之"三字。

【启勋案】

　　《广信府志》："崇福寺在上饶附郭之乾元乡，宋淳化中建。"先生四十九岁以前，得以闲居上饶者，唯丁未一年。此词当是丁未作。祐之为先生从弟，详见后"尘土西风"之《满江红》。

又

再用韵送祐之弟归浮梁

　　钟鼎山林都是梦，人间宠辱休惊。只消闲处过平生。酒

杯秋吸露，诗句夜裁冰。　　记取小窗风雨夜，对床灯火多情。问谁千里伴君行。晓山眉样翠，秋水镜般明。

【校】

　　题，四卷本甲集作"和前韵"。

【启勋案】

　　此词与前首同韵，当是同时作。《读史方舆纪要》："浮梁县属饶州，在东北百八十里。汉鄱阳县地。唐武德四年析置新平县，开元四年改新昌县，天宝初改浮梁县。"

朝中措
崇福寺道中，归寄祐之弟

　　篮舆袅袅破重冈。玉笛两红妆。这里都愁酒尽，那边正和诗忙。　　为谁醉倒，为谁归去，都莫思量。白水东边篱落，斜阳欲下牛羊。

【校】

　　题，信州本作"醉归寄祐之弟"。从四卷本甲集。

【启勋案】

　　此亦崇福寺作，且同是寄祐之，疑是同时作。

洞仙歌
开南溪初成赋

　　婆娑欲舞，怪青山欢喜。分得清溪半篙水。记平沙鸥鹭，落日渔樵，湘江上、风景依然如此。　　东篱多种菊，待学渊明，酒兴诗情不相似。十里涨春波，一棹归来，只做个五湖范蠡。是则是、一般弄扁舟，争知道他家，有个西子。

【校】

题，四卷本丁集作"所居山后为仙人舞袖形"。

【启勋案】

玩"记平沙鸥鹭，落日渔樵，湘江上、风景依然如此"及"一棹归来"等句，自是初从湖南归来语。然则四卷本词题作"所居山后"云云，其为上饶之居必矣。词见丁集，但丙、丁两集通各时代皆有。因以附于丁未，即先生归居上饶之初年。

水调歌头
和信守郑舜举蔗庵韵

万事到白发，日月几西东。羊肠九折歧路，老我惯经从。竹树前溪风月，鸡酒东家父老，一笑偶相逢。此乐竟谁觉，天外有冥鸿。　　味平生，公与我，定无同。玉堂金马自有，佳处著诗翁。好锁云烟窗户，怕入丹青图画，飞去了无踪。此语更痴绝，真有虎头风。

【校】

题，四卷本甲集无"信守"二字。

【启勋案】

以下诸词见四卷本甲集，可断为戊申以前作。因甲集有戊申元日范开一序文故也。诸词身心闲暇，且多写上饶景物，确是带湖家居时。计带湖新居成于乙巳，有洪景卢之文可据。丙午春，先生由湖南移帅隆兴，有乙巳冬之《菩萨蛮》可据。丁未春乃落职家居，有"送钱仲耕之西河"可据。则戊申以前得家居而身心闲暇者，唯丁未一年耳。因以此诸词系于丁未。郑舜举名汝谐，清田人。尝知赣州府。孝宗时知湖南武冈军。

满江红
送信守郑舜举被召

湖海平生，算不负、苍髯如戟。闻道是、君王著意，太平长策。此老自当兵十万，长安正在天西北。便凤凰、飞诏下天来，催归急。　　车马路，儿童泣。风雨暗，旌旗湿。看野梅官柳，东风消息。莫向蔗庵追笑语，只今松竹无颜色。问人间、谁管别离愁，杯中物。

【校】
　　题，四卷本甲集作"送郑舜举郎中被召"。

【饮冰室考证】
　　《南涧甲乙稿》有"题郑舜举蔗庵诗"云："吾州富佳山，修竹连峻岭……岂知刺史宅，跬步阅清景。古木盘城隅，石径幽且迥……郑公闲阁暇，独步毗庐顶。日此气象殊，逍遥步方永……"知蔗庵在官署后灵山高处，舜举作守时新筑也。《舆地纪胜》引《上饶志》云："灵山为州之镇山，冈势迤逦，从北来，州宅实枕其趾。"参以韩诗中"刺史宅""毗庐顶"诸语，略可得蔗庵所在。信守见集中者四人，郑为最先。想先生归信未久便去任，故唱和词仅两首也。

又

游南岩和范先之韵

笑拍洪崖，问千丈、翠岩谁削。依旧是、西风白鸟，北村南郭。似整复斜僧屋乱，欲吞还吐林烟薄。觉人间、万事到秋来，都摇落。　　呼斗酒，同君酌。更小隐，寻幽约。且丁宁休负，北山猿鹤。有鹿从渠求鹿梦，非鱼定未知鱼乐。正仰看、飞鸟却謷人，回头错。

【校】

题，四卷本甲集"先"作"廓"。

"白鸟"，四卷本"鸟"作"马"。

"更"，四卷本空格。《历代诗余》作"更"。

【启勋案】

《太平寰宇记》云："南岩在上饶县十余里，岩傍巨石，俨然北向。其下宽平，可坐千人，为士女游赏之处。"

又

和范先之雪

天上飞琼，毕竟向、人间情薄。还又跨、玉龙归去，万花摇落。云破林梢添远岫，月明屋角分层阁。记少年、骏马走韩卢，掀东郭。　　吟冻雁，嘲饥鹊。人已老，欢犹昨。对琼瑶满地，与君酬酢。最爱霏霏迷远近，却收扰扰还空阔。待羔儿、酒罢又烹茶，扬州鹤。

【校】

　　题，四卷本甲集"先"作"廓"。

　　"月明"，四卷本"明"作"临"。

　　"琼瑶"，《历代诗余》作"瑶华"。

　　"却收"，《历代诗余》"却"作"都"。

　　"空阔"，四卷本作"寥廓"。《历代诗余》作"空廓"。

　　"酒罢"，《历代诗余》"酒"作"饮"。

乌夜啼

山行，约范先之不至

江头醉倒山公。月明中。记得昨宵归路，笑儿童。

溪欲转，山已断，两三松。一段可怜风月，欠诗翁。

【校】

　　题，四卷本甲集"先"作"廓"。

又

先之见和复用韵

人言我不如公。酒杯中。更把平生湖海，问儿童。

千尺蔓，云叶乱，系长松。却笑一身缠绕，似衰翁。

【校】

　　题，四卷本甲集"先"作"廓"。

"酒杯"，四卷本"杯"作"頻"。

【饮冰室考证】

集中与范先之酬唱词颇多，其见于甲集者则此四首。先之名待考。《醉翁操》词序云："先之与余游八年，日从事诗酒间。"据此知两人交谊甚笃，且继续合并时颇长。又凡信州十二卷本之范先之四卷本皆作"廓之"，盖一人而有两字者。余颇疑其人即编辑稼轩词甲集之范开。"开"之与"先"、与"廓"义皆相属。甲集开自序云："开久从公游，裒集百首，皆亲得之于公者"，亦与《醉翁操》序语意相合。唯前在帅任时，绝无与先生往还痕迹。则知所谓从游八年者，实家居时事。其年略当自乙巳、丙午间起算也。（考证别详辛亥年条下）

念奴娇

赋白牡丹，和范先之韵

对花何似，似吴宫初教，翠围红阵。欲笑还愁羞不语，惟有倾城娇韵。翠盖风流，牙签名字，旧赏那堪省。天香染露，晓来衣润谁整。　　最爱弄玉团酥，就中一朵，曾入扬州咏。华屋金盘人未醒，燕子飞来春尽。最忆当年，沉香亭北，无限春风恨。醉中休问，夜深花睡香冷。

【校】

题，四卷本甲集"先"作"廓"。

【启勋案】

此词亦见四卷本甲集，伯兄谓只前四首，殆一时错算耳。

新荷叶

和赵德庄韵

人已归来，杜鹃欲劝谁归。绿树如云，等闲付与莺飞。兔葵燕麦，问刘郎、几度沾衣。翠屏幽梦，觉来水绕山围。有酒重携，小园随意芳菲。往日繁华，而今物是人非。春风半面，记当年、初识崔徽。南云雁少，锦书无个因依。

【校】

"付与"，四卷本甲集"付"作"惜"。

【启勋案】

赵德庄原唱："欲暑还凉，如春有意重归。春若归来，任他莺老花飞。轻雷澹雨，似晚风、欺得单衣。檐声惊醉，起来新绿成围。

回首分携，光风冉冉菲菲。曾几何时，故山疑梦还非。鸣琴再抚，将清恨、都入金徽。永怀桥下，系船溪柳依依。"又："细雨悔黄，去年双燕还归。多少繁红，尽随蝶舞蜂飞。阴浓绿暗，正麦秋、犹衣罗衣。香凝沉水，雅宜帘幕重围。　绣扇仍携，花枝尘染芳菲。遥想当时，故交往往人非。天涯再见，悦情话、景仰清徽。可人怀抱，晚期莲社相依。"

又

再和前韵

春色如愁，行云带雨才归。春意长闲，游丝尽日低飞。

闲愁几许，更晚风、特地吹衣。小窗人静，棋声似解重围。

　　光景难携，任他鹥鹁芳菲。细数从前，不应诗酒皆非。知音弦断，笑渊明、空抚余徽。停杯对影，待邀明月相依。

【校】

　　题，四卷本甲集无"前韵"二字。

　　"晚风"，《历代诗余》"晚"作"晓"。

　　"从前"，《历代诗余》作"前愆"。

【饮冰室考证】

　　德庄名彦端，一号介庵，魏王廷美七世孙。晚年亦侨寓信州。故与韩南涧交最笃。南涧尝赠以诗七首，以"过去生中作弟兄"为韵。本词云"人已归来，杜鹃欲劝谁归"，知是归田后所作。信州本尚有《水调歌头·寿赵漕介庵》一首，唯不见甲集，未知何时作。考德庄年岁，似较老于先生。此作当非甚晚也。

【启勋案】

　　赵德庄名彦端，宋宗室。乾道、淳熙间以直宝文阁知建宁府，有《介庵词》四卷。

水调歌头

送郑厚卿赴衡州

　　寒食不小住，千骑拥春衫。衡阳石鼓城下，记我旧停骖。襟以潇湘桂岭，带以洞庭青草，紫盖屹西南。文字起骚雅，刀剑化耕蚕。　　看使君，于此事，定不凡。奋髯抵几堂上，尊俎自高谈。莫信君门万里，但使民歌五袴，归诏凤凰衔。君去我谁饮，明月影成三。

【校】

　　"襟以""带以"，四卷本乙集"以"皆作"似"。《历代诗余》作"以"。

　　"西南"，四卷本"西"作"东"。

　　"耕蚕"，《历代诗余》"耕"作"新"。

【启勋案】

　　《舆地纪胜》："石鼓山在衡州城东三里。"郦道元《水经注》云："临蒸县有石鼓，高六尺，湘水所径"。

满江红

稼轩居士花下与郑使君惜别，醉赋。侍者飞卿奉命书

　　莫折荼蘼，且留取、一分春色。还记得、青梅如豆，共伊同摘。少日对花浑醉梦，而今醒眼看风月。恨牡丹、笑我倚东风，头如雪。　　榆荚阵，菖蒲叶。时节换，繁华歇。算怎禁风雨，怎禁鹈鴂。老冉冉兮花共柳，是栖栖者蜂和蝶。也不因、春去有闲愁，因离别。

【校】

　　题，信州本作"饯郑衡州厚卿席上再赋"。四卷本甲集题如右。从四卷本。

　　"且留取"，四卷本作"尚留得"。

　　"记得"，四卷本"得"作"取"。《历代诗余》"记"作"待"。

"浑醉"，四卷本"浑"作"昏"。

"头如雪"，四卷本"头"作"形"。

"过片三韵"，四卷本作"人渐远，君休说。榆荚阵，菖蒲叶。算不因风雨，只因鹧鸪"。《历代诗余》同信州本，但"阵"作"钱"。

【饮冰室考证】

厚卿名籍待考。玩"共伊同摘""少日对花"等句，其人似是先生髫年故交。《水调歌头》之"衡阳石鼓"数句，知是罢湘帅后作。亦可见先生于治湘政绩甚自喜也。

【启勋案】

据四卷本之题辞得知，先生有一姬人名飞卿，通文翰。观"稼轩居士"云云，知此题乃飞卿所自定。

鹧鸪天
郑守厚卿席上谢余伯山，用其韵

梦断京华故倦游。只今芳草替人愁。阳关莫作三叠唱，越女应须为我留。　　看逸韵，自名流。青衫司马且江州。君家兄弟真堪笑，个个能修五凤楼。

又
和人韵，有所赠

趁得西风汗漫游。见他歌后怎生愁。事如芳草春长在，人似浮云影不留。　　眉黛敛，眼波流。十年薄幸谩扬州。明朝短棹轻衫梦，只在溪南罨画楼。

【校】

"西风"，四卷本丁集"西"作"春"。

"谩扬州"，《历代诗余》"谩"作"说"。

菩萨蛮
送郑守厚卿赴阙

送君直上金銮殿。情知不久须相见。一日甚三秋。愁来不自由。　　九重天一笑。定是留中了。白发少经过。此时愁奈何。

【启勋案】

以上赠厚卿之《鹧鸪天》及《菩萨蛮》，四卷本无之，唯见信州十二卷本。其余一首《鹧鸪天》见四卷本丁集，与赠厚卿同韵，知是同时作。因缀于赠厚卿诸词之后。

最高楼
醉中有索四时歌为赋

长安道，投老倦游归。七十古来稀。藕花雨湿前湖夜，桂枝风澹小山时。怎消除，须酾酒，更吟诗。　　也莫向、竹边辜负雪，也莫向、柳边辜负月。闲过了，总成痴。种花事业无人问，惜花情绪只天知。笑山中，云早出，鸟归迟。

【校】

"辜负"，四卷本甲集"辜"均作"孤"。

"惜花情绪"，四卷本作"对花情味"。

【饮冰室考证】

篇中有"投老倦游归"语，知是家居时作。

【启勋案】

因词见甲集，知不是家居铅山时。

又

和杨民瞻席上用前韵，赋牡丹

西园买，谁载万金归。多病胜游稀。风斜画竹天香夜，凉生翠盖酒酣时。待重寻，居士谱，谪仙诗。　看黄底、御袍元自贵，看红底、状元新得意。如斗大，笑花痴。汉妃翠被娇无奈，吴娃粉阵恨谁知。但纷纷，蜂蝶乱，笑春迟。

【校】

题，信州本无"前"字。从四卷本甲集。

"笑花痴"，四卷本"笑"作"只"。

【启勋案】

此首用前韵，且同见甲集，知是同时作。

满江红

和杨民瞻送祐之弟还侍浮梁

尘土西风，便无限、凄凉行色。还记取、明朝应恨，今宵轻别。珠泪争垂华烛暗，雁行欲断衰筝切。看扁舟、幸自涩清溪，休催发。　　白石路，长亭侧。千树柳，千丝结。怕行人西去，棹歌声阕。黄卷莫教诗酒污，玉阶不信仙凡隔。但从今、伴我又随君，佳哉月。

【校】

"欲断"，四卷本甲集"欲"作"中"。

"白石"，四卷本"石"作"首"。

"侧"，四卷本作"仄"。

【启勋案】

祐之是先生从弟，有母在南。先生《西江月》词"寿祐之弟新居落成"中，有"先向太夫人贺"语。家浮梁，与上饶铅山接境。文采风流，殆肖先生。参观伯兄著《先生年谱》之"发凡"。

生查子

山行，寄杨民瞻

昨宵醉里行，山吐三更月。不见可怜人，一夜头如雪。　　今宵醉里归，明月关山笛。收拾锦囊诗，要寄扬雄宅。

又
民瞻见和，再用韵

谁倾沧海珠，簸弄千明月。唤取酒边来，软语裁春雪。　　人间无凤凰，空费穿云笛。醉里却归来，松菊陶潜宅。

【饮冰室考证】

民瞻名籍待考。集中与渠唱和词凡七首。右四首见甲集，余见丙、丁集。寻文知是信州朋旧也。

念奴娇
赋雨岩，效朱希真体

近来何处，有吾愁，何处还知吾乐。一点凄凉千古意，独倚西风寥阔。剪竹寻泉，和云种树，唤做真闲客。此心闲处，未应长藉丘壑。　　休说往说皆非，而今云是，且把清尊酌。醉里不知谁是我，非月非云非鹤。露冷松梢，风高桂子，醉了还醒却。北窗高卧，莫教啼鸟惊著。

【校】

题，四卷本甲集作"赋雨岩"。

"寥阔"，四卷本"阔"作"廓"。《历代诗余》作"廓"。

"剪竹"，四卷本"剪"作"竑"。

"闲客"，信州本"客"作"个"。从四卷本。《历代诗余》作

"闲确"。

　　"未应"，四卷本"未"作"不"。

　　"云是"，《历代诗余》"云"作"觉"。

　　"露冷二句"，四卷本"风高"与"松梢"倒置。

【饮冰室考证】

　　雨岩为上饶附郭名胜，故家居时游咏频数。

【启勋案】

　　查上饶附郭无雨岩之名。《舆地纪胜》："永丰县东南四十余里有雨石山。《旧经》云：岁旱祷之多应，故名。山西有岩，洞有石如螭盘、如虎跳、如鹤立、如鸾翔云。"以次首《摸鱼儿》之词题证之，当即此处。永丰东南正与上饶接壤也。

摸鱼儿

雨岩有石，状甚怪，取《离骚》《九歌》，名曰山鬼，因赋《摸鱼儿》，改名《山鬼谣》

　　问何年、此山来此，西风落日无语。看君似是羲皇上，直作太初名汝。溪上路。算只有、红尘不到今犹古。一杯谁举。笑我醉呼君，崔嵬未起，山鸟覆杯去。　　须记取，昨夜龙湫风雨。门前石浪掀舞。四更山鬼吹灯啸，惊倒世间儿女。依约处。还问我、清游杖屦公良苦。神交心许。待万里携君，鞭笞鸾凤，诵我远游赋。石浪，庵外巨石也，长三十余丈。

【校】

　　调，四卷本甲集作"山鬼谣"。

"太初",《历代诗余》"初"作"虚"。
"溪上路",《历代诗余》"路"作"住"。
"诵我",《历代诗余》"诵"作"送"。

蝶恋花

月下醉书雨岩石浪

九畹芳菲兰佩好。空谷无人、自怨蛾眉巧。宝瑟泠泠千古调。朱丝弦断知音少。　　冉冉年华吾自老。水满汀洲、何处寻芳草。唤起湘累歌未了。石龙舞罢松风晓。

又

用前韵,送人行

意态憨生元自好。学画鸦儿、旧日偏他巧。蜂蝶不禁花引调。西园人去春风少。　　春已无情秋又老。谁管闲愁、千里青青草。今夜倩簪黄菊了,断肠明日霜天晓。

【启勋案】

前首见四卷本甲集,此首见乙集。用前韵,当是同时作。

洞仙歌

访泉于期思得周氏泉为赋

飞流万壑,共千岩争秀。孤负平生弄泉手。叹轻衫短帽,几许红尘。还自喜、濯发沧浪依旧。　　人生乐行耳，身后虚名，何似生前一杯酒。便此地，结吾庐，待学渊明，更手种门前五柳。且归去、父老约重来，问如此青山，定重来否？

【饮冰室考证】

读此词，知后此期思卜筑，机已动于此时矣。

【启勋案】

期思在铅山县。据辛敬甫所编《年谱》，谓"瓢泉在铅山县期思市瓜山之下"，则期思乃一市镇也。

菩萨蛮
雪楼赏牡丹，席上用杨民瞻韵

红牙签上群仙格。翠罗盖底倾城色。和雨泪阑干。沉香亭北看。　　东风休放去。怕有流莺诉。试问赏花人。晓妆匀未匀。

【启勋案】

雪楼乃先生带湖宅中之一楼。此词不见四卷本，唯信州本有之。似是与《最高楼·和民瞻》一首同时作。

丑奴儿近
博山道中效李易安体

千峰云起，骤雨一霎儿价。更远树斜阳，风景怎生图画。青旗卖酒，山那畔别有人家。只消山水光中无事，过者一夏。　　午醉醒时，松窗竹户，万千潇洒。野鸟飞来，又是一般闲暇。却怪白鸥，觑著人、欲下未下。旧盟都在，新来莫是，别有说话。

【校】

调，四卷本无"近"字。

"儿价"，四卷本甲集"儿"作"时"。

"人家"，四卷本"家"作"间"。

"过者"，四卷本"者"作"这"。

【启勋案】

读"旧盟都在"一句，知此词当作在"盟鸥"之后。《舆地纪胜》："博山在广丰西二十里，古名通元。峰以形似庐山玉炉峰，故改今名。唐德韶国师建刹其中。寺后有卓锡泉。"

江神子

博山道中书王氏壁

一川松竹任横斜。有人家。被云遮。雪后疏梅、时见两三花。比著桃源溪上路，风景好、不争些。　　旗亭有酒径须赊。晚寒咱。怎禁他。醉里匆匆、归骑自随车。白发苍颜吾老矣，只此地、是生涯。

【校】

"比著"，四卷本甲集"著"字脱。

"争些"，四卷本"些"作"多"。

"寒咱"，四卷本"咱"作"些"。

清平乐
博山道中即事

柳边飞鞚。雾湿征衣重。宿鹭窥沙孤影动。应有鱼虾入梦。　　一川明月疏星。浣纱人影娉婷。笑背行人归去，门前稚子啼声。

【校】

"雾湿"，四卷本甲集"雾"作"露"。

"窥沙孤"，四卷本作"惊窥沙"。

"明月"，四卷本"明"作"淡"。

又

茅檐低小。溪上青青草。醉里吴音相媚好。白发谁家翁媪。　　大儿锄豆溪东，中儿正织鸡笼。最喜小儿亡赖，溪头卧剥莲蓬。

【校】

"吴音"，四卷本甲集"吴"作"蛮"。

"卧剥"，信州本与《历代诗余》"卧"作"看"。从四卷本。

又
独宿博山王氏庵

绕床饥鼠。蝙蝠翻灯舞。屋上松风吹急雨。破纸窗间自语。　　平生塞北江南。归来华发苍颜。布被秋宵梦觉，眼前万里江山。

【启勋案】

补遗中有《出塞·春寒》一首。伯兄以为先生不应有出塞之作。此词亦有"平生塞北江南"之句。或则先生于未南归之先，亦尝至塞外也。

丑奴儿
书博山道中壁

烟芜露麦荒池柳，洗雨烘晴。洗雨烘晴。一样春风几样青。　　提壶脱袴催归去，万恨千情。万恨千情。各自无聊各自鸣。

【校】

"露麦"，信州本"麦"作"夌"。从四卷本甲集。

【饮冰室考证】

《大清一统志》："博山在广丰县西南三十余里。南临溪流，远望如庐山之香炉峰。"按广丰西距上饶界十五里，故先生家居，常往来其地。

【启勋案】

　　《广信府志》："博山寺之侧，有'稼轩书舍'。宋辛弃疾尝读书于此云。"

鹧鸪天
鹅湖道中

　　一榻清风殿影凉。涓涓流水向回廊。千章云木钩辀叫，十里溪风稏稏香。　　冲急雨，趁斜阳。山园细路转微茫。倦途却被行人笑，只为林泉有底忙。

【校】

　　题，四卷本甲集作"鹅湖寺道中"。

　　"水向"，信州本"向"作"响"。从四卷本。

又
鹅湖归，病起作

　　枕簟溪堂冷欲秋。断云依水晚来收。红莲相倚浑如醉，白鸟无言定自愁。　　书咄咄，且休休。一丘一壑也风流。不知筋力衰多少，但觉新来懒上楼。

【校】

　　题，《花庵词选》作"秋意"。

　　"如醉"，《花庵》"醉"作"怨"。

【饮冰室考证】

《舆地纪胜》："鹅湖在铅山县西南十五里。"集中游鹅湖词甚多，此二首则见甲集者。

【启勋案】

《广信府志》："鹅湖山，在铅山县东北十五里。唐大历间，僧大义植锡山中，建仁寿院，又名鹅湖寺。宋朱、吕、二陆四先生讲学于此，始建鹅湖书院。"又云："鹅湖寺在铅山县北十五里，以鹅湖山得名。唐大历中，大义禅师结庵峰顶，后移临官道。"《舆地纪胜》与《广信府志》所言鹅湖之方位，各不相同，未知孰是。

清平乐

检校山园，书所见

连云松竹。万事从今足。挂杖东家分社肉。白酒床头初熟。　　西风梨枣山园。儿童偷把长竿。莫遣旁人惊去，老夫静处闲看。

又

断崖松竹。竹里藏冰玉。路转清溪三百曲。香满黄昏雪屋。　　行人系马疏篱。折残犹有高枝。留得东风数点，只缘娇懒春迟。

【校】

题，四卷本甲集题同前首。

"松竹"，四卷本"松"作"修"。《历代诗余》作"疏"。

"娇懒"，四卷本"懒"作"嫩"。从四卷本。

【启勋案】

计山园落成后，先生得如此安闲以曳杖于其间者，唯丁未一年。因将甲集诸闲居词汇附于此。

贺新郎
赋水仙

云卧衣裳冷。看萧然、风前月下，水边幽影。罗袜生尘凌波去，汤沐烟波万顷。爱一点、娇黄成晕。不记相逢曾解佩，甚多情、为我香成阵。待和泪，收残粉。　　灵均千古怀沙恨，记当时、匆匆忘把，此仙题品。烟雨凄迷僝僽损，翠袂摇摇谁整。谩写入、瑶琴幽愤。弦断招魂无人赋，但金杯、的皪银台润。愁殢酒，又独醒。

【校】

"记当时"，四卷本甲集"记"字脱。《历代诗余》作"记"。

【启勋案】

以下诸词俱见甲集，知为丁未以前作。因汇录于此。虽不知年，然所知者，则皆先生四十九岁以前作品也。

满江红
中秋寄远

快上西楼，怕天放、浮云遮月。但唤取、玉纤横管，一声吹裂。谁做冰壶凉世界，最怜玉斧修时节。问嫦娥、孤冷有愁无，应华发。　　云液满，琼杯滑。长袖舞，清歌咽。叹十常八九，欲磨还缺。但愿长圆如此夜，人情未必看承别。把从前、离恨总包藏，归时说。

【校】

"横管"，四卷本甲集"管"作"笛"。《历代诗余》作"笛"。

"凉世界"，四卷本"凉"作"浮"。

"孤冷"，信州本"冷"作"令"。从四卷本。《历代诗余》作"孤处"。

"但愿"，四卷本作"若得"。

"包藏"，四卷本及十二卷本皆作"成欢"。从《历代诗余》。

又
病中俞山甫教授访别，病起寄之

曲几团蒲，记方丈、君来问疾。更夜雨、匆匆别去，一杯南北。万事莫侵闲鬓发，百年正要佳眠食。最难忘、此语重殷勤，千金直。　　西崦路，东岩石。携手处，今陈迹。望重来犹有，旧盟如日。莫信蓬莱风浪隔，垂天自有扶摇力。对梅花、一夜苦相思，无消息。

【校】

"记方丈"，四卷本甲集作"方丈里"。

"陈迹"，信州本"陈"作"尘"。从甲集。

【启勋案】

此或当是卧病博山寺之作。《信州府志》："东岩在永丰县南即虹桥。其下水清石瘦，风景殊佳云。"博山在永丰县属寺旁，有稼轩书舍，为先生所常至。而词中又有"东岩石"之句，故疑非家居。

水调歌头

和王政之右司吴江观雪见寄

造化故豪纵，千里玉鸾飞。等闲更把万斛，琼粉盖玻璃。好卷垂虹千丈，只放冰壶一色，云海路应迷。老子旧游处，回首梦耶非。　谪仙人，鸥鸟伴，两忘机。掀髯把酒一笑，诗在片帆西。寄语烟波旧侣，闻道莼鲈正美，休裂芰荷衣。上界足官府，汗漫与君期。

【校】

题，四卷本甲集"政"作"正"。

"造化"，甲集与《历代诗余》"化"作"物"。

"玻璃"，四卷本甲集作"颇黎"。

"休裂"，四卷本甲集"裂"作"制"。

声声慢

嘲红木犀。余儿时尝入京师禁中凝碧池，因书当时所见

开元盛日，天上栽花，月殿桂影重重。十里芬芳，一枝金粟玲珑。管弦凝碧池上，记当时、风月愁侬。翠华远、但江南草木，烟锁深宫。　　只为天姿冷澹，被西风酝酿，彻骨香浓。枉学丹蕉叶展，偷染妖红。道人取次装束，是自家、香底家风。更怕是，为凄凉、长在醉中。

【校】

题，"嘲"，四卷本甲集作"赋"，"犀"字下空一格。小草斋钞本"犀"字下作小注。

"叶展"，信州本"展"作"底"。从四卷本。

【启勋案】

辛敬甫所编之世系谱，先生祖父名赞，仕金，封陇西郡开国男，知开封府。先生殆随任在官署，故儿时得入禁中也。

江神子

和人韵

剩云残日弄阴晴。晚山明。小溪横。枝上绵蛮、休作断肠声。但是青山山下路，春到处、总堪行。　　当年彩笔赋《芜城》。忆平生。若为情。试把灵槎、归路问君平。花底夜深寒较甚，须拚却、玉山倾。

【校】

"春到处"，信州本"春"作"青"。从四卷本甲集。《历代诗余》
作"青"。

"较甚"，四卷本甲集作"色重"。

又

和人韵

梨花著雨晚来晴。月胧明。泪纵横。绣阁香浓、深锁凤
箫声。未必人知深意思，还独自、绕花行。　　酒兵昨夜压
愁城。太狂生。转关情。写尽胸中、块磊未全平。却与平章
珠玉价，看醉里、锦囊倾。

【校】

题，四卷本乙集作"和人韵"。信州本无题。从四卷本。

【启勋案】

此一首虽见乙集，但用前首之韵，知是同时作。盖甲集虽无四
十八岁以后作，唯乙、丙、丁集则有四十八岁以前作也。

又

和陈仁和韵

玉箫声远忆骖鸾。几悲欢。带罗宽。且对花前、痛饮莫
留残。归去小窗明月在，云一缕、玉千竿。　　吴霜应点鬓

云斑。绮窗闲。梦连环。说与东风、归兴有无间。芳草姑苏台下路，和泪看、小屏山。

【校】

"绮窗"，《历代诗余》"窗"作"床"。

"归兴"，四卷本甲集"兴"作"意"。

又
用前韵

宝钗飞凤鬓惊鸾。望重欢。水云宽。肠断新来、翠被粉香残。待得来时春尽也，梅结子、笋成竿。　　湘筼帘卷泪痕斑。佩声闲。玉垂环。个里温柔、容我老其间。却笑平生三羽箭，何日去、定天山？

【校】

题，四卷本乙集作"用前韵"。信州本无题。从四卷本。

【启勋案】

此首亦见乙集，但用前首甲集之韵，当是同时作。

又
和人韵

梅梅柳柳斗纤秾。乱山中。为谁容。试著春衫、依旧怯东风。何处踏青人未去，呼女伴、认骄骢。　　儿家门户几重重。记相逢。画楼东。明日重来、风雨暗残红。可惜行云春不管，裙带褪、鬓云松。

青玉案
元夕

东风夜放花千树。更吹落、星如雨。宝马雕车香满路。凤箫声动，玉壶光转，一夜鱼龙舞。　　蛾儿雪柳黄金缕。笑语盈盈暗香去。众里寻他千百度。蓦然回首，那人却在，灯火阑珊处。

【校】

"灯火"，四卷本甲集脱此二字。

定风波
春日漫兴

少日春怀似酒浓。插花走马醉千钟。老去逢春如病酒，唯有，茶瓯香篆小帘栊。　　卷尽残花风未定，休恨，花开元自要春风。试问春归谁得见，飞燕，来时相遇夕阳中。

【校】

题，四卷本甲集作"春日漫兴"。信州本无题。从四卷本。

临江仙
探梅

老去惜花心已懒，爱梅犹绕江村。一枝先破玉溪春。更无花态度，全是雪精神。　　剩向青山餐秀色，为渠著句清新。竹根流水带溪云。醉中浑不记，归路月黄昏。

【校】

"全是"，四卷本甲集"是"作"有"。

"餐秀"，甲集"餐"作"飡"。

"不记"，《历代诗余》"记"作"觉"。

【启勋案】

玉溪在玉山县，乃信江支流。

蝶恋花
送祐之弟

衰草斜阳三万顷。不算飘零、天外孤鸿影。几许凄凉须痛饮。行人自向江头醒。　　会少离多看两鬓。万缕千丝、何况新来病。不是离愁难整顿。被他引惹其他恨。

【校】

"斜阳"，《花庵》"斜"作"残"。

小重山

席上和人韵送李子永提干

旋制离歌唱未成。阳关先画出、柳边亭。中年怀抱管弦声。难忘处，风月此时情。　　夜雨共谁听。尽教清梦去、两三程。商量诗价重连城。相如老，汉殿旧知名。

【启勋案】

此词亦见甲集。李子永见前"文字觑天巧"之《水调歌头》。

又

茉莉

倩得薰风染绿衣。国香收不起、透冰肌。略开些个未多时。窗儿外，却早被人知。　　越惜越娇痴。一枝云鬓上、那人宜。莫将他去比荼蘼。分明是，他更韵些儿。

【校】

"些个"，四卷本甲集"个"作"子"。

"韵些"，甲集"韵"作"的"。

南乡子

舟中记梦

欹枕橹声边。贪听咿哑聒醉眠。梦里笙歌花底去，依然。翠袖盈盈在眼前。　　别后两眉尖。欲说还休梦已阑。只记埋冤前夜月，相看。不管人愁独自圆。

鹧鸪天
代人赋

晚日寒鸦一片愁。柳塘新绿却温柔。若教眼底无离恨，不信人间有白头。　　肠已断，泪难收。相思重上小红楼。情知已被云遮断，频倚阑干不自由。

【校】
　　"云遮"，四卷本甲集"云"作"山"。

又
送人

唱彻阳关泪未干。功名余事且加餐。浮天水送无穷树，带雨云埋一半山。　　今古恨，几千般。只今离合是悲欢。江头未是风波恶，别有人间行路难。

【校】
　　题，四卷本甲集作"送人"。信州本无题。从四卷本。

【启勋案】
　　信州本此词之眉伯兄一批云："颇疑'是悲欢'之'是'字当作

‘足’字。但诸本皆作‘是’。”犹记一次与伯兄同读稼轩集，亦闻其作“是”说。今余之《稼轩集》此词之跋有一“足”字，犹是伯兄手笔也。

朝中措

　　绿萍池沼絮飞忙。花入蜜脾香。长怪春归何处，谁知个里迷藏。　　残云剩雨，些儿意思，直恁思量。不是流莺惊觉，梦中啼损红妆。

菩萨蛮
送祐之弟归浮梁

　　无情最是江头柳。长条折尽还依旧。木叶下平湖。雁来书有无？　　雁无书尚可。好语凭谁和。风雨断肠时。小山生桂枝。

【校】

　　“好语”，四卷本甲集“好”作“妙”。

又
席上分赋得樱桃

　　香浮乳酪玻璃盏。年年醉里尝新惯。何物比春风。歌唇一点红。　　　江湖青梦断。翠笼明光殿。万颗泻轻匀。低头愧野人。

【校】

题，四卷本甲集作"坐中赋樱桃"。

"玻璃盏"，信州本"盏"作"碗"。从《历代诗余》。

"泻"，甲集作"寫"。《历代诗余》作"写"。

太常引

寿韩南涧尚书

君王著意履声间。便合押、紫宸班。今代又尊韩。道吏部、文章泰山。　　　一杯千岁，问公何事，早伴赤松闲。功业后来看。似江左、风流谢安。

【校】

题，四卷本甲集作"寿南涧"。

杏花天

无题

病来自是于春懒。但别院、笙歌一片。蛛丝网遍玻璃盏。更问舞裙歌扇。　　　有多少、莺愁蝶怨。甚梦里、春归不管。杨花也笑人情浅。故故沾衣扑面。

【校】

　　"甚梦里",《历代诗余》"甚"作"任"。

霜天晓角
旅兴

　　吴头楚尾。一棹人千里。休说旧愁新恨,长亭树、今如此。　　宦游吾倦矣。玉人留我醉。明日落花寒食,得且住、为佳耳。

【校】

　　题,《花庵》作"别意"。

　　"落花",四卷本甲集"落"作"万"。

一络索
闺思

　　羞见鉴鸾孤却。倩人梳掠。一春长是为花愁,甚夜夜、东风恶。　　行绕翠帘珠箔。锦笺谁托。玉筯泪满却停筯,怕酒似、郎情薄。

【饮冰室考证】

　　以上诸首皆见四卷本甲集,可断定为丁未(先生四十八岁)以前作。

南歌子

万万千千恨，前前后后山。傍人道我轿儿宽。不道被他遮得，望伊难。　　今夜江头树，船儿系那边。知他热后甚时眠。万一不成眠也，有谁扇。

【启勋案】

此一首为信州本所无。见四卷本甲集，因附录于此。

踏歌

撷厥。看精神、压一庞儿劣。更言语一似春莺滑。一团儿美满天和雪。　　去也。把春衫、换却同心结。向人道不怕轻离别。问昨宵因甚歌声咽。　　秋被梦，春闺月。旧家事、却对何人说。告第一莫趁蜂和蝶。有春归花落时节。

【启勋案】

此词不见信州本，唯四卷本甲集及《稼轩词补遗》皆有之。以其见甲集，当是丁未以前作。据彊村考证，谓此为双曳头调，原本分二段，以“问昨宵”句为过片，据朱敦儒《樵歌》改正云。

鹊桥仙

为人庆八十席上戏作

朱颜晕酒，方瞳点漆，闲傍松边倚杖。不须更展画图看，自是个、寿星模样。　　今朝盛事，一杯深劝，更把新词齐唱。人间八十最风流，长贴在、儿儿额上。

【校】

题，四卷本甲集"席上"作"席间"。

"长贴"，甲集"贴"作"帖"。

清平乐

为儿铁柱作

灵皇醮罢。福禄都来也。试引鹓雏花树下。断了惊惊怕怕。　　从今日日聪明。更宜潭妹嵩兄。看取辛家铁柱，无灾无难公卿。

【校】

题，四卷本丁集无。

【饮冰室考证】

先生有子九人。䆉早殇，遗诗有《哭䆉》十五章。余八子名皆从禾。疑䆉乃在赣州时所生，因此字颇僻，无所取义也。其余八子疑皆先生自号稼轩后所产，命名与名轩同意也。《哭䆉》诗无一语涉及有兄姊，且哀悼特甚，疑是长子。铁柱不知是某子之小名。词中有"断了惊惊怕怕""无灾无难"等语，当是鼅殇后所生者。

【启勋案】

右之考证乃节录伯兄所著《先生年谱》中世系谱之一段。果如是，则此词作年当甚早，故虽见于丁集，因以移附甲集诸词之后。

卷 三 共一百二十七首

年　淳熙十五年戊申至绍熙二年辛亥

岁　四十九至五十二

地　带湖

蝶恋花

戊申元日立春席间作

谁向椒盘簪彩胜。整整韶华、争上春风鬓。往日不堪重记省。为花常把新春恨。　　春未来时先借问。晚又开迟、早又飘零近。今岁花期消息定。只愁风雨无凭准。

【校】

题，信州本只有"元日立春"四字。四卷本乙集及《花庵词选》同。从四卷本。

"常把"，四卷本"常"作"长"。

【饮冰室考证】

先生居上饶，是年元旦，门人范开辑《稼轩词甲集》成，自为之序。序文云："挥毫未竟而客争藏去，或闲中书石，兴来写地，亦或微吟而不录，漫录而焚稿，以故多散逸。"

【启勋案】

四卷本甲集成于丁未冬，故戊申元旦作不在甲集。从知四卷有断代编年性质。凡甲集本之不知年者，亦必不在丁未后矣。

案：孝宗淳熙十五年戊申，先生四十九岁。

沁园春

戊申岁，奏邸忽腾报谓余以病挂冠，因赋此

老子平生，笑尽人间，儿女怨恩。况白头能几，定应独

往，青云得意，见说长存。抖擞衣冠，怜渠无恙，合挂当年神武门。都如梦，算能几许，鸡晓钟昏。　　此心无有亲冤。况抱瓮、年来自灌园。但凄凉顾影，频悲往事，殷勤对佛，欲问前因。却怕青山，也妨贤路，休斗尊前见此身。山中友，试高吟楚些，重与招魂。

【校】

"怨恩"，《历代诗余》"恩"作"根"。

"都如"，《历代诗余》"都"作"多"。

"亲冤"，诸本皆作"新冤"。饮冰室改作"亲"。《历代诗余》作"亲"。

【饮冰室考证】

戊申岁，公早已落职家居。其落职也，实缘谗劾，非谢病故。忽见奏邸作此腾报，不禁诧叹。词中有"抱瓮年来自灌园"语，则作词时非在官可知。有"笑尽人间，儿女怨恩""此心无有亲冤"等语，言不以谗劾介怀也。有"合挂当年神武门"语，言本当早谢病，勿待被劾也。"青山也妨贤路"，盖加倍牢骚语。"山中友""重与招魂"，意谓去官尚嫌未足，更当再去也。若戊申公尚在官，则范开所编《稼轩甲集》成于丁未腊前者，中多家居作，便不可解。又本传所谓"久之，主管冲佑观"者，亦无从见其久矣。十七年九月八日记。

【启勋案】

右一段考证，乃批在信州本稼轩词本阕之眉。《历代诗余》"新冤"果作"亲冤"，可见伯兄所改不误。敬甫《稼轩先生年谱》原文："淳熙十五年戊申，先生年四十九。以言罢江西安抚任。"

案：先生《沁园春》词题云："戊申奏邸忽腾报谓余以病挂冠。"
又案：先生离豫章别司马汉章大监《鹧鸪天》词云："三年历遍楚山
川。"盖自丙午至戊申恰三年矣。（戊申）

鹧鸪天
离豫章别司马汉章大监

聚散匆匆不偶然。二年历遍楚山川。但将痛饮酬风月，
莫放离歌入管弦。　　萦绿带，点青钱。东湖春水碧连天。
明朝放我东归去，后夜相思月满船。

【校】

"二年"，《历代诗余》"二"作"三"。

【饮冰室考证】

此词作于淳熙四年丁酉。篇中有"二年历遍楚山川"句，盖去
年方由江西漕赴江陵帅湖北，今年复移帅江西。诚历遍春秋时楚境
矣。又云"明朝放我东归去"，似先生时已侨居信州，故言东归。
《旧谱》以《鹧鸪天》词编入戊申年，殊误。

【启勋案】

伯兄之所谓《旧谱》者，乃指辛敬甫之《稼轩先生年谱》。《旧
谱》淳熙戊申年下之记事已见前首《沁园春》所案。丁酉年下之记
事录如次："淳熙四年丁酉，先生三十八岁。迁知隆兴府兼江西安抚
使，以大理少卿召出为湖北、湖南转运副使。"是则先生于淳熙四年
之离豫章，乃西行而非东下，迁调而非放归。与本词"明朝放我东

归去"一句不相合。若此次（即淳熙十五年戊申）之离豫章，则真罢官放归矣。从此家居上饶三年，至五十三岁壬子乃起用帅闽，此一反证也。又先生之带湖新居成于淳熙十二年乙巳，见洪景卢所作之《稼轩记》，是则淳熙四年离豫章时，尚未卜筑，去将安归？与"明朝放我东归去"一句亦不相合。此二反证也。是以仍将此词移在本年下。

案：洪迈所作之《稼轩记》，乃带湖新居落成时记其地势与结构，时先生正在湖南帅任上。文中有谓"约略位置，规画数月成之。绘图畀余而主人初未之识也"（见《南宋文录》卷十）。伯兄似未见此文。其结语曰："侯名弃疾，今以右文殿修撰再安抚江南西路云。"查敬甫所编之《年谱》，乙巳年下之记事曰："淳熙十二年乙巳，先生四十六岁。帅湖南……加右文殿修撰差知隆兴兼江西安抚使。"所记与景卢之文相吻合。洪氏弟兄乃当时达官，又为先生之挚友，所言定当不谬。然则前首《沁园春》词之饮冰室考证，谓先生于此数年间乃落职家居云云，又不能无疑矣。（戊申）

贺新郎

陈同父自东阳来过余，留十日，与之同游鹅湖，且会朱晦庵于紫溪，不至，飘然东归。既别之明日，余意中殊恋恋，复欲追路，至鹭鹚林，则雪深泥滑，不得前矣。独饮方村，怅然久之，颇恨挽留之不遂也。夜半投宿吴氏泉湖四望楼，闻邻笛悲甚，为赋《乳燕飞》以见意。又五日，同父书来索词，心所同然者如此，可发千里一笑

把酒长亭说。看渊明、风流酷似，卧龙诸葛。何处飞来林间鹊，蹙踏松梢残雪。要破帽、多添华发。剩水残山无态度，被疏梅、料理成风月。两三雁，也萧瑟。　　佳人重约还轻别。怅清江、天寒不渡，水深冰合。路断车轮生四角，

此地行人销骨。问谁使、君来愁绝。铸就而今相思错，料当初、费尽人间铁。长夜笛，莫吹裂。

【校】

　　题，"乳燕飞"宋四卷本乙集作"贺新郎"。

　　"残雪"，四卷本"残"作"微"。《历代诗余》作"残"。

【饮冰室考证】

　　鹅湖胜游，朱、陆以后，复有辛、陈。此地真足千古矣。查《龙川集》及《朱子大全集》，知是同父有书与晦庵，约为紫溪之会，朱以事不果来。此时先生与晦庵似尚未识面，且尚未深知先生之为人也。兹游当在本年腊将尽之数日间。先生词中"蹑踏松梢残雪""剩水残山无态度，被疏梅、料理成风月""怅清江、天寒不渡，水深冰合"等句，写节物已甚明显。同父和词云"樽酒相逢成二老，却忆去年风雪"，已是隔年语矣。朱子《答同父书》亦云"过五七日，便是六十岁人"，亦可知作书时正当岁杪也。

【启勋案】

　　此词之考证甚详，约有二千言。当参观饮冰室著之《稼轩先生年谱》"淳熙庚申"条下。

　　案：朱子生于南宋高宗建炎四年庚戌，长于先生恰十岁。至淳熙庚申乃五十九岁，所以复同父书谓"过五七日便是六十岁人"。而先生是年则四十九岁，时代适相合。同父和章见《龙川集》，题为"怀辛幼安用前韵"："话杀浑闲说。不成教、齐民也解，为伊为葛。樽酒相逢成二老，却忆去年风雪。新著了、几茎华发。百世寻人犹接踵，叹只今、两地三人月。写旧恨，向谁瑟。　　男儿何用伤离别。况古来、几番际会，风从云合。千里情亲长晤对，妙体本心次骨。卧百尺、高楼斗绝。天下适安耕且老，看买犁、卖剑平家铁。

壮士泪，肺肝裂。”

　　案：鹅湖在铅山县北十五里。紫溪在铅山县南四十里。东阳县在金华府东一百三十里。（戊申）

好事近
席上和王道夫赋元夕立春

　　彩胜斗华灯，平把东风吹却。唤取雪中明月，伴使君行乐。　　红旗铁马响春冰，老去此情薄。唯有前村梅在，倩一枝随著。

【启勋案】

　　此词与“戊申元日立春席间作”之《蝶恋花》同在四卷乙集，似是同时作。盖元日立春非可常遇之事。太阴历之节气与日月，例须十九年乃相值一次。如今年立春在元日，必在十九年后立春乃再在元日也。（戊申）

水调歌头
席上用黄德和推官韵，寿南涧

　　上界足官府，公是地行仙。青毡剑履旧物，玉立近天颜。莫怪新来白发，恐是当年柱下，《道德》五千言。南涧旧活计，猿鹤且相安。　　歌秦缶，宝康瓠，世皆然。不知清庙钟磬，零落有谁编。莫问行藏用舍，毕竟山林钟鼎，底事有亏全。再拜荷公赐，双鹤一千年。公以双鹤见寿。

【校】

"近天颜"，四卷本乙集"近"作"侍"。

"莫问"，乙集作"堪笑"。

"毕竟"，乙集作"试问"。

注，乙集无。

【启勋案】

《南涧诗余》有《水调歌头》一首，题"席上次韵王德和"："世事不须问，我老但宜仙。南溪一曲独对，苍翠与屏颜。月白风清长夏，醉里相逢林下，欲辨已忘言。无客问生死，有竹报平安。少年期，功名事，觅燕然。如今憔悴萧萧，华发抱尘编。万里蓬莱归路，一醉瑶台风露，因酒得天全。笑指云阶梦，今夕是何年。"先生所和者，正是此韵。德和原唱虽未得见，但因南涧之词，知是此人也。但先生作黄德和，而南涧曰王德和，未知孰是。广东方言黄王不分，闻江西亦然，宜有此误。

临江仙

即席和韩南涧韵

风雨催春寒食近，平原一片丹青。溪头唤渡柳边行。花飞蝴蝶乱，桑嫩野蚕生。　　绿野先生闲袖手，却寻诗酒功名。未知明日定阴晴。今宵成独醉，却笑众人醒。

【饮冰室考证】

先生每年皆有寿南涧词，丁未南涧七十寿词已见甲集。此《水调歌头》或是戊申作也。

【启勋案】

　　青韵《临江仙》,《南涧诗余》失载。(戊申)

鹧鸪天
徐衡仲抚干惠琴不受

　　千丈阴崖百丈溪。孤桐枝上凤偏宜。玉音落落虽难合,横理庚庚定自奇。山谷《听摘阮歌》云:"玄璧庚庚有横理"。　　人散后,月明时。试弹幽愤泪空垂。不如却付骚人手,留和南风解愠诗。

【校】

　　"玉音",信州本"音"作"香"。从四卷本乙集。

【启勋案】

　　《信州府志》:"徐安国字衡仲,号西窗。上饶人。绍兴壬子进士"。

又
用前韵和赵文鼎提举赋雪

　　莫上扁舟访剡溪。浅斟底唱正相宜。从教犬吠千家白,且与梅成一段奇。　　香暖处,酒醒时。画檐玉箸已偷垂。笑君解释春风恨,倩拂蛮笺只费诗。

【启勋案】

　　此与前首同韵，知是同时作。文鼎名善扛，号解林居士。宋宗室。

满江红
送徐抚干衡仲之官三山，时马叔会侍郎帅闽

　　绝代佳人，曾一笑、倾城倾国。休更叹、旧时青镜，而今华发。明日伏波堂上客，老当益壮翁应说。恨苦遭、邓禹笑人来，长寂寂。　　诗酒社，江山笔。松竹径，云烟屐。怕一觞一咏，风流弦绝。我梦横江孤鹤去，觉来却与君相别。记功名、万里要吾身，佳眠食。

【校】

　　题，信州本作"送徐衡仲抚干"。从四卷本乙集。

【饮冰室考证】

　　据四卷本乙集题，可证此词作于先生帅闽前。

【启勋案】

　　《福州府志》："淳熙九年，赵汝愚以集英殿修撰知福州。越四载移四川制置。绍熙初以敷文阁学士再知福州，逾年擢知枢密院事。"后任即为先生。计赵汝愚两次帅闽，中间只隔丁未、戊申、己酉三年。此词在乙集，知必非丁未。因以附于戊申。盖马之帅闽即在此三年间也。前两首《鹧鸪天》有连属关系，亦在乙集，因汇附之。（戊申）

蝶恋花

用赵文鼎提举送李正之提刑韵，送郑元英

莫向楼头听漏点。说与行人、默默情千万。总是离愁无近远。人间儿女空恩怨。　　锦绣心胸冰雪面。旧日诗名、曾道空梁燕。倾盖未偿平日愿。一杯早唱阳关劝。

【校】

题，《花庵》作"别意"。

"楼头"，《花庵》"楼"作"城"。

【启勋案】

此词见四卷本乙集，因附录于与赵文鼎唱和之后。

归朝欢

寄题三山郑元英巢经楼。楼之侧有尚友斋，欲借书者就斋中取读，不借出

万里康成西走蜀。药市船归书满屋。有时光彩射星躔，何人汗简雠天禄。好之宁有足。请看良贾藏金玉。记斯文，千年未丧，四壁闻丝竹。　　试问辛勤携一束。何似牙签三万轴。古来不作借人痴，有朋只就云窗读。忆君清梦熟。觉来笑我便便腹。倚危楼，人间谁舞，扫地八风曲。

【校】

题，四卷本丁集无"三山"二字，"元英"下有"文山"二字。

【启勋案】

　　词见四卷本丁集。题曰"寄"，知非在三山时作。三山郑氏巢经楼与铅山赵晋臣之书楼，完全是公开阅览性质。其管理法与现代之图书馆无异，绝非私人藏书用以自娱者可比。此二楼者，或为最早之公开图书馆，未可知也。赵晋臣书楼见"题赵晋臣敷文积翠岩"之《归朝欢》案语。

玉楼春
寄题文山郑元英巢经楼

　　悠悠莫向文山去。要把襟裾牛马汝。遥知书带草边行，正在雀罗门里住。　　平生插架昌黎句。不似拾柴东野苦。侵天且拟凤凰巢，扫地从他鹳鹆舞。

【启勋案】

　　此首不见于四卷本，信州十二卷本有之。因与前首同题，故汇附于此。集中与郑元英词只此三首。《蝶恋花》一首乃送别，《归朝欢》与《玉楼春》皆曰"寄题巢经楼"，想是元英临别时向先生乞题者。他年先生帅闽，亦无与郑元英往来痕迹。因将此三首汇附于戊申。

水调歌头
元日投宿博山寺，见者惊叹其老

　　头白齿牙缺，君勿笑衰翁。无穷天地今古，人在四之中。臭腐神奇俱尽，贵贱贤愚等耳，造物也儿童。老佛更堪笑，谈妙说虚空。　　坐堆阹，行答飒，立龙钟。有时三盏两盏，淡酒醉濛鸿。四十九年前事，一百八盘狭路，拄杖倚墙东。老境竟何似，只与少年同。

【校】

"竟何"，宋四卷本乙集作"何所"。

【饮冰室考证】

词中有"四十九年前事"句，知是本年作。先生与同父别于鹅湖后，踽踽独归，在途中度岁除，而以元日投宿萧寺。正足见其高情逸致。《大清一统志》："博山在广丰县西南三十余里，临溪流。"又云："博山寺在广丰县崇义乡，五代时建。鹅湖寺在铅山县北十五里，稍北行便入广丰县。"

【启勋案】

博山寺在广丰县，距县治西二十五里崇善乡，本名能仁寺。五代时天台德韶国师开山，有绣佛罗汉留传寺中。宋绍兴间悟本禅师奉诏开堂，辛稼轩为记。见《信州府志》。

案：孝宗淳熙十六年己酉，先生五十岁。

鹊桥仙
己酉山行书所见

松冈避暑，茅檐避雨，闲去闲来几度。醉扶怪石看飞泉，又却是前回醒处。　　东家娶妇，西家归女，灯火门前笑语。酿成千顷稻花香，夜夜费、一天风露。

【校】

"怪石"，宋四卷本乙集"怪"作"孤"。

贺新郎
同父见和，再用韵答之

老大那堪说。似如今、元龙臭味，孟公瓜葛。我病君来
高歌饮，惊散楼头飞雪。笑富贵、千钧一发。硬语盘空谁来
听，记当时、只有西窗月。重进酒，换鸣瑟。　　事无两样
人心别。问渠侬、神州毕竟，几番离合。汗血盐车无人顾，
千里空收骏骨。正目断、关河路绝。我最怜君中宵舞，道男
儿、到死心如铁。看试手，补天裂。

【校】

"那堪"，宋四卷本乙集"那"作"犹"。

"换鸣瑟"，四卷本"换"作"唤"。

【饮冰室考证】

此和鹅湖韵也。同父和章有"去年风雪"语，先生再答，自当
亦在本年。

【启勋案】

同父复有和韵二首，见《龙川集》"寄辛幼安和见怀韵"："老去
凭谁说。看几番、神奇臭腐，夏裘冬葛。父老长安今余几，后死无
雠可雪。犹未燥、当时生发。二十五弦多少恨，算世间、那有平安

月。胡妇弄，汉宫瑟。　　　树犹如此堪重别。只使君、从来与我，话头多合。行矣置之无足问，谁换妍皮痴骨。但莫使、伯牙弦绝。九转丹砂牢拾取，管精金、只是寻常铁。龙共虎，夜声裂。"又"酬辛幼安再用韵见寄"："离乱从头说。爱吾民、金缯不爱，蔓藤累葛。壮笔画消人脆好，冠盖阴山观雪。亏杀我、一星星发。涕出女吴成倒转，问鲁为、齐弱何年月。丘也幸，由之瑟。　　　斩新换出旗麾别。把当时、一桩大义，折开收合。据地一呼吾往矣，万里摇肢动骨。这话霸、只成痴绝。天地烘炉谁扇鞴，算于中、安得长坚铁。淝水破，关东裂。"（己酉）

又

用前韵赠金华杜仲高

　　细把君诗说。恍余音、钧天浩荡，洞庭胶葛。千丈阴崖尘不到，唯有层冰积雪。乍一见、寒生毛发。自昔佳人多薄命，对古来、一片伤心月。金屋冷，夜调瑟。　　　去天尺五君家别。看乘空、鱼龙惨淡，风云开合。起望衣冠神州路，白日销残战骨。叹夷甫、诸人清绝。夜半狂歌悲风起，听铮铮、阵马檐间铁。南共北，正分裂。

【校】

　　题，四卷本乙集作"用前韵送杜叔高"。

【饮冰室考证】

　　此亦和鹅湖韵也。故知为本年作。仲高名旃，金华兰溪人。著有《癖斋小集》。兄弟五人皆字曰高，而冠以伯仲叔季幼。叶水心诗所谓"杜子五兄弟，词林俱上头"也。陈同父有《复杜仲高书》，极称其《满江红》词之"半落半开花有恨，一晴一雨春无力""别缆解时风度紧，离舫尽处花飞急"。又云："伯高之赋，如奔风逸足，而鸣以和鸾。叔高之诗，如干戈森立，有吞虎食牛之气。而左右发春妍以辉映于其间，非独一门之盛，可谓一门之豪。"其为人可想见。先生与仲高酬唱词颇不少，此殆其最初之一首。或由同父介以定交耶？四卷本凡仲高皆作叔高，未知孰是。

【启勋案】

《历代诗余》记此段评论，词句中微有不同。谓叶正则赠杜幼高诗有"杜子五兄弟，才名不相下"之语，盖伯高早登东莱之门云云。下文则略相似。（己酉）

破阵子
为陈同甫赋壮词以寄之

醉里挑灯看剑，梦回吹角连营。八百里分麾下炙，五十弦翻塞外声。沙场秋点兵。　　马作的卢飞快，弓如霹雳弦惊。了却君王天下事，赢得生前身后名。可怜白发生。

【校】

题，四卷本丁集"词"作"语"。"之"字无。

【饮冰室考证】

此词作年无考，姑以附同父唱和诸词后。若说部所称作于先生帅淮时，则无稽之谈也。（己酉）

水调歌头
送信守王桂发

酒罢且勿起，重挽使君须。一身都是和气，别去意何如。我辈情钟休问，父老田头说尹，泪落独怜渠。秋水见毛发，千尺定无鱼。　　望青阙，左黄阁，右紫枢。东风桃李陌上，下马拜除书。屈指吾生余几，多病妨人痛饮，此事正愁余。江湖有归雁，能寄草堂无。

【校】

　　题，四卷本乙集作"送太守王秉"。

　　"使君"，乙集"使"作"史"。

　　"妨人"，乙集"妨"作"故"。

【饮冰室考证】

　　此词作年无考，然自次年以后任信守者似为王道夫，则桂发之去任，疑在郑舜举后，王道夫前。此词或作于己酉也。据乙集题知桂发名秉。

沁园春
再到期思卜筑

一水西来，千丈晴虹，十里翠屏。喜草堂经岁，重来杜老，斜川好景，不负渊明。老鹤高飞，一枝投宿，长笑蜗牛戴屋行。平章了，待十分佳处，著个茅亭。　　青山意气峥嵘，似为我、归来妩媚生。解频教花鸟，前歌后舞，更催云水，暮送朝迎。酒圣诗豪，可能无势，我乃而今驾驭卿。清溪上，被山灵却笑，白发归耕。

【校】

题，信州本无"再到"二字。从四卷本乙集。

"一水"，《历代诗余》"水"作"曲"。

"投宿"，《历代诗余》"投"作"移"。

【饮冰室考证】

据词中"草堂经岁，重来杜老"句，则当与"访泉期思"一词相距非久。期思新居似成于帅闽以前，则此词之作，当在己酉。

【启勋案】

期思别馆自是成于帅闽前，参观下年些韵之《水龙吟》案语。

踏莎行

庚戌中秋后二夕，带湖篆冈小酌

夜月楼台，秋香院宇，笑吟吟地人来去。是谁秋到便凄凉，当年宋玉悲如许。　　随分杯盘，等闲歌舞，问他有甚堪悲处。思量却也有悲时，重阳节近多风雨。

【启勋案】

光宗绍熙元年庚戌，先生五十一岁。

念奴娇
和信守王道夫席上韵

风狂雨横，是邀勒园林、几多桃李。待上层楼无气力，尘满栏杆谁倚。就火添衣，移香傍枕，莫卷朱帘起。元宵过也，春寒犹自如此。　　为问几日新晴，鸠鸣屋上，鹊报檐前喜。揩拭老来诗句眼，要看拍堤春水。月下凭肩，花边系马，此兴今休矣。溪南酒贱，光阴只在弹指。

一络索
信守王道夫席上，用赵达夫赋金林檎韵

锦帐如云，高处不知重数。夜深银烛泪成行，算都把、心期付。　　莫待飞燕泥污。问花花诉。不知花定有情无，似却怕、新词妒。

【校】

"泥污"，《历代诗余》"污"作"户"。

清平乐
寿信守王道夫

此身长健。还却功名愿。枉读平生三万卷。满酌金杯听劝。　　男儿玉带金鱼。能消几许诗书。料得今宵醉也，两

行红袖争扶。

【启勋案】

《南宋文录》："王道夫名自中。淳熙中登进士,卒于绍熙中。"《广信府志》云"王自中,字道夫,平阳人。登进士。绍兴初出知信州"云云,因而大惑。盖绍兴初先生尚未生,年代不相应也。无奈广信府之"名宦志"及"职官志"皆云绍兴初。继查钱士升之《南宋书》云"王自中,平阳人。淳熙中登进士"云云,有"淳熙中"三字,始知《广信府志》之误"绍熙"为"绍兴"。盖宋代乃府县制,知府即外官之最高级。苟非有殊勋,未有不登进士而能作知府者,亦未有既作地方最高长官乃再应童子试而取进士者。王道夫登进士于淳熙中,则绍熙初出知信州,距释褐后八九年,则相合矣。时先生亦适家居于信州之上饶也。即以此三首系于绍熙元年庚戌。

沁园春

期思旧呼奇狮,或云棋师,皆非也。余考之荀卿书云:"孙叔敖,期思之鄙人也。"期思属弋阳郡,此地旧属弋阳县。虽古之弋阳、期思,见之图记者不同,然有弋阳则有期思也。桥坏复成,父老请余赋,作《沁园春》以证之

有美人兮,玉佩琼琚,吾梦见之。问斜阳犹照,渔樵故里,长桥谁记,今古期思。物化苍茫,神游仿佛,春与猿吟秋鹤飞。还惊笑,向晴波忽见,千丈虹霓。 觉来西望崔嵬。更上有、清枫下有溪。待空山自荐,寒泉秋菊,中流却送,桂棹兰旗。万事长嗟,百年双鬓,吾非斯人谁与归。凭阑久,正清愁未了,醉墨休题。

【校】

"吾梦",《历代诗余》"吾"作"我"。

“今古期思”，《历代诗余》“期”作“相”，误。

“寒泉”，《历代诗余》“泉”作“冰”。

【启勋案】

　期思属铅山县，即瓢泉所在地。此词与乡人父老相周旋，当是卜筑以后。参观下文本年用些语之《水龙吟》案语。（庚戌）

　案：《信州府志》：“期思桥在铅山县东二十里。”

又

答余叔良

　我试评君，君定何如，玉川似之。记李花初发，乘云共语，梅花开后，对月相思。白发重来，画桥一望，秋水长天孤鹜飞。同吟处，看佩摇明月，衣卷青霓。　　相君高节崔嵬。是此处、耕岩与钓溪。被西风吹尽，村箫社鼓，青山留得，松盖云旗。吊古愁浓，怀人日暮，一片心从天外归。新词好，似凄凉楚些，字字堪题。

【校】

“共语”，《历代诗余》“共”作“笑”。

又

答杨世长

　我醉狂吟，君作新声，倚歌和之。算芬芳定向，梅间得意，轻清多是，雪里寻思。朱雀桥边，何人会道，野草斜阳春燕飞。都休问，甚元无霁雨，却有晴霓。　　诗坛千丈崔嵬。更有笔、如山墨作溪。看君才未数，曹刘敌手，风骚合受，屈宋降旗。谁识相如，平生自许，慷慨须乘驷马归。长安路，问垂虹千柱，何处曾题。

【启勋案】

　　此三首《沁园春》皆不见于四卷本。唯信州十二卷本有之。后两首用期思之韵，当是同时作。

鹊桥仙
和范先之送祐之弟归浮梁

　　小窗风雨，从今便忆，中夜笑谈清软。啼鸦衰柳自无聊，更管得、离人肠断。　　诗书事业，青毡犹在，头上貂蝉会见。莫贪风月卧江湖，道日近、长安路远。

柳梢青
和范先之席上赋牡丹

　　姚魏名流。年年搅断，雨恨风愁。解释春光，剩须破费，酒令诗筹。　　玉肌红粉温柔。更染尽、天香未休。今夜簪花，他年第一，玉殿东头。

【校】

　　题，四卷本乙集"先之"作"廓之"。

"搅断"，乙集"搅"作"揽"。

鹧鸪天
送范先之秋试

白苎千袍入嫩凉。春蚕食叶响回廊。禹门已准桃花浪，月殿先收桂子香。　　鹏北海，凤朝阳。又携书剑路茫茫。明年此日青云上，却笑人间举子忙。

【校】

题，四卷本乙集作"送廓之秋试"。
"千袍"，乙集"千"作"新"。《历代诗余》作"新"。
"青云上"，乙集"上"作"去"。
"却笑"，《历代诗余》作"笑看"。

定风波
席上送范先之游建邺

听我尊前醉后歌。人生无奈别离何。但使情亲千里近，须信，无情对面是山河。　　寄语石头城下水，居士，而今浑不怕风波。借使未成鸥鹭伴，经惯，也应学得老渔蓑。

【校】

题，四卷本乙集"先"作"廓"，"邺"作"康"。
"成鸥鹭伴"，乙集作"如鸥鸟惯"。

"经惯"，乙集作"相伴"。

【启勋案】

《读史方舆纪要》："孙吴都建业。东晋改为建邺。宋、齐、梁、陈因之。隋平陈，郡废，于石头城置蒋州。"

谒金门

和廓之五月雪楼小集韵

遮素月。云外金蛇明灭。翻树啼鸦声未彻。雨声惊落叶。　　宝炬成行嫌热。玉腕藕丝谁雪。流水高山弦断绝。怒蛙声自咽。

【校】

题，信州本无题。此题从四卷本丁集。

【启勋案】

雪楼乃先生带湖宅中庭院。此词见四卷本丁集。因是与范先之唱和之作，故汇附于此。先之于绍熙二年辛亥，即与先生别。故此诸词当在庚戌。

又

山吐月。画烛从教风灭。一曲瑶琴才听彻。金蕉三两叶。　　骤雨微凉还热。似欠舞琼歌雪。近日醉乡音问绝。

有时清泪咽。

【启勋案】

　　此词与前首同韵，当是同时作。

醉翁操

　　顷余从范廓之求观家谱，见其冠冕蝉联，世载勋德。廓之甚文而好修，意其昌未艾也。今天子即位，覃庆中外，勋臣子孙无见仕者官之。先是，朝廷屡诏甄录元祐党籍家。合是二者，廓之应仕矣。将告诸朝，行有日，请余作诗以赠。属余避谤，持此戒甚力，不得如廓之请。又念廓之与余游八年，日从事诗酒间，意相得欢甚，于其别也，何独能恝然。顾廓之长于楚词而妙于琴，辄拟《醉翁操》，为之词以叙别。异时廓之绾组东归，仆当买羊沽酒，廓之为鼓一再行，以为山中盛事云

　　长松。之风。如公。肯余从。山中。人心与吾兮谁同。湛湛千里之江，上有枫。噫送子于东，望君之门兮九重。女无悦己，谁适为容。　　不龟手药，或一朝兮取封。昔与游兮皆童。我独穷兮今翁。一鱼兮一龙。劳心兮忡忡。噫命与时逢。子之所食兮万钟。

【校】

　　题，从四卷本丁集。信州本"廓之"皆作"先之"；"覃庆"之上无"今天子即位"五字，而代以一"时"字；"勋臣"之上无"中外"二字；"屡诏"上无"朝廷"二字。

　　"之所"，丁集作"取之"。

　　过片，《历代诗余》以"女无悦己"为过片，似误。

【饮冰室考证】

　　右词四卷本在丁集。丁集各时代词皆有，不能确指其作于何年。文中"今天子即位"云云，非光宗则宁宗。然先生自绍熙三年壬子至五年甲寅出帅闽，此三年绝无与范唱和之作。且丙集全部不见范名（丙集系帅闽后、帅越前所作），题中云"廓之与余游八年，日从事诗酒"，是八年间从未分携，然则此词非作于宁宗初元决矣。疑廓之盖自先生罢职归上饶后，始终相随。"八年"云者，自乙巳冬至壬子春，首尾八年也。壬子春先生赴闽宪任，廓之亦告朝将行。自此二人即不合并，无唱和痕迹矣。颇疑廓之即手编甲集之范开，果尔，则并乙集亦或成于其手。故此两集别裁皆甚严。丙集以下，因范不在旁，他人沿旧名续编，不免搀入赝鼎矣。

【启勋案】

　　题中"今天子即位"云云，参以绍熙元年二月殿中侍御史刘光祖之奏章，力言甄录人才及尊崇元祐诸君子等语，与本题之语意似相吻合。则所谓"今天子"者，其必为光宗无疑。苟如是，则此词几可决为绍熙元年庚戌作也。是年先生五十一岁。

　　案：先生每自谓不能诗，本题云"避谤持戒不得如廓之请"，又"文字觑天巧"之《水调歌头》词题云"提干李君索诗，余诗寻医久矣"云云，盖避之甚力也。

念奴娇

瓢泉酒酣，和东坡韵

　　倘来轩冕，问还是古今、人间何物。旧日重城愁万里，风月而今坚壁。药笼功名，酒垆身世，可惜蒙头雪。浩歌一曲，坐中人物三杰。　　休叹黄菊凋零，孤标应也，有梅花争发。醉里重揩西望眼，唯有孤鸿明灭。万事从教，浮云来去，枉了冲冠发。故人何在，长庚应伴残月。

【校】

题，四卷本乙集作"用东坡赤壁韵"。

"古今"，乙集作"今古"。《历代诗余》作"古今"。

"三杰"，乙集"三"作"之"。《历代诗余》作"三"。

"休叹"，乙集"休"作"堪"。《历代诗余》作"休"。

"长庚"，乙集"庚"作"歌"。《历代诗余》作"庚"。

又
再用韵，和洪莘之通判《丹桂词》

道人元是，道家风、来作烟霞中物。翠幰裁犀遮不定，红透玲珑油壁。借得春工，惹将秋露，薰做江梅雪。我评花谱，便应推此为杰。　　憔悴何处芳枝，十郎手种，看明年花发。坐断虚空香色界，不怕西风起灭。别驾风流，多情更要，簪满嫦娥发。等闲折尽，玉斧重倩修月。

【校】

"坐断"，四卷本乙集"断"作"对"。

瑞鹤仙
寿上饶倅洪莘之，时摄郡事，且将赴漕举

黄金堆到斗。怎得似长年，画堂劝酒。蛾眉最明秀。向

水沉烟里，两行红袖。笙歌拥就。争说道明年时候。被姮娥做了，殷勤仙桂，一枝入手。 知否。风流别驾，近日人呼，文章太守。天长地久。岁岁上、乃翁寿。记从来人道，相门出相，金印累累尽有。但直须、周公拜前，鲁公拜后。

【校】

题，四卷本乙集作"上洪倅寿"。

"拥就"，乙集"拥"作"捆"。

"岁岁"，乙集脱一"岁"字。

【饮冰室考证】

莘之名桦，文敏迈长子，故寿词云"岁岁上、乃翁寿"。又云"相门出相""周公拜前，鲁公拜后"，时文敏尚健在也。钱竹汀《洪文敏年谱》于"绍熙三年"条下云"长子桦，通判信州"，盖据《夷坚志》有"绍熙三年秋，信州解试，时大儿通判州事"语。唯志文言其在任耳，并非言始任。绍熙三年稼轩已赴闽宪任，不复能在饶与洪唱和。故莘之倅信当在一两年以前也。又钱《谱》不得桦之字，可据本集补之。（庚戌）

水龙吟

瓢泉

稼轩何必长贫，放泉檐外琼珠泻。乐天知命，古来谁会，行藏用舍。人不堪忧，一瓢自乐，贤哉回也。料当年曾问，饭蔬饮水，何为是、栖栖者。 且对浮云山上，莫匆匆、去流山下。苍颜照影，故应零落，轻裘肥马。绕齿冰霜，满怀芳乳，先生饮罢。笑挂瓢风树，一鸣渠碎，问何如哑。

又

用瓢泉韵戏陈仁和，兼简诸葛元亮，且督和词

被公惊倒瓢泉，倒流三峡词源泻。长安纸贵，流传一字，千金争舍。割肉怀归，先生自笑，又何廉也。但衔杯莫问，人间岂有，如孺子、长贫者。　　谁识稼轩心事，似风乎、舞雩之下。回头落日，苍茫万里，尘埃野马。更想隆中，卧龙千尺，高吟才罢。倩何人与问，雷鸣瓦釜，甚黄钟哑。

【校】

注，四卷本丁集"廉也"之下有"渠坐事失官"五字小注。

【饮冰室考证】

仁和似是当时上饶县知县。《水龙吟》词中有注云"渠坐事失官"，更有《永遇乐》一首题云"送陈仁和自便东归"，度先生帅闽前已去职矣。

【启勋案】

"瓢泉"一首见乙集，"戏陈仁和"一首见丁集。用韵自是同时作。　　《广信府志》："瓢泉在铅山东二十五里。泉形如瓢。辛弃疾居此云。"（庚戌）

永遇乐

送陈仁和自便东归。陈至上饶之一年，得子，甚喜

紫陌长安，看花年少，无限歌舞。白发怜君，寻芳较晚，卷地惊风雨。问君知否，鸱夷载酒，不似井瓶身误。细思量、悲欢梦里，觉来总无寻处。 芒鞋竹杖，天教还了，千古玉溪佳句。落魄东归，风流赢得，掌上明珠去。起看青镜，南冠好在，拂了旧时尘土。向君道、云霄万里，这回稳步。

【校】

题，四卷本乙集作"送陈光宗知县"。

【启勋案】

陈仁和名光宗。见《历代诗余》。

念奴娇

双陆，和陈仁和韵

少年横槊，气凭陵、酒圣诗豪余事。袖手旁观初未识，两两三三而已。变化须臾，鸥翻石镜，鹊抵星桥外。捣残秋练，玉砧犹想纤指。 堪笑千古争心，等闲一胜，拚了光阴费。老子忘机浑谩与，鸿鹄飞来天际。武媚宫中，韦娘局上，休把兴亡记。布衣百万，看君一笑沉醉。

【校】

题，四卷本乙集作"双陆，和坐客韵"。

"横槊"，乙集"横"作"握"。

"鸥翻"，乙集"翻"作"飞"。

又

洞庭春晚，旧传恐是、人间尤物。收拾瑶池倾国艳，来向朱栏一壁。透户龙香，隔帘莺语，料得肌如雪。月妖真态，是谁教避人杰。　　酒罢归对寒窗，相留昨夜，应是梅花发。赋了高唐犹想像，不管孤灯明灭。半面难期，多情易感，愁点星星发。绕梁声在，为伊忘味三月。

【启勋案】

此亦东坡赤壁韵，不见四卷本，唯信州十二卷本有之，第二句脱一字。此一首似与"瓢泉酒酣"同时作。（庚戌）

水龙吟
用些语再题瓢泉，歌以饮客，声语甚谐，客皆为之醹

听兮清佩琼瑶些。明兮镜秋毫些。君无去此，流昏涨腻，生蓬蒿些。虎豹甘人，渴而饮汝，宁猿猱些。大而流江海，覆舟如芥，君无助、狂涛些。　　路险兮山高些。愧余独处无聊些。冬槽春盎，归来为我，制松醪些。其外芬芳，团龙片凤，煮云膏些。古人兮既往，嗟余之乐，乐箪瓢些。

【校】

"去此",《历代诗余》作"此去"。

"愧余",《历代诗余》作"余块"。

【饮冰室考证】

《大清一统志》:"瓢泉在铅山县东二十五里。"前所录词,题有"访泉于期思得周氏泉"一首,盖即此。后此先生迁居铅山,遂终老于其地。"再到期思卜筑",即营此新居也。事在何年,无从确考。唯集中有《浣溪沙》一首,题云"壬子春赴闽宪,别瓢泉",则帅闽前已常盘桓于瓢泉之侧可知。故将乙集中涉及期思、瓢泉诸作汇列于此。推定为辛亥前作品。

【启勋案】

先生以淳熙十四年丁未迁入带湖新宅。丁、戊、己、庚、辛五年长在上饶之带湖。绍熙三年壬子赴闽宪任,壬、癸、甲三年在三山。庆元元年乙卯罢职,仍返带湖。二年丙辰带湖之宅毁于火,乃迁铅山之瓢泉。丙、丁、戊、己、庚、辛、壬七年长在瓢泉。嘉泰三年癸亥,乃起任浙东安抚。带湖之宅有景卢之《稼轩记》,可见其规模之宏敞。瓢泉之宅虽无图记可考,唯读丘宗卿之《汉宫春》词,亦可以约略得之。"闻说瓢泉,占烟霏空翠,中著精庐。旁连吹台燕榭,人境清殊……",此宗卿赠先生之作也。由此观之,则瓢泉之宅亦殊不局蹐。此等精庐非仓卒可办。带湖宅毁,随即迁入瓢泉。虽则迁入后可以随时增修,但总以为带湖未火之先,瓢泉之别馆已筑矣。庚戌一年,常在瓢泉宴客,谅非借他人之亭馆也。带湖乃其本宅,且为先生所甚爱(见"盟鸥"词)。乃壬子赴闽,专以一词别瓢泉,非自己得意之别墅,能如此留恋耶?以为将"访泉期思"附丁未,"期思卜筑"附己酉,"瓢泉游宴"诸作附庚戌,当无大过。(庚戌)

水调歌头

送施枢密圣与帅江西。信之谶云"水打乌龟石，方人也大奇"。实施字

相公倦台鼎，要伴赤松游。高牙千里东下，箫鼓万貔貅。试问东山风月，更著中年丝竹，留得谢公不。孺子宅边水，云影自悠悠。　　占古语，方人也，正黑头。穹龟突兀千丈，石打玉溪流。金印沙堤时节，画栋珠帘云雨，一醉早归休。贱子祝再拜，西北有神州。

【校】

题，四卷本丙集"江西"作"隆兴"。

"祝"，四卷本作"亲"。

【饮冰室考证】

圣与名师点，信州人。淳熙十四年除知枢密院事。绍熙三年除知隆兴府、江西安抚使。（辛亥）

【启勋案】

《广信府志》："乌龟山在上饶西南五里，一名五桂山。"谚云"水打乌龟石，信州出状元。"

定风波

施枢密圣与席上赋

春到蓬壶特地晴。神仙队里相公行。翠玉相挨呼小字，

须记，笑簪花底是飞琼。　　　总是倾城来一处，谁妒，谁携歌舞到园亭。柳妒腰肢花妒艳，听看，流莺直是妒歌声。

【启勋案】

圣与以绍熙二年由枢密院出抚江西，先生以绍熙三年离江西赴闽帅任，二人合并当在本年。

案：光宗绍熙二年辛亥，先生五十二岁。

浣溪沙
常山道中即事

北陇田高踏水频。西溪禾早已尝新。隔墙沽酒煮纤鳞。忽有微凉何处雨，更无留影霎时云。卖瓜人过竹边村。

【启勋案】

《宋史》："绍熙二年二月甲申，以辛弃疾为福建安抚使，召见。"常山乃浙江衢州府属，与江西接邻。是年先生居上饶，若召见赴行在，必道出常山，舍此而外，先生似无缘在常山道中也。姑以系于二年辛亥。

案：伯兄于所著《先生年谱》绍熙二年辛亥条下之考证谓："起任闽宪在二年冬，赴任则在三年。"盖本传只言二年起用，而无月日，唯《宋史》及《续通鉴》则详书二年二月甲申，即初五日。伯兄殆但据本传推测而未查史鉴也。唯二年春以诏起用，三年春乃赴任，亦大奇。然而"瓢泉"一阕《浣溪沙》，先生固明明自书壬子春赴闽宪也。"常山道中"词若果为赴行在之道中作，则当在夏秋之间，盖篇中所书皆夏秋间景物也。如此则二年春以诏起用，夏秋间赴临安陛见，明春乃赴闽任，故此词当是辛亥作。《读史方舆纪要》："常山县在衢州府西八十里。后汉建安四年孙氏分新安置定阳县。三国吴宝鼎初属东阳郡。晋以后因之。隋废入信安。唐咸亨五年复析置常山县，属婺州，垂拱二年改属衢州，乾元初属信州，后复故。宋初因之，咸淳末改为新安县。元复曰常山。"

贺新郎

赋琵琶

凤尾龙香拨。自开元、霓裳曲罢，几番风月。最苦浔阳江头客，画舸亭亭待发。记出塞、黄云堆雪。马上离愁三万里，望昭阳、宫殿孤鸿没。弦解语，恨难说。　　辽阳驿使音尘绝。琐窗寒、轻拢慢捻，泪珠盈睫。推手含情还却手，一抹梁州哀彻。千古事、云飞烟灭。贺老定场无消息，想沉香、亭北繁华歇。弹到此，为呜咽。

【校】

题，四卷本乙集"赋"作"听"。《历代诗余》作"赋"。

【饮冰室考证】

下列诸词皆见于四卷本之乙集者。乙集为何人何年所编虽无考，然闽中词不见一首。可推定其编成在先生帅闽以前。其中虽有少数为丁未前作，补甲集所遗者，其大部分盖皆作于戊申至辛亥四年中，先生始终家居上饶、生涯最平稳之数年也。

【启勋案】

以下八十首所以不能确指其年者，因时间甚短，只有四年，空间甚窄，只在上饶，且属闲居，更无特别之事迹可考，而优悠林下作品又独多故也。然而总不外四十九至五十二之四年间而已。

念奴娇

戏赠善作墨梅者

江南尽处，堕玉京仙子、绝尘英秀。彩笔风流偏解写，姑射冰姿清瘦。笑杀春工，细窥天巧，妙绝应难有。丹青图画，一时都愧凡陋。　　还似篱落孤山，嫩寒清晓，秖欠香沾袖。淡伫轻盈谁付与，弄粉调朱纤手。疑是花神，朅来人世，沾得佳名久。松篁佳韵，倩君添作三友。

【校】

"沾袖"，《历代诗余》"沾"作"黏"。

又

韵梅

疏疏淡淡，问阿谁堪比、太真颜色。笑杀东君虚占断，多少朱朱白白。雪里温柔，水边明秀，不借春工力。骨清香嫩，迥然天与奇绝。　　尝记宝篆寒轻，琐窗人睡起，玉纤轻摘。漂泊天涯空瘦损，犹有当年标格。万里风烟，一溪霜月，未怕欺他得。不如归去，阆风有个人惜。

【校】

"太真"，四卷本乙集"太"作"天"。

"尝记"，《历代诗余》"尝"作"常"。

"人睡"，《历代诗余》"人"字无。

"玉纤",《历代诗余》作"玉纤纤"。

满江红

家住江南,又过了、清明寒食。花径里、一番风雨,一番狼藉。红粉暗随流水去,园林渐觉清阴密。算年年、落尽刺桐花,寒无力。　　庭院静,空相忆。无处说,闲愁极。怕流莺乳燕,得知消息。尺素如今何处也,彩云依旧无踪迹。谩教人、羞去上层楼,平芜碧。

【校】

"红粉暗随流水去",四卷本乙集作"流水暗随红粉去"。

"彩云",信州本"彩"作"绿"。从乙集。《历代诗余》作"绿"。

又

敲碎离愁,纱窗外、风摇翠竹。人去后、吹箫声断,倚楼人独。满眼不堪三月暮,举头已觉千山绿。但试把、一纸寄来书,从头读。　　相思字,空盈幅。相思意,何时足。滴罗襟点点,泪珠盈掬。芳草不迷行客路,垂杨只碍离人目。最苦是、立尽月黄昏,栏干曲。

【校】

"试把",四卷本乙集"把"作"将"。

沁园春

弄溪赋

有酒忘杯，有笔忘诗，弄溪奈何。看纵横斗转，龙蛇起陆，崩腾决去，雪练倾河。袅袅东风，悠悠倒影，摇动云山水又波。还知否，欠菖蒲攒港，绿竹缘坡。　　长松谁剪嵯峨。笑野老、来耘山上禾。算只因鱼鸟，天然自乐，非关风月，闲处偏多。芳草春深，佳人日暮，濯发沧浪独浩歌。裴回久，问人间谁似，老子婆娑。

【校】

"耘"，四卷本乙集作"芸"。

【饮冰室考证】

弄溪似是期思附近胜景。

【启勋案】

弄溪在池州，亦名清溪，又名弄水。杜牧《清溪诗》云："弄溪终日到黄昏。"郭祥正《和倪敦复留题池州弄水亭》："我寄江南隐，数为弄水游。读君弄水篇，感慨攀巢由。"池州在信州北，与期思相距甚远。可见先生闲居上饶之数年间，常作汗漫游也。读此词知弄溪之气象甚大，非涓涓小水。

水龙吟

寄题京口范南伯知县家文官花。花先白，次绯，次紫。《唐会要》载学士院有之

倚阑看碧成朱，等闲褪了香袍粉。上林高选，匆匆又

换，紫云衣润。几许春风，朝薰暮染，为花忙损。笑旧家桃李，东涂西抹，有多少、凄凉恨。　　拟倩流莺说与，记荣华、易消难整。人间得意，千红万紫，转头春尽。白发怜君，儒冠曾误，平生官冷。算风流未减，年年醉里，把花枝问。

【校】
"香袍"，《历代诗余》"袍"作"苞"。
"万紫"，四卷本乙集"万"作"百"。《历代诗余》作"万"。

又

题雨岩。岩类今所画观音普陀。岩中有泉飞出，如风雨声

普陀大士虚空，翠岩谁记飞来处。蜂房万点，似穿如碍，玲珑窗户。石髓千年，已垂未落，嶙峋冰柱。有怒涛声远，落花香在，人疑是、桃源路。　　又说春雷鼻息，是卧龙、弯环如许。不然应是，洞庭张乐，湘灵来去。我意长松，倒生阴壑，细吟风雨。竟茫茫未晓，只应白发，是开山祖。

【启勋案】
"雨岩"，见前《念奴娇》案语。

又

盘园任帅子严挂冠得请，取执政书中语，以"高风"名其堂，来索词，为赋《水龙吟》。芗林，侍郎向公告老所居，高宗皇帝御书所赐名也，与盘园相并云

断崖千丈孤松，挂冠更在松高处。平生袖手，故应休

矣，功名良苦。笑指儿曹，人间醉梦，莫嗔惊汝。问黄金余几，旁人欲说，田园计、君推去。　　叹息芗林旧隐，对先生、竹窗松户。一花一草，一觞一咏，风流杖屦。野马尘埃，扶摇下视，苍然如许。恨当年九老，图中忘却，画盘园路。

【校】

　　题，信州本作"盘园任子严安抚挂冠得请，客以'高风'名其堂，书来索词，为赋"。从四卷本乙集。

【启勋案】

　　向子諲，字伯恭，临江人。建炎初直龙图阁，累迁至户部侍郎。以忤秦桧罢归。卜筑清江，颜其堂曰"芗林"，自号"芗林居士"。有《酒边词》四卷。清江县在江西临江府。盘园既与芗林并，亦在清江可知。

又

别傅先之提举，时先之有召命

　　只愁风雨重阳，思君不见令人老。行期定否，征车几辆，去程多少。有客书来，长安却早，去声。传闻追诏。问归来何日，君家旧事，直须待、为霖了。　　从此兰生蕙长，吾谁与、玩兹芳草。自怜拙者，功名相避，去如飞鸟。只有良朋，东阡西陌，安排似巧。到如今巧处，依前又拙，把平生笑。

【校】

"玩兹",《历代诗余》"玩"作"甄"。

"依前",《历代诗余》"前"作"然"。

一枝花
醉中戏作

千丈擎天手。万卷悬河口。黄金腰下印、大如斗。更千骑弓刀、挥霍遮前后。百计千方久。似斗草儿童，赢得个他家偏有。　　算枉了、双眉长恁皱。白发空回首。那时闲说向、山中友。看丘陇牛羊，更辨贤愚否。且自栽花柳。怕有人来，但只道、今朝中酒。

【校】

"恁皱",《历代诗余》"恁"字无。

"中酒",《历代诗余》"中"作"病"。

御街行
无题

阑干四面山无数。供望眼、朝与暮。好风催雨过山来，吹尽一帘烦暑。纱厨如雾，簟纹如水，别有生凉处。　　冰肌不受铅华污。更旎旎、真香聚。临风一曲最妖娇，唱得行云且住。藕花都放，木犀开后，待与乘鸾去。

"行云"，四卷本乙集"云"作"人"。

又
山中问盛复之提干行期

山城甲子冥冥雨。门外青泥路。杜鹃只是等闲啼，莫被他催归去。垂杨不语，行人去后，也会风前絮。　　情知梦里寻鹓鹭。玉殿追班处。怕君不饮太愁生，不是苦留君住。白头笑我，年年送客，自唤春江渡。

感皇恩

七十古来稀，人人都道。不是阴功怎生到。松姿虽瘦，偏耐雪寒霜晓。看君双鬓底、青青好。　　楼雪初晴，庭闱嬉笑。一醉何妨玉壶倒。从今康健，不用灵丹仙草。更看一百岁、人难老。

定风波
大醉归自葛园，家人有痛饮之戒，故书于壁

昨夜山翁倒载归。儿童应笑醉如泥。试与扶头浑未醒，休问，梦魂犹在葛家溪。　　欲觅醉乡今古路，知处，温柔

东畔白云西。起向绿窗高处看，题遍，刘伶元自有贤妻。

【校】

"今古"，四卷本乙集作"来往"。

【启勋案】

题曰"葛园"，词中则曰"葛家溪"。《舆地纪胜》："葛溪在弋
阳，上有葛玄冢，故曰葛溪。"《广信府志》："葛溪在弋阳西二里，
其源出自上饶之灵山。"弋阳虽与上饶为邻，但倒载此醉翁，奔驰百
数十里，有是理否？岂上饶别有一葛溪耶？

又
用药名招婺源马荀仲游雨岩。马善医

山路风来草木香。雨余凉意到胡床。泉石膏肓吾已甚，
多病，堤防风月费篇章。　　孤负寻常山简醉，独自，故应
知子草玄忙。湖海早知身汗漫，谁伴，只甘松竹共凄凉。

【启勋案】

《读史方舆纪要》："婺源县在浮梁西北百五十五里。本休宁县
境，唐开元二十八年析置婺源县，属徽州。宋因之。"

又
药名

仄月高寒水石乡。倚空青碧对禅房。白发自怜心似铁，

风月，使君子细与平章。 平昔生涯筇竹杖，来往，却惭沙鸟笑人忙。便好剩留黄绢句，谁赋，银钩小草晚天凉。

【校】

"使君"，信州本"使"作"史"。从四卷本乙集。

"平昔"，四卷本乙集作"已判"。

又
赋杜鹃花

百紫千红过了春。杜鹃声苦不堪闻。却解啼教春小住，风雨，空山招得海棠魂。 恰似蜀宫当日女，无数，猩猩血染赭罗巾。毕竟花开谁作主，记取，大都花属惜花人。

【校】

"恰似"，四卷本乙集"恰"作"一"。

又
再用韵和赵晋臣敷文

野草闲花不当春。杜鹃却是旧知闻。谩道不如归去住，梅雨，石榴花又是离魂。 前殿群臣深殿女，日数，赭袍一点万红巾。莫问兴亡今几主，听取，花前毛羽已羞人。

【启勋案】

此词不见四卷本，唯信州十二卷本有之。因与前首同韵，知是同时作。晋臣名不迁，茂嘉之弟，直敷文阁。

临江仙
为岳母寿

住世都知菩萨行，仙家风骨精神。寿如山岳福如云。金花汤沐诰，竹马绮罗群。　　更愿升平添喜事，大家祷祝殷勤。明年此地庆佳辰。一杯千岁酒，重拜太夫人。

南乡子
无题

隔户语春莺。才挂帘儿敛袂行。渐见凌波罗袜步，盈盈。随笑随颦百媚生。　　著意听新声。尽是司空自教成。今夜酒肠难道窄，多情。莫放纱笼蜡炬明。

又
赠妓

好个主人家。不问因由便去嗏。病得那人妆晃子，巴巴。系上裙儿稳也哪。　　别泪没些些。海誓山盟总是赊。今日新欢须记取，孩儿。更过十年也似他。

【启勋案】
　　此词信州十二卷本失载。见四卷本乙集及补遗。

鹧鸪天
代人赋

　　陌上柔桑破嫩芽。东邻蚕种已生些。平冈细草鸣黄犊，斜日寒林点暮鸦。　　山远近，路横斜。青旗沽酒有人家。城中桃李愁风雨，春在溪头荠菜花。

【校】

　　题，信州本无题。从四卷本乙集。《花庵》同乙集。

　　"柔桑"，乙集"桑"作"条"。《花庵》作"桑"。

　　"破嫩"，乙集作"初破"。

　　"荠菜"，乙集作"野荠"。

又
鹅湖归病起作

　　著意寻春懒便回。何如信步两三杯。山才好处行还倦，诗未成时雨早_{去声}。催。　　携竹杖，更芒鞋。朱朱粉粉野蒿开。谁家寒食归宁女，笑语柔桑陌上来。

【校】

　　题，信州本无。从四卷本乙集。《花庵》与《草堂》题作"春行即事"。

又

重九席上再赋

　　有甚闲愁可皱眉。老怀无绪自伤悲。百年旋逐花阴转，万事长看鬓发知。　　溪上枕，竹间棋。怕寻酒伴懒吟诗。十分筋力夸强健，只比年时病起时。

【校】

　　题，信州本无。从四卷本乙集。

又

席上再用韵

　　水底明霞十顷光。天教铺锦衬鸳鸯。最怜杨柳如张绪，却笑莲花似六郎。　　方竹簟，小胡床。晚来消得许多凉。背人白鸟都飞去，落日残鸦更断肠。

【启勋案】

　　此首题作"再用韵"，原唱失载。因见四卷本乙集，故附于此。

又

石门道中

　　山上飞泉万斛珠。悬崖千丈落鼫鼯。已通樵径行还碍，似有人声听却无。　　闲略彴，远浮屠。溪南修竹有茅庐。
莫嫌杖屦频来往，此地偏宜著老夫。

【启勋案】
　　《读史方舆纪要》："石门在庐山西南。双阙壁立千仞，瀑布出其
中。《山疏》云：'石门者，乃天池、铁船二峰对峙如门也。慧远诗
序略云：石门一名障山，双阙对峙，其前重岩映带，其后七岭之美，
蕴奇于此。'"

又
败棋罚赋梅雨

　　漠漠轻阴拨不开。江南细雨熟黄梅。有情无意东边日，
已怒重惊忽地雷。　　云柱础，水楼台。罗衣费尽博山灰。
当时一识和羹味，便道为霖消息来。

又
元溪不见梅

　　千丈冰溪百步雷。柴门都向水边开。乱云剩带炊烟去，
野水闲将日影来。　　穿窈窕，过崔嵬。东林试问几时栽。
动摇意态虽多竹，点缀风流却欠梅。

又
春日即事题毛村酒垆

春入平原荠菜花。新耕雨后落群鸦。多情白发春无奈，晚日青帘酒易赊。　　闲意态，细生涯。牛栏西畔有桑麻。青裙缟袂谁家女，去趁蚕生看外家。

【校】

题，四卷本乙集作"游鹅湖醉书酒家壁"。

"春入"，信州本"入"作"日"，《历代诗余》作"日"，《花庵》亦同。从四卷本乙集。

"荠菜"，《历代诗余》"荠"作"蒿"。

【启勋案】

合观四卷本及十二卷本两题之异同，得知鹅湖附近有一毛家村。又可见先生通显之后，仍时作浪漫生活。

又
送欧阳国瑞入吴中

莫避春阴上马迟。春来未有不阴时。人情辗转闲中看，客路崎岖倦后知。　　梅似雪，柳如丝。试听别语慰相思。短蓬炊饭鲈鱼熟，除却松江枉费诗。

【校】

"辗转"，四卷本乙集"辗"作"展"。

又

送元济之归豫章

　　欹枕婆娑两鬓霜。起听檐溜碎喧江。那边玉箸销啼粉，这里车轮转别肠。　　诗酒社，水云乡。可堪醉墨几淋浪。画图恰似归家梦，千里河山寸许长。

【校】

　　题，四卷本乙集作"送元省干"。

玉楼春

席上赠别上饶黄倅

　　往年龙愁堂前路。路上人夸通判雨。去年拄杖过瓢泉，县吏垂头民笑语。　　学窥圣处文章古。清到穷时风味苦。尊前老泪不成行，明日送君天上去。龙愁，雨岩堂名。通判雨，当时民谣。吏垂头，亦渠摄郡时事。

【校】

　　"笑语"，信州本"笑"作"叹"。从四卷本乙集。

又

客有游山者，忘携具，而以词来索酒，用韵以答。余时以病不往

　　山行日日妨风雨。风雨晴时君不去。墙头尘满短辕车，

门外人行芳草路。　　城南东野应联句。好记琅玕题字处。也应竹里著行厨，已向瓮边防吏部。

【校】

题，"余时以病"四卷本乙集作"时余有事"。

"瓮边"，乙集"边"作"头"。

又
再和

人间反覆成云雨。凫雁江湖来又去。十千一斗饮中仙，一百八盘天上路。　　旧时枫落吴江句。今日锦囊无著处。看封关外水云侯，剩按山中诗酒部。

【校】

"枫落"，四卷本乙集"落"作"叶"。

【启勋案】

此首用前韵，当是同时作。

鹊桥仙
庆岳母八十

八旬庆贺，人间盛事，齐劝一杯春酿。胭脂小字点眉间，犹记得、旧时宫样。　　彩衣更著，功名富贵，直过太公以上。大家著意记新词，遇著个、十年便唱。

又
赠人

风流标格，惺忪言语，□个十分奇绝。三分兰菊十分梅，斗令就、一枝风月。　　笙簧未语，星河易转，凉夜厌厌留客。只愁酒尽各西东，更把酒、推辞一霎。

【启勋案】
　　此词信州十二卷本失载。唯宋四卷本有之。因在乙集，知是绍熙辛亥五十二岁以前作。

又
送粉卿行

轿儿挑了，担儿装了，杜宇一声催起。从今一步一回头，怎睡得、一千余里。　　旧时行处，旧时歌处，空有燕泥香坠。莫嫌白发不思量，也须有、思量去里。

【启勋案】
　　此词信州本亦失载。四卷本乙集及辛敬甫从《永乐大典》辑得之，《补遗》皆有之。

又

寿徐伯熙察院

豸冠风采，绣衣声价，曾把经纶少试。看看有诏日边来，便入侍、明光殿里。　　东君未老，花明柳媚，且引玉船沉醉。好将三万六千场，自今日、从头数起。

【校】

　　题，四卷本乙集作"贺余察院生日"。

　　"玉船"，乙集"船"作"尘"。

渔家傲

　　为余伯熙察院寿。信之谶云："水打乌龟石，三台出此。"时伯熙旧居城西，直龟山之北，溪水啮山足矣，意伯熙当之耶？伯熙学道有新功，一日语余云："溪上尝得异石，有文隐然，如记姓名，且有长生等字。"余未之见也。因其生朝，撮二事为词以寿之

　　道德文章传几世。到今合上三台位。自是君家门户事。当此际。龟山正抱西江水。　　三万六千排日醉。鬓毛只恁青青地。江里石头争献瑞。分明是。中间有个长生字。

【校】

　　题，四卷本乙集"余"作"金"。

【饮冰室考证】

　　玩题知余为信州人也，《鹊桥仙》之徐伯熙当即此人。乙集本

"余"又作"金"，未知孰是。

【启勋案】

《广信府志》："乌龟山在上饶西南五里。一名五桂山。谚云：'水打乌龟石，信州出状元。'宋徐元杰尝应其谶云。"可知徐元杰必徐伯熙无疑。作"余"、作"金"者皆非。

西江月
夜行黄沙道中

明月别枝惊鹊，清风半夜鸣蝉。稻花香里说丰年。听取蛙声一片。　　七八个星天外，两三点雨山前。旧时茅店社林边。路转溪桥忽见。

【启勋案】

《舆地纪胜》："黄沙峰在回龙峰南，两峰相对，下有峰顶院。"盖即上饶之灵山山脉，在城之西北。

又
和杨民瞻赋丹桂韵

宫粉厌涂娇额，浓妆再压秋花。西真人醉忆仙家。飞佩丹霞羽化。　　十里芬芳未足，一亭风露先加。杏腮桃脸费铅华。终惯秋蟾影下。

【校】

题，四卷本乙集作"和民瞻丹桂"。

"再压"，乙集"再"作"要"。《历代诗余》作"偏"。

【启勋案】

此词四卷本乙丁两集重出。

朝中措
为人寿

年年金蕊艳西风。人与菊花同。霜鬓经春重绿，仙姿不
饮长红。　　焚香度日尽从容，笑语调儿童。一岁一杯为
寿，从今更数千钟。

【校】

题，信州本无。从四卷本乙集。

"尽"，此二句《历代诗余》作"从容笑语，尽调儿童"。

菩萨蛮
双韵赋摘阮

阮琴斜挂香罗绶。玉纤初试琵琶手。桐叶雨声干。珍珠
落玉盘。　　朱弦调未惯。笑倩东风伴。莫作别离声。且听
双凤鸣。

题，信州本无"双韵"二字。从四卷本乙集。

"东风"，四卷本乙集"东"作"春"。

又

淡黄弓样鞋儿小。腰肢只怕风吹倒。蓦地管弦催。一团红雪飞。　　曲终娇欲诉。定忆梨园谱。指日按新声。主人朝玉京。

【启勋案】

此词信州十二卷本失载。见宋四卷本乙集。

浣溪沙
漫兴作

未到山前骑马回。风吹雨打已无梅。共谁消遣两三杯。　　一似旧时春意思，百无是处老形骸。也曾头上戴花来。

【校】

题，信州本无。从四卷本乙集。

"戴花"，乙集"戴"作"带"。

又

种梅菊

不世孤芳肯自媒。直须诗句与推排。不然唤近酒边来。　自有陶潜方有菊，若无和靖即无梅。秪今何处向人开。

【校】

"不世"，信州本"不"作"百"。从《历代诗余》。

"诗句"，《历代诗余》"句"作"兴"。

"唤近"，《历代诗余》"近"作"起"。

"秪今"，四卷本乙集"秪"作"只"。

又

别澄上人并送性禅师

梅子生时到几回。桃花开后不须猜。重来松竹意徘徊。　惯听禽声应可谱，饱观鱼阵已能排。晚风挟雨唤归来。

【校】

题，四卷本乙集"澄"作"成"。

"生时"，乙集"生"作"熟"。

"应可"，乙集"应"作"浑"。

"晚风"，乙集"风"作"云"。

【启勋案】

此词韩仲止有和韵题"和辛卿壁间韵":"只恐山灵俗驾回。海鸥飞下莫惊猜。机心消尽重徘徊。　宿雨乍晴干涧落,晓云微露两山排。新苗时翼好风来。"读涧泉词题颇奇,岂先生赠别之作不写与两法师而题于壁间耶?

案:先生游迹所至,虽常寄宿寺院,但绝少与方外人往还。此一阕为集中仅见。

虞美人

赋荼䕷

群花泣尽朝来露。争怨春归去。不知庭下有荼䕷。偷得十分春色怕春知。　淡中有味清中贵。飞絮残红避。露华微浸玉肌香。恰似杨妃初试出兰汤。

【校】

"争怨",四卷本乙集"怨"作"奈"。

"残红",乙集"红"作"英"。

"微浸",乙集"浸"作"渗"。

又

寿赵文鼎提举

翠屏罗幕遮前后。舞袖翻长寿。紫髯冠佩御炉香。看取明年归奉万年觞。　今宵池上蟠桃席。咫尺长安日。宝烟飞焰万花浓。试看中间白鹤驾仙风。

又

送赵达夫

一杯莫落他人后。富贵功名寿。胸中书传有余香。写得兰亭小字记流觞。　　问谁分我渔樵席。江海消闲日。看看天上拜恩浓。却怕画楼无处著春风。

【校】

题，信州本作"用前韵"。从四卷本乙集。

"他人"，乙集"他"作"吾"。

又

夜深困倚屏风后。试请毛延寿。宝钗小立白翻香。旋唱新词犹误笑时觞。　　四更山月寒侵席。歌舞催时日。问他何处最情浓。却道小梅摇落不禁风。

【启勋案】

此一首信州十二卷本失载。见宋四卷本乙集。三首同韵，当是同时作。

又

赋虞美人草

当年得意如芳草。日日春风好。拔山力尽忽悲歌。饮罢虞兮从此奈君何。　　人间不识精诚苦。贪看青青舞。蓦然敛袂却亭亭。怕是曲中犹带楚歌声。

浪淘沙
赋虞美人草

不肯过江东。玉帐匆匆，只今草木忆英雄。唱著虞兮当日曲，便舞春风。　　儿女此情同。往事朦胧。湘娥竹上泪痕浓。舜盖重瞳堪痛恨，羽又重瞳。

南歌子
山中夜坐

世事从头减，秋怀彻底清。夜深犹送枕边声。试问清溪底事未能平。　　月到愁边白，鸡先远处鸣。是中无有利和名。因甚山前未晓有人行。

【校】

"未能"，四卷本乙集"未"作"不"。

又
独坐蔗庵

玄入参同契，禅依不二门。细看斜日隙中尘。始觉人间何处不纷纷。　　病笑春先到，闲知懒是真。百般啼鸟苦撩人。除却提壶此外不堪闻。

【校】

"玄入"，《历代诗余》"玄"作"妙"。

【启勋案】

"蔗庵"考证见"湖海平生"之《满江红》。

杏花天
嘲牡丹

牡丹比得谁颜色。似宫中、太真第一。渔阳鼙鼓边风急。人在沉香亭北。　　买栽池馆多何益。莫虚把、千金抛掷。若教解语应倾国，一个西施也得。

【校】

"买栽"，信州本"栽"作"裁"。从四卷本乙集。
"应倾"，乙集作"倾人"。

惜分飞
春思

翡翠楼前芳草路。宝马坠鞭曾驻。最是周郎顾。尊前几度歌声误。　　望断碧云空日暮。流水桃源何处。闻道春归去。更无人管飘红雨。

【校】

"曾驻",信州本"曾"作"暂"。从四卷本乙集。

"尊前",信州本脱此二字。从四卷本乙集。

生查子
独游雨岩

溪边照影行,天在清溪底。天上有行云,人在行云里。　　高歌谁和余,空谷清音起。非鬼亦非仙,一曲桃花水。

【启勋案】

"雨岩",见前"近来何处"之《念奴娇》。

又

青山非不佳,未解留侬住。赤脚踏层冰,为爱清溪故。　　朝来山鸟啼,劝上山高处。我意不关渠,自要寻兰去。

【校】

题,四卷本乙集题同前首。

"层冰",乙集作"沧浪"。

"清溪"，信州本"清"作"青"。从《历代诗余》。

"我意"，信州本"我"作"裁"。从四卷本。

"自要"，信州本"要"作"在"。从四卷本。

"寻兰"，信州本"兰"作"诗"。从四卷本。

寻芳草

嘲陈莘叟忆内

有得许多泪，更闲却、许多鸳被。枕头儿、放处都不是，旧家时、怎生睡。　　更也没书来，那堪被、雁儿调戏。道无书、却有书中意，排几个、人人字。

【校】

调，四卷本作"王孙信"。

忆王孙

秋江送别集古句

登山临水送将归。悲莫悲兮生别离。不用登临怨落晖。昔人非。唯有年年秋雁飞。

归朝欢

题赵晋臣敷文积翠岩

我笑共工缘底怒。触断峨峨天一柱。补天又笑女娲忙，却将此石投闲处。野烟荒草路。先生拄杖来看汝。倚苍苔，摩挲试问，千古几风雨。　　长被儿童敲火苦。时有牛羊磨角去。霍然千丈翠岩屏，锵然一滴甘泉乳。结亭三四五。会相暖热携歌舞。细思量，古来寒士，不遇有时遇。

【饮冰室考证】

《大清一统志》："积翠岩在贵溪县西三里。"北或别是一地，为赵晋臣所发见也。

【启勋案】

《太平寰宇记》："积翠岩在贵溪县西三十里。"先生"苍壁初开"之词题谓"观者意其如积翠清风、岩石玲珑之胜"云云，可见积翠岩乃信州极有名之胜境，不能为晋臣所私有。且晋臣居铅山而积翠岩在贵溪，此或晋臣私宅之一丘壑，取一名胜之名以名之。亦如先生瓢泉之秋水观耳。

案：晋臣名不迁，直敷文阁。在铅山尝创一书楼，谓因邑人旧无藏书，士病于所求。乃储书数万卷，分经、史、子、集四部，使一人司钥掌之。来者导之登，设几席，使得纵观云。（见《信州府志》）兹事与本题无关，因见此书楼实公开图书馆之最早者，因附记之。亦可以见晋臣之品学也。

最高楼

客有败棋者，代赋梅

花知否，花一似何郎。又似沈东阳。瘦棱棱地天然白，冷清清地许多香。笑东君，还又向，北枝忙。　　著一阵、

霎时间底雪，更一个、缺些儿底月。山下路，水边墙。风流
怕有人知处，影儿守定竹旁厢。且饶他，桃李趁，少年场。

又
用韵答赵晋臣敷文

花好处，不趁绿衣郎。缟袂立斜阳。面皮儿上因谁白，
骨头儿里几多香。尽饶他，心似铁，也须忙。　　甚唤得、
雪来白倒雪，便唤得、月来香杀月。谁立马，更窥墙。将军
止喝山南畔，相公调鼎殿东厢。忒高才，经济地，战争场。

【启勋案】
　　此亦乙集词。前首见丙集，但为此首原唱，自是同时作。

又
送丁怀忠教授入广。渠赴调都下，久不得书，或谓从人辟置，或谓径归闽中矣

相思苦，君与我同心。鱼没雁沉沉。是梦他松后追轩冕，
是化为鹤后去山林。对西风，直怅望，到如今。　　待不饮、
奈何君有恨，待痛饮、奈何君又病。君起舞，试重斟。苍梧
云外湘妃泪，鼻亭山下鹧鸪吟。早归来，流水外，有知音。

【校】
　　题，四卷本乙集作"送丁怀忠"。
　　"又病"，乙集"又"作"有"。

新荷叶

再题傅岩叟悠然阁

种豆南山，零落一顷为箕。岁晚渊明，也吟草盛苗稀。风流划地，向尊前、采菊题诗。悠然忽见，此山正绕东篱。

千载襟期，高情想像当时。小阁横空，朝来翠扑人衣。是中真趣，问骋怀、游目谁知。无心出岫，白云一片孤飞。

又

赵茂嘉赵晋臣和韵，见约初秋访悠然，再用韵

物盛还衰，眼看春叶秋箕。贵贱交情，翟公门外人稀。酒酣耳热，又何须、幽愤裁诗。茂林修竹，小园曲径疏篱。

秋以为期，西风黄菊开时。拄杖敲门，任他颠倒裳衣。去年堪笑，醉题诗、醒后方知。而今东望，心随去鸟先飞。

【校】

题，四卷本乙集作"初秋诗悠然"。

【启勋案】

前首见丁集。后一首见乙集。因同韵，知是同时作。丁集所收乃补甲、乙、丙集之遗，本不以年限也。茂嘉名不遹，乃晋臣之兄。

行香子

　　归去来兮。行乐休迟。命由天、富贵何时。百年光景，七十者稀。奈一番愁，一番病，一番衰。　　名利奔驰。宠辱惊疑。旧家时、都有些儿。而今老矣，识破关机。算不如闲，不如醉，不如痴。

【启勋案】

　　此一首信州十二卷本失载。见四卷本乙集。

卜算子
用庄语

　　一以我为牛，一以我为马。人与之名受不辞，善学庄周者。　　江海任虚舟，风雨从飘瓦。醉者乘车坠不伤，全得于天也。

又
漫兴

　　夜雨醉瓜庐，春水行秧马。检点田舍快活人，未有如翁者。　　扫秃兔毫锥，磨透铜台瓦。谁伴扬雄作解嘲，乌有先生也。

又

　　珠玉作泥沙，山谷量牛马。试上累累丘垅看，谁是强梁者。　　水浸浅深檐，山压高低瓦。山水朝来笑问人，翁早归来也。

【校】

　　"早归"，四卷本丁集"早"下有"去声"二小字。

又

　　千古李将军，夺得胡儿马。李蔡为人在下中，却是封侯者。　　芸草去陈根，笕竹添新瓦。万一朝廷举力田，舍我其谁也。

又

用韵答赵晋臣敷文，赵有真得归、方是闲堂

　　百郡怯登车，千里输流马。乞得胶胶扰扰身，却笑区区者。　　野水玉鸣渠，急雨珠跳瓦。一榻清风方是间，真是归来也。

又

　　万里籋浮云，一喷空凡马。叹息曹瞒老骥诗，伏枥如公

者。　　　山鸟哜窥檐，野鼠饥翻瓦。老我痴顽合住山，此地
菟裘也。

【启勋案】
　　右《卜算子》六首答赵晋臣，一首见四卷本乙集"万里蕭浮云"。
一首四卷本失载，唯见十二卷本。余四首则俱见丁集。乙集既见一首，
此外五首皆同韵，自当是同时作。因以附于戊申至辛亥四年作品中。

水调歌头
题赵晋臣敷文真得归、方是闲二堂

　　十里深窈窕，万瓦碧参差。青山屋上流水，屋下绿横
溪。真得归来笑语，方是闲中风月，剩费酒边诗。点检笙歌
了，琴罢更围棋。　　　王家竹，陶家柳，谢家池。知君勋业
未了，不是枕流时。莫向痴儿说梦，且作山人索价，颇怪鹤
书迟。一事定嗔我，已办北山移。

【启勋案】
　　此词亦见四卷本丁集。唯玩词题及词意，似是与答题晋臣之
《卜算子》同时作，因移于此。

清平乐
寿赵民则提刑。时新除，且素不喜饮

　　诗书万卷。合上光明殿。案上文书看未遍。眉里阴功早

见。　　十分竹瘦松坚。看君自是长年。若解尊前痛饮，精神便是神仙。

又

题上卢桥

清泉奔快。不管青山碍。十里盘盘平世界。更著溪山襟带。　　古今陵谷茫茫。市朝往往耕桑。此地居然形胜，似曾小小兴亡。

【启勋案】

《信州府志》："上卢亦名上泸，在铅山县西北。"

好事近

送李复州致一席上和韵

和泪唱阳关，依旧字娇声稳。回首长安何处，怕行人归晚。　　垂杨折尽只啼鸦，把离愁勾引。却笑远山无数，被行云低损。

【校】

题，四卷本乙集无。

糖多令

淑景斗清明。和风拂面轻。小杯盘、同集郊坰。顿著个轿儿不肯上，须索要，大家行。　　行步渐轻盈，行行笑语频。凤鞋儿、微褪些根。蓦忽地倚人陪笑道，真个是，脚儿疼。

【启勋案】

　　此词信州十二卷本失载。见四卷本乙集及《补遗》。

一剪梅

　　记得同烧此夜香。人在回廊。月在回廊。而今独自睡昏黄。行也思量。坐也思量。　　锦字都来三两行。千断人肠。万断人肠。雁儿何处是仙乡。来也恓惶。去也恓惶。

【启勋案】

　　此一首信州本失载，但见于四卷本乙集。知是此四年间作。

卷四

共一百零四首

年 绍熙三年壬子至嘉泰元年辛酉

岁 五十三至六十二

地 三山 带湖 瓢泉

浣溪沙

壬子春赴闽宪别瓢泉

细听春山杜宇啼。一声声是送行诗。朝来白鸟背人飞。　　对郑子真岩石卧，赴陶元亮菊花期。而今堪诵北山移。

【校】

题，四卷本丙集作"泉湖道中赴闽宪别诸君"。

【饮冰室考证】

《宋史》本传称"绍熙二年起，提点福建刑狱"。据此词题，知是去年拜命，本年乃赴任也。

【启勋案】

《宋史》："绍熙二年辛亥二月甲申，以辛弃疾为福建安抚使。"即继赵汝愚之任。

山花子

三山戏作

记得瓢泉快活时。长年耽酒更吟诗。蓦地捉将来断送，老头皮。　　绕屋人扶行不得，闲窗学得鹧鸪啼。却有杜鹃能劝道，不如归。

【饮冰室考证】

篇中句云"蓦地捉将来断送，老头皮"，是久罢职后再出山，初到任时趣语。亦可见先生宦情已久淡，再起非其本意也。

【启勋案】

大中祥符元年，宋真宗东封途间得隐士杨璞，载与俱归。上问璞曰："卿行时可有人作诗相送否？"对曰："有。臣妻一绝句云：'更休落魄耽杯酒，莫再猖狂爱作诗。今日捉将官里去，这回断送老头皮。'"上大笑。

案：《读史方舆纪要》："福州三山，一曰越王山，在府城北，又名屏山，亦曰平山；二曰九仙山，在府城内东南隅，又名九日山，亦曰于山；三曰乌石山，在府城内西南隅，与九仙山东西对峙，唐天宝八载改曰闽山，宋熙宁间改曰道山。三山皆在城中，故郡有三山之名。"

案：绍熙三年壬子，先生五十三岁。

最高楼

庆洪景卢内翰七十

金闺老，眉寿正如川。七十且华筵。乐天诗句香山里，杜陵酒债曲江边。问何如，歌窈窕，舞婵娟。　　更十岁、太公方出将，又十岁、武公方入相，留盛事，看明年。直须腰下添金印，莫教头上欠貂蝉。向人间，长富贵，地行仙。

【校】

"方入相"，四卷本乙集"方"作"才"。

【饮冰室考证】

据钱竹汀《洪文敏年谱》，知景卢以本年登七十，则词必作于本年也。唯此词见四卷本乙集中，乙集无闽中词。或景卢生日在春初，词仍作于信州耶？

【启勋案】

四卷本词年代相混者共只三首，此其一也。

临江仙

和信守王道夫韵，谢其为寿。时仆作闽宪

记取年年为寿客，只今明月相随。莫教弦管便生衣。引壶觞自酌，须富贵何时。　　入手清风词更好，细书白茧乌丝。海山问我几时归。枣瓜如可啖，直欲觅安期。

【校】

题，四卷本丁集无"仆"字。

【饮冰室考证】

此词本年五月作。王道夫任信守已久，此后似亦去任矣。

【启勋案】

先生生日在五月十一日。（壬子）

水调歌头

壬子三山被召，陈端仁给事饮饯席上作

长恨复长恨，裁作短歌行。何人为我楚舞，听我楚狂声。余既滋兰九畹，又树蕙之百畮，秋菊更餐英。门外沧浪水，可以濯吾缨。　　一杯酒，问何似，身后名。人间万事毫发，常重泰山轻。悲莫悲生离别，乐莫乐新相识，儿女古今情。富贵非吾事，归与白鸥盟。

【校】

题，四卷本丙集作"壬子被召，端仁相饯席上作"。

【饮冰室考证】

集中别有西江月一首，题云"癸丑正月四日，三山被召"，知此词作于本年腊将尽时。被命戒行，同官相饯，然尽是年迄未离闽境也。

【启勋案】

《宋史》载先生为福建安抚，未期岁而治绩大著。乃台臣劾其用钱如泥沙，杀人如草芥，遂乞祠归。是以此词颇多幽愤语。（壬子）

西江月

癸丑正月四日，三山被召，经从建安，席上和陈安行舍人韵

风月亭危致爽，管弦声脆休催。主人只是旧情怀。锦瑟

旁边须醉。　　玉殿何曾侬去，沙堤正要公来。看看红药又
翻阶。趁取西湖春会。

【校】

题，四卷本丁集作"癸丑正月四日和建宁陈安行舍人。时
被召"。

"何曾"，四卷本"曾"作"须"。

【饮冰室考证】

既有壬子三山被召之《水调歌头》，此题复言"三山被召"，故
知去腊奉命即行，途中度岁。正月四日乃道经建安也。

【启勋案】

陈安行名居仁，庆化人。庆元元年以宝文阁待制知福州，即接
先生后任者。建安县乃建宁府属。

又
用韵和李兼济提举

且对东君痛饮，莫教华发空催。琼瑰千字已盈怀。消得
津头一醉。　　休唱阳关别去，只今凤诏归来。五云两两望
三台。已觉精神聚会。

【启勋案】

用前韵，当是同时作。（癸丑）

又
三山作

贪数明朝重九，不知过了中秋。人生有得许多愁。只有黄花如旧。　　万象亭中殢酒，九仙阁上扶头。城鸦唤我醉归休。细雨斜风时候。

【校】

"只有"，四卷本丁集"只"作"惟"。

【启勋案】

《舆地纪胜》："万象亭、九仙楼均在州治。"九仙阁想即九仙楼也。（癸丑）

瑞鹤仙
南剑双溪楼

片帆何太急。望一点须臾，去天咫尺。舟人好看客。似三峡风涛，嵯峨剑戟。溪南溪北。正遐想、幽人泉石。看渔樵、指点危楼，却羡舞筵歌席。　　叹息。山林钟鼎，意倦情迁，本无欣戚。转头陈迹。飞鸟外，晚烟碧。问谁怜旧日，南楼老子，最爱月明吹笛。到而今、扑面黄尘，欲归未得。

【校】

题，信州本作"南涧"。《花庵》与四卷本俱作"南剑"。从四卷本丁集。

【饮冰室考证】

"南剑"，信州本作"南涧"。此从四卷本丁集。南涧双溪楼，已详"绍熙二年"条下。此词末句云云，似是过延平之双溪阁，或者铅山县之南涧双溪楼，正当舟行孔道，为由闽赴杭所必经。先生过此，咫尺里门，而不得归，故生感耶？要之此词为本年赴召往还时所作，殆近之。

【启勋案】

《舆地纪胜》："双溪阁在南剑州剑津之上。剑津在剑浦县，乃建州邵、武二水合流之处云。"双溪之名，当即以此。信州本此词之眉伯兄有批一条曰："玩结句知是福建之南剑州。公帅闽时作。题作南涧者误。"（癸丑）

水龙吟
过南剑双溪楼

举头西北浮云，倚天万里须长剑。人言此地，夜深长见，斗牛光焰。我觉山高，潭空水冷，月明星淡。待燃犀下看，凭阑却怕，风雷怒、鱼龙惨。　　峡束苍江对起，过危楼欲飞还敛。元龙老矣，不妨高卧，冰壶凉簟。千古兴亡，百年悲笑，一时登览。问何人又卸，片帆沙岸，系斜阳缆。

【校】

题，信州本"剑"作"涧"。四卷本乙集与《花庵》俱作"剑"。从乙集。

"峡束苍"，四卷本乙集"峡"下脱二字。

"苍江"，《花庵》"苍"作"沧"。

【饮冰室考证】

集中有南涧双溪楼词两首。四卷本皆作"南剑"，未知孰是。考宋之南剑州为今福州延平府南平县治，相传延津合剑处也。玩两词，文颇有似题咏此地者。《舆地纪胜》及其他地志纪南剑有双溪阁，无双溪楼。而《南涧诗余》则有"九日登双溪楼"一首，其词却非游历异乡者。考《铅山志》"山川门有双溪"一条注云："二水发闽界，循鸢山流入善政乡。"或南涧建楼其地，故先生屡过从也。

【启勋案】

伯兄以前首《瑞鹤仙》归三山作，而以此首《水龙吟》归铅山作。窃以为不然。晋张茂先与雷孔章望气于斗牛间，知其为宝剑之精。未几得二剑于丰城，各宝其一。后孔章之子华为建安从事，佩之往延平津。剑跃之潭间。遣人没取之，见二龙萦潭下云。庾子山所谓"剑没丰城，气存牛斗"，即指此。玩词意，所谓"斗牛光焰""燃犀下看""潭空水冷""风雷怒，鱼龙惨"，极似咏此事。伯兄谓为过从韩南涧之作，但篇中未见有怀南涧语，唯见写此神话。因仍以此词移入三山作品中。所惑者，乃此词见于四卷本乙集。乙集辑于先生帅闽前，不应有三山作品。但吴子似明明于庆元五年作铅尉，而乙集乃有"送吴子似县尉"一首，其殆续刻羼入者欤？姑系于癸丑以存疑。又《舆地纪胜》："福建延平有双溪阁，罗源有双溪亭，婺女有双溪楼。"

定风波

三山送卢国华提刑，约上元重来

少日犹堪话别离。老来怕作送行诗。极目南云无过雁，君看，梅花也解寄相思。　　无限江山行未了，父老，不须和泪看旌旗。后会丁宁何日是，须记，春风十里送灯时。

【校】

　　题，四卷本丙集无"三山""国华"四字。

又

用韵时国华置酒，歌舞甚盛

　　莫望中州叹黍离。元和盛德要君诗。老去不堪谁似我，归卧，青山活计费寻思。　　谁筑诗坛高十丈，直上，看君斩将更搴旗。歌舞正浓还有语，记取，须鬒不似少年时。

【校】

　　"盛德"，四卷本丙集"盛"作"圣"。

又

自和

　　金印累累佩陆离。河梁更赋断肠诗。莫拥旌旗真个去，何处，玉堂元自要论思。　　且约风流三学士，同醉，春风看试几枪旗。从此酒酣明月夜，耳热，那边应是说侬时。

【饮冰室考证】

　　右三词同韵，当是同时作。云"约上元重来"，则当作于冬月。国华移漕建安，相距甚近，且福州亦漕使辖境，故可往来。去冬先生方由提刑被召赴阙，本年上元不在三山，故知诸词应作于癸丑冬。
所云上元者，甲寅上元也。若乙卯上元则先生又已归矣。

　　案：光宗绍熙四年癸丑，先生五十四岁。

菩萨蛮
和卢国华提刑

　　旌旗依旧长亭路。尊前试点莺花数。何处捧心颦。人间
别样春。　　功名君自许。少日闻鸡舞。诗句到梅花。春风
十万家。时籍中有放自便者。

满江红
卢国华由闽宪移漕建安，陈端仁给事同诸公饯别。余为酒困，卧清涂堂上，
三鼓方醒。国华赋词留别，席上和韵。清涂，端仁堂名也

　　宿酒醒时，算只有、清愁而已。人正在、清涂堂上，月
华如洗。纸帐梅花归梦觉，莼羹鲈鲙秋风起。问人生、得意
几何时，吾归矣。　　君若问，相思事，料长在，歌声里。
这情怀只是，中年如此。明月何妨千里隔，顾君与我如何
耳。向尊前、重约几时来，江山美。

【校】

　　题，四卷本丙集首十字作"卢宪移漕建宁"六字，又"国华赋
词"作"卢赋词"。

又

和卢国华

汉节东南,看驷马、光华周道。须信是、七闽还有,福星来到。庭草自生心意足,榕阴不动秋光好。问不知、何处著君侯,蓬莱岛。　　还自笑,人今老,空有恨,萦怀抱。记江湖十载,厌持旌纛。濩落我材无所用,易除殆类无根潦。但欲搜、好语谢新词,羞琼报。

【饮冰室考证】

国华既已冬间去闽宪任,则凡与彼唱和赠别之词,皆应在本年。故并录于此。(癸丑)

鹧鸪天

三山道中

抛却山中诗酒窠。却来官府听笙歌。闲愁做弄天来大,白发栽埋日许多。　　新剑戟,旧风波。天生予懒奈予何。此身已觉浑无事,却教儿童莫恁么。

【启勋案】

壬、癸、甲三年,先生在闽。以下四首无年月可考,姑以系于中间一年。(癸丑)

又

点尽苍苔色欲空。竹篱茅舍要诗翁。花余歌舞欢娱外，诗在经营惨澹中。　　听软语，笑衰容。一枝斜堕翠鬟松。浅颦深笑谁堪听，看取潇然林下风。

又

用前韵赋梅三山梅开时犹有青叶予时病齿

病绕梅花酒不空。齿牙牢在莫欺翁。恨无飞雪青松畔，却放疏花翠叶中。　　冰作骨，玉为容。常年宫额鬓云松。直须烂醉烧银烛，横笛难堪一再风。

又

桃李漫山过眼空。也宜恼损杜陵翁。若将玉骨冰姿比，李蔡为人在下中。　　寻驿使，寄芳容。垅头休放马蹄松。吾家篱落黄昏后，剩有西湖处士风。

【饮冰室考证】

右三首同用一韵，知是同时作。第二首赋三山梅，故知同属福州作。（癸丑）

好事近

春意满西湖，湖上柳黄时节。濒水雾窗云户，贮楚宫人物。　　一年管领好花枝，东风共披拂。已约醉骑双凤，玩三山风月。

【饮冰室考证】
　　宦闽时作此。福州西湖也。

【启勋案】
　　右一条批在《稼轩词补遗》本词之下。此词十二卷本及四卷本皆失载。有"玩三山风月"语，自是福州作，以附癸丑。

行香子
三山作

好雨当春。要趁归耕。况而今、已是清明。小窗坐地，侧听檐声。恨夜来风，夜来月，夜来云。　　花絮飘零。莺燕丁宁。怕妨侬、湖上闲行。天心肯后，费甚心情。放霎时阴，霎时雨，霎时晴。

【校】
　　题，四卷本丙集"三山"作"福州"。

【饮冰室考证】

此告归未得请时作也。发端三句直出本意，文义甚明。次五句谓受谗谤迫扰，不能堪忍也。下半阕首三句尚虑有种种牵制，不得自由归去也。又次五句谓只要谕旨一允，万事便了，却是君意难测。然疑间作，令人闷杀也。

【启勋案】

伯兄此段评论甚长。论先生此次乞休之心，事见《年谱》之绍熙甲寅年下。

案：光宗绍熙五年甲寅，先生五十五岁。

贺新郎

三山雨中游西湖，有怀赵丞相经始

翠浪吞平野。挽天河、谁来照影，卧龙山下。烟雨偏宜晴更好，约略西施未嫁。待细把、江山图画。千顷光中堆滟滪，似扁舟、欲下瞿塘马。中有句，浩难写。　　诗人例入西湖社。记风流、重来手种，绿成阴也。陌上游人夸故国，十里水晶台榭。更复道、横空清夜。粉黛中洲歌妙曲，问当年、鱼鸟无存者。堂上燕，又长夏。

【校】

题，四卷本丙集作"福州游西湖"。

"成阴"，四卷本作"阴成"。《历代诗余》作"成阴"。

【启勋案】

《宋史》："光宗绍熙五年甲寅七月乙亥，以赵汝愚为右丞相。汝愚曰：'同姓之卿，不幸处君臣之变，敢言功乎？'辞不拜。同年八月丙辰，以赵汝愚为右丞相。"是则丞相之称始自甲寅秋。翌年先生即去闽归上饶。则此词必作于甲寅秋冬间可知。且篇中如"挽天河""卧龙""烟雨偏宜""扁舟下瞿塘"等句，分明是颂彼于宫闱纷乱之时，协太后以迎立嘉王之功。若云游湖，则不应作此种波涛澎湃语。册立嘉王事在本年七月。《元和志》云："西湖在闽县西二里。"

又
和前韵

觅句如东野。想钱塘、风流处士，水仙祠下。更忆小孤烟浪里，望断彭郎欲嫁。是一色、空濛难画。谁解胸中吞云梦，试呼来、草赋看司马。须更把，上林写。　　　鸡豚旧日渔樵社。问先生、带湖春涨，几时归也。为爱琉璃三万顷，正卧水亭烟榭。对玉塔、微澜深夜。雁鹜如云休报事，被诗逢、敌手皆勍者。春草梦，也宜夏。

【校】
"微澜"，《历代诗余》"微"作"澂"。

【启勋案】
《舆地纪胜》："福州东禅院有东野亭，蔡襄书额。"

又
又和

碧海成桑野。笑人间、江翻平陆，水云高下。自是三山颜色好，更著雨婚烟嫁。料未必、龙眠能画。拟向诗人求幼妇，倩诸君、妙手皆谈马。须进酒，为陶写。　　回头鸥鹭飘泉社。莫吟诗、莫抛尊酒，是吾盟也。千骑而今遮白发，忘却沧浪亭榭。但记得、灞陵呵夜。我辈从来文字饮，怕壮怀、激烈须歌者。蝉噪也，绿阴夏。

【启勋案】

此二首用前韵，知是同时作。（甲寅）

水调歌头

三山用赵丞相韵，答帅幕王君，且有感于中秋近事，并见之末章

说与西湖客，观水更观山。淡妆浓抹西子，唤起一时观。种柳人今天上，对酒歌翻水调，醉墨卷秋澜。老子兴不浅，歌舞莫教闲。　　看尊前，轻聚散，少悲欢。城头无限今古，落日晓霜寒。谁唱黄鸡白酒，犹记红旗清夜，千骑月临关。莫说西州路，且尽一杯看。

【启勋案】

赵汝愚尝两次安抚福建。第二次即由福建擢知枢密院，先生接其后任，故有"种柳人今天上"之句。前首《贺新郎》"记风流、重来手种，绿成阴也"亦同。（甲寅）

案：伯兄疑先生帅闽时乞祠得请，乃在甲寅夏。但细玩怀赵丞相两词，则秋冬间犹在三山也。参观饮冰室著《先生年谱》绍熙甲寅年下。

最高楼

吾拟乞归，犬子以田产未置止我，赋此骂之

吾衰矣，须富贵何时。富贵是危机。暂忘设醴抽身去，未曾得米弃官归。穆先生，陶县令，是吾师。　待葺个、园儿名佚老，更作个、亭儿名亦好，闲饮酒，醉吟诗。千年田换八百主，一人口插几张匙。便休休，更说甚，是和非。

【校】

题，元刻作"名了"，小草斋本亦作"名了"。此从汲古阁本。"便休"，四卷本乙集"便"作"休"。

【饮冰室考证】

此词题中虽无三山等字样，细推当为闽中作。盖先生之去湖南乃调任，去江西乃被劾，皆非乞归也。若去越时，又太老，其子不应不解事乃尔。（甲寅）

小重山

三山与客泛西湖

绿涨连云翠拂空。十分风月处、著衰翁。垂杨影断岸西东。君恩重，教且种芙蓉。　十里水晶宫。有时骑马去、笑儿童。殷勤却谢打头风。船儿住，且醉浪花中。

【校】

题，四卷本丙集无"三山"二字，"泛"作"游"。

"衰翁"，《历代诗余》"衰"作"山"。

【启勋案】

先生在闽前后只三年，本年有雨中游西湖之《贺新郎》，因亦以此首归入甲寅。

鹧鸪天

欲上高楼本避愁。愁还随我上高楼。经行几处江山改，多少亲朋尽白头。　　归休去，去归休。不成人总要封侯。浮云出处元无定，得似浮云也自由。

又

一片归心拟乱云。春来谙尽恶黄昏。不堪向晚檐前雨，又待今宵滴梦魂。　　炉烬冷，鼎香氛。酒寒谁遣为重温。何人柳外横双笛，客耳那堪不忍闻。

【启勋案】

此二首信州本失载。见四卷本丁集。玩词意知是宦途厌倦、意兴阑珊时丙、丁两集所收词，乃断自壬子至辛酉之十年间。其中宦游在外者唯壬、癸、甲三年，余七年皆家居矣。故此二首可断为三山作。又玩"归休去"及"一片归心"等句，可决为甲寅将归时作。

柳梢青

三山归途代白鸥见嘲

白鸟相迎，相怜相笑，满面尘埃。华发苍颜，去时曾劝，闻早归来。　　而今岂是高怀。为千里、莼羹计哉。好把移文，从今日日，读取千回。

【饮冰室考证】

此是闽中词最后之一首。但不能确指在何月。

【启勋案】

以前二首《鹧鸪天》证之，或当是暮春作。（甲寅）

贺新郎

和徐斯远下第谢诸公载酒相访韵

逸气轩眉宇。似王良、轻车熟路，骅骝欲舞。我觉君非池中物，咫尺蛟龙云雨。时与命、犹须天付。兰佩芳菲无人问，叹灵均、欲向重华诉。空壹郁，共谁语。　　儿曹不料扬雄赋。怪当年、甘泉误说，青葱玉树。风引船回沧溟阔，目断三山伊阻。但笑指、吾庐何许。门外苍官千百辈，尽堂堂、八尺须髯古。谁载酒，带湖去。

【校】

题，信州本无"相访"二字。从四卷本丁集。

"天付"，信州本与《历代诗余》"付"作"赋"。从四卷本丁集。

"千百"，信州本与《历代诗余》作"三百"。从丁集。

"载酒"，《历代诗余》及辛启泰本"酒"均作"我"。

【启勋案】

《信州府志》："徐文卿字斯远，玉山人。嘉定四年进士。抱道自守，不求闻达。与赵昌父、韩仲止扶植遗绪，以文达志，为后生法。有《萧秋诗》一卷。"斯远登第甚晚，计其成进士时，已在先生卒后四年矣。此词之作，仍在带湖。考先生自三山归来仍居带湖者，唯乙卯一年耳。黄机《竹斋诗余》有同韵一首，题曰"次徐斯远韵寄稼轩"："兴浪元同宇。唤君来、浮君大白，为君起舞。满斑斑功名洒泪，百岁风吹急雨。愁与恨、凭谁分付。醉里狂歌空漫触，且休歌、只倩琵琶诉。人不语，弦自语。　　诗成更将君自赋。渺楼头、烟迷碧草，云连方树。草树那能知人意，怅望关河梦阻。有心事、笺天天许。绣帽轻裘真男子，政何须、纸上分今古。未办得，赋归去。"

案：宁宗庆元元年乙卯，先生五十六岁。

木兰花慢

题上饶郡圃翠微楼

旧时楼上客，爱把酒，对南山。笑白发如今，天教放浪，来往其间。登楼更谁念我，却回头、西北望层栏。云雨珠帘画栋，笙歌雾鬓风鬟。　　近来堪入画图看。父老愿公欢。甚挂笏悠然，朝来爽气，正尔相关。难忘使君后日，便一花、一草报平安。与客携壶且醉，雁飞秋影江寒。

【启勋案】

　　词见四卷本丙集。考丙、丁两集乃壬子至辛酉十年间作品，其中居上饶者唯乙卯一年耳。故此词可定为五十六岁乙卯作。《舆地纪胜》："翠微楼在郡治后。"《信州府志》："翠微楼在上饶县治南，庆元间知州赵伯瓒建。"

玉楼春
有自九江以石中作观音像持送者，因以词赋之

　　琵琶亭畔多芳草。时对香炉峰一笑。偶然重傍玉溪东，不是白头谁觉老。　　普陀大士神通妙。影入石头光了了。看来持献可无言，长似慈悲颜色好。

【启勋案】

　　《舆地纪胜》："琵琶亭在江州西门外，面大江。"香炉峰乃庐山西北之一峰。玉溪乃信江支流，源出怀玉山，故名，亦即上饶江。此词不载于四卷本，然篇中有"偶然重傍玉溪东"之句，当是作于家居上饶时。晚作而在上饶，姑以附于乙卯。

水调歌头
送杨民瞻

　　日月如磨蚁，万事且浮休。君看檐外江水，滚滚自东

流。风雨瓢泉夜半，花草雪楼春到，老子已菟裘。岁晚问无恙，归计橘千头。　　梦连环，歌弹铗，赋登楼。黄鸡白酒君去，村社一番秋。长剑倚天谁问，夷甫诸人堪笑，西北有神州。此事君自了，千古一扁舟。

【启勋案】

　　此词四卷本失载，见信州本。雪楼乃带湖宅中亭院，见"哭子诗"。篇中云"风雨瓢泉夜半，花草雪楼春到，老子已菟裘"，瓢泉之别馆既成，而带湖之甲第未毁，当是庆元乙卯前。于"些字韵"之《水龙吟》案语中，谓疑是瓢泉别馆成于徙居铅山之先。此词可证推测之不谬。

临江仙
侍者阿钱将行，赋钱字以赠之

　　一自酒情诗意懒，舞裙歌扇阑珊。好天良月夜团团。杜陵真好事，留得一钱看。　　岁晚人欺程不识，怎教阿堵留连。杨花榆荚雪漫天。从今花影下，只看绿苔圆。

【启勋案】

　　《词苑》云："稼轩有姬名钱钱，辛年老，遣去。赋《临江仙》与之。"此词当是庆元元年乙卯作。说见下文《汉宫春》"即事"词考证。

又
诸葛元亮席上见和再用韵

　　夜语南堂新瓦响，三更急雨珊珊。交情莫作碎沙团。死生贫富际，试向此中看。　　记取他年耆旧传，与君名字牵连。清风一枕晚凉天。觉来还自笑，此梦倩谁圆。

【校】

题，四卷本丁集无"诸葛"两字。

"碎沙"，四卷本"碎"作"细"。

又

再用圆字韵

窄样金杯教换了，房栊试听珊珊。莫教秋扇雪团团。古今悲笑事，长付后人看。　　记取桔槔春雨后，短畦菊艾相连。拙于人处巧于天。君看流水地，难得正方圆。

【启勋案】

三首同韵，当是同时作。先生自本年乙卯家居上饶，明年徙居铅山，从此七年不出，直至癸亥冬，乃起帅浙东。

水调歌头

将迁新居不成，戏作。时以病止酒，且遣去歌者，末章及之。

我亦卜居者，岁晚望三间。昂昂千里泛泛，不作水中凫。好在书携一束，莫问家徒四壁，往日置锥无。借车载家具，家具少于车。　　舞乌有，歌亡是，饮子虚。二三子者爱我，此外故人疏。幽事欲论谁共，白鹤飞来似可，忽去复何如。众鸟欣有托，吾亦爱吾庐。

【启勋案】

此词题有"遣去歌者"一语，因附于阿钱一首之后。

沁园春
将止酒，戒酒杯使勿近

杯汝前来，老子今朝，点检形骸。甚长年抱渴，咽如焦釜，于今喜眩，气似奔雷。汝说刘伶，古今达者，醉后何妨死便埋。浑如许，叹汝于知己，真少恩哉。　　更凭歌舞为媒。算合作、人间鸩毒猜。况怨无小大，生于所爱，物无美恶，过则为灾。与汝成言，勿留亟退，吾力犹能肆汝杯。杯再拜，道麾之即去，招亦须来。

【校】

"喜眩"，四卷本丙集本"眩"作"睡"。《历代诗余》作"溢"。

"汝说"，《历代诗余》"汝"作"漫"。

"人间"，丙集作"平居"。《花庵》亦同。

"小大"，丙集作"大小"。

"怨"，《花庵》作"愁"。《历代诗余》作"疾"。

"招亦"，《历代诗余》作"有招"。

"亦须"，丙集本"亦"作"则"。

又

城中诸公载酒入山，余不得以止酒为解，遂破戒一醉，再用韵

杯汝知乎，酒泉罢侯，鸱夷乞骸。更高阳入谒，都称齑臼，杜康初筮，正得云雷。细数从前，不堪余恨，岁月都将曲蘖埋。君诗好，似提壶却劝，沽酒何哉。　　君言病岂无媒，似壁上、雕弓蛇暗猜。记醉眠陶令，终全至乐，独醒屈子，未免沉菑。欲听公言，惭非勇者，司马家儿解覆杯。还堪笑，借今宵一醉，为故人来。用郈原事。

【校】

"沉菑"，《历代诗余》"菑"作"灾"。

玉蝴蝶

杜仲高书来戒酒，用韵

贵贱偶然浑似，随风帘幕，篱落飞花。空使儿曹马上，羞面频遮。向空江、谁捐玉佩，寄离恨、应折疏麻。暮云多。佳人何处，数尽归鸦。　　侬家。生涯蜡屐，功名破甑，交友搏沙。往事曾论，渊明似胜卧龙些。算从来、人生行乐，休更说、日饮亡何。快斟呵。裁诗未稳，得酒良佳。

【校】

题，四卷本丁集作"叔高书来戒酒，用韵"。

"算"，丁集作"记"。

"更说"，丁集"说"作"问"。《历代诗余》"更"作"便"。

又

追别杜仲高

古道行人来去，香红满树，风雨残花。望断青山高处，都被云遮。客重来、风流觞咏，春已去、光景桑麻。苦无多。一条垂柳，两个啼鸦。　　人家。疏疏翠竹，阴阴绿树，浅浅寒沙。醉兀篮舆，夜来豪饮太狂些。到如今、都齐醒却，只依旧、无奈愁何。试听呵。寒食近也，且住为佳。

【校】

题，四卷本丙集"仲"作"叔"。

"红满"，《历代诗余》作"满红"。

【启勋案】

此首用前韵，自是同时作。

汉宫春

即事

行李溪头，有钓车茶具，曲几团蒲。儿童认得，前度过者篮舆。时时照影，甚此身、遍满江湖。怅野老，行过不住，定堪与语难呼。　　一自东篱摇落，问渊明岁晚，心赏何如。梅花政自不恶，曾有诗无。知翁止酒，待重教、莲社人沽。空怅望，风流已矣，江山特地愁余。

【校】

"政自"，四卷本乙集"政"作"正"。

【饮冰室考证】

以上诸词皆难确指何年。因《水调歌头》题"以病止酒"及"遣去歌者"语，故类次于此。《沁园春》词题"诸公载酒入山"云云，应仍是居上饶时作。盖带湖之居在信州附郭，亦名山城。徙铅后则不复有此称，亦可证以病止酒系居饶时事也。《汉宫春》篇中有"知翁止酒"语，知当作于是时。《临江仙》后两首皆用遣侍者阿钱韵，故知是时同作。又据旧谱，先生迁居铅山在庆元丙辰，则将迁新居不成或当在丙辰之前一年，姑系于此。

【启勋案】

辛敬甫之《辛稼轩先生年谱》原文谓"宁宗庆元元年乙卯，先生年五十六，落职居上饶。二年丙辰，先生年五十七，所居毁于火，徙居铅山县期思市瓜山之下，有期思卜筑词，又有《上梁文》。案先生《菖蒲丝》一阕，是年三月三日作也"云。据伯兄所考证，《上梁文》非丙辰作，所谓上梁者，乃带湖新居之梁，非瓢泉也。以上十首，因遣姬、戒酒、迁居、和韵四种连带关系，知是同时作。又因将迁居而知为乙卯作。

案：庆元元年乙卯，先生五十六岁。

鹧鸪天

和章泉赵昌父

万事纷纷一笑中。渊明把菊对秋风。细看爽气今犹在，唯有南山一似翁。　　情味好，语言工。三贤高会古来同。谁知止酒停云老，独立斜阳数过鸿。

【校】

题，四卷本丙集作"和昌父"。

"古来"，《历代诗余》"来"作"今"。

【启勋案】

韩仲止有同和一首，题曰"次韵昌甫"，见《涧泉诗余》："老去情怀酒味中。水边林下古人风。岁云暮矣江空晚，谁识儋州秃鬓翁。　　人易远，语难工。春时犹记一尊同。苦心未免皆如此，只合挥弦目送鸿。"

清平乐

呈赵昌甫。时仆以病止酒。昌甫作诗数篇，末章及之

云烟草树。山北山南雨。溪上行人相背去。唯有啼鸦一处。　　门前万斛春寒。梅花可�堪摧残。使我长忘酒易，要君不作诗难。

【校】

题，信州本无"章"字。从四卷本。

临江仙

冷雁寒云渠有恨，春风自满余怀。更教无日不花开。未须愁菊尽，相次有梅来。　　多病近来浑止酒，小槽空压新

醅。青山却自要安排。不须连日醉，且进两三杯。

【启勋案】

　　此词不载于四卷本，唯信州十二卷本有之。右三首亦止酒之作，因以附于乙卯。

又
和叶仲洽赋羊桃

　　忆醉三山芳树下，几曾风雨忘怀。黄金颜色五花开。味如卢橘熟，贵似荔枝来。　　闻道商山余四老，橘中自酿秋醅。试呼名品细推排。重重香肺腑，偏殢圣贤杯。

【校】

　　"肺腑"，四卷本丁集作"腑脏"。

【启勋案】

　　此词见四卷本丁集。因与前首同韵，知是同时作。首句"忆醉三山芳树下"，知是闽中归来以后作。壬、癸、甲三年先生在福建，乙卯落职归来，居上饶。然则遣姬、止酒诸作，果在乙卯矣。自发见此词后，颇自喜从前推算之不谬。

鹧鸪天
黄沙道中即事

　　句里春风正剪裁。溪山一片画图开。轻鸥自趁虚船去，荒犬还迎野妇回。　　松共竹，翠成堆。要擎残雪斗疏梅。乱鸦毕竟无才思，时把琼瑶蹴下来。

【校】

　　题，四卷本丙集无"即事"二字。

　　"共竹"，丙集"共"作"菊"。

【启勋案】

　　黄沙岭在上饶，词见丙集。丙集编在壬子后。壬子以后先生犹居上饶者，唯庆元元年一年。故此词当是乙卯作。

浣溪沙

黄沙岭

　　寸步人间百尺楼。孤城春水一沙鸥。天风吹树几时休。　　突兀趁人山石狠，朦胧避路野花羞。人家平水庙东头。

【启勋案】

　　此词亦见四卷本丙集，当亦乙卯居上饶之年所作。

山花子

简傅岩叟

　　总把平生入醉乡。大都三万六千场。今古悠悠多少事，莫思量。　　微有些寒春雨好，更无寻处野花香。年去年来还又笑，燕飞忙。

【校】

"些寒"，四卷本丙集作"寒些"。

又

用前韵谢傅岩叟馈名花鲜蕈

杨柳温柔是故乡。纷纷蜂蝶去年场。大率一春风雨事，最难量。　　满把携来红纷面，堆盘更觉紫芝香。幸自曲生闲去了，又教忙。才止酒。

【启勋案】

此二首见四卷本丙集。因原注有"才止酒"三字，疑亦是乙卯作。因附于此。岩叟与先生交甚早，乙集已有酬唱。

归朝欢

灵山齐庵菖蒲港，皆长松茂林。独野樱花一株，山上盛开，照映可爱。不数日风雨摧败殆尽。意有感，因效介庵体为赋，且以《菖蒲绿》名之。丙辰岁三月三日也

山下千林花太俗。山上一枝看不足。春风正在此花边，菖蒲自醮清溪绿。与花同草木。问谁风雨飘零速。莫悲歌，夜深岩下，惊动白云宿。　　病怯残年频自卜。老爱遗篇难

细读。苦无妙手画於菟，人间雕刻真成鹄。梦中人似玉。觉来更忆腰如束。许多愁，问君有酒，何不日丝竹。

【校】

题，四卷本丙集无"灵山"二字，"樱"作"梅"。

【饮冰室考证】

灵山为信州城镇山。知此词乃作于上饶。

【启勋案】

《广信府志》："灵山在府城西北七十里，上饶县境内，信之镇山也。高千有余丈，绵亘百余里。"据辛敬甫编之《年谱》，谓"丙辰带湖之宅毁于火，徙居铅山"。读此词题，则三月三日先生犹在上饶，可知移居当在下半年矣。介庵姓赵，名彦端，字德庄。

案：宁宗庆元二年丙辰，先生五十七岁。

六州歌头

属得疾，暴甚，医者莫晓其状。小愈，困卧无聊，戏作以自释

晨来问疾，有鹤止庭隅。吾语汝，只三事，太愁余。病难扶。手种青松树，碍梅坞，妨花径，才数尺，如人立，却须锄。　　秋水堂前，曲沼明如镜，可烛眉须。被山头急雨，耕垄灌泥涂。谁使吾庐。映污渠。　　叹青山好，檐外竹，遮欲尽，有还无。删竹去，吾乍可，食无鱼。爱扶疏。又欲为山计，千百虑，累吾躯。　　凡病此，吾过矣，子奚如。口不能言忆对，虽卢扁、药石难除。有要言妙道，事见

《七发》。往问北山愚。庶有瘳乎。按《六州歌头》钦定词谱系双调，元刻作四叠。姑仍之。汲古阁本作三叠。

【校】

"卢扁"，四卷本丙集作"扁鹊"。《历代诗余》作"卢扁"。

"吾乍可"，《历代诗余》"吾"作"我"。

【启勋案】

闲尝推测先生居上饶时，已营别馆于铅山。读此词愈信所臆不谬。盖是年带湖之宅毁于火，随即迁往铅山之瓢泉别墅。此词所写，乃整理旧庭园以作新居。手种松竹既已碍路，非新营之第宅可知。是年三月犹在上饶，则移居或当在夏秋间。所以有"山头急雨"之句。此词似作于丙辰下半年。

千年调

开山径得石壁，因名曰苍壁。事出望外，意天之所赐耶，喜而赋

左手把青霓，右手挟明月。吾使丰隆前导，叫开阊阖。周游上下，径入寥天一。览县平圃，万斛泉，千丈石。钧天广乐，燕我瑶之席。帝饮予觞甚乐，赐汝苍壁。璘珣突兀，正在一丘壑。余马怀，仆夫悲，下恍惚。

【校】

题，四卷本丁集无"因名曰苍壁"五字，"赋"下有"之"字。

"县圃"，信州本"县"作"玄"。从丁集。"县"下"平"字乃原注。

【启勋案】

词见丁集，而在铅山，自是三山归来后。读题知是经营瓢泉之亭园，当是丙辰下半年也。爱建设而规模宏大，殆先生本性。带湖之宅，读洪景卢之记文，及朱晦翁、陈同父之诗文，与乎朋辈之吟咏，可以想见"一丘一壑"乃瓢泉亭馆之一部分。（丙辰）

临江仙

苍壁初开，传闻过实，客有来观者，意其如积翠、清风、岩石、玲珑之胜，既见之，乃独为是突兀而止也，大笑而去。主人戏下一转语，为苍壁解嘲

莫笑吾家苍壁小，棱层势欲摩空。相知惟有主人翁。有心雄泰华，无意巧玲珑。　　天作高山谁得料，《解嘲》试倩扬雄。君看当日仲尼穷。从人贤子贡，自欲学周公。

【校】

题，信州本题作"戏为山园苍壁解嘲"八字。从四卷本丁集。

【启勋案】

读四卷本词题，可想见苍壁气象，殆一屹立撑空之岩石，而少空孔者也。积翠岩在贵溪县西三十里，清风峡在铅山县西北五里，皆信州名胜。（丙辰）

兰陵王

赋一丘一壑

一丘壑。老子风流占却。茅檐上、松月桂云，脉脉石泉

逗山脚。寻思前事错。恼杀。晨猿夜鹤。终须是、邓禹辈人，锦绣麻霞坐黄阁。　　长歌自深酌。看天阔鸢飞，渊静鱼跃。西风黄菊香喷薄。恨日暮云合，佳人何处，纫兰结佩带杜若。入江海曾约。　　遇合。事难托。莫击磬门前，荷蒉人过，仰天大笑冠簪落。待说与穷达，不须疑著。古来贤者，进亦乐，退亦乐。

【校】

"香喷"，四卷本丙集"香"作"艻"。《历代诗余》作"香"。

"曾约"，《历代诗余》"曾"作"会"。

【启勋案】

一丘一壑乃先生瓢泉宅中亭馆之一部分。前首"得苍壁"之《千年调》词所谓"嶙峋突兀，正在一丘壑"，即其地也。集中唱和一丘一壑之词不少，此词在丙集，亦迁铅山以后作。因以附入丙辰。

沁园春

灵山齐庵赋。时筑偃湖未成

叠嶂西驰，万马回旋，众山欲东。正惊湍直下，跳珠倒溅，小桥横截，缺月初弓。老合投闲，天教多事，检校长身十万松。吾庐小，在龙蛇影外，风雨声中。　　争先见面重重。看爽气、朝来三数峰。似谢家子弟，衣冠磊落，相如庭户，车骑雍容。我觉其间，雄深雅健，如对文章太史公。新堤路，问偃湖何日，烟水濛濛。

【校】

"三数",《历代诗余》"数"作"四"。

【启勋案】

灵山在上饶,上文《归朝欢》之词题"灵山齐庵菖蒲港……"云云,乃丙辰三月作。是年带湖之宅毁。过此以往即迁铅山。此词见丁集,仍作于上饶,当亦丙辰之上半年也。

声声慢
送上饶黄倅职满赴调

东南形胜,人物风流,白头见君恨晚。便觉君家,叔度去人未远。长怜士元骥足,道直须、别驾方展。问个里、待怎生销杀,胸中万卷。　　况有星辰剑履,是传家合在,玉皇香案。零落新诗,我欠可人消遣。留君再三不住,便直饶、万家泪眼。怎抵得,这眉间、黄色一点。

【饮冰室考证】

此当是庆元元、二年间作。公自丙辰徙铅山,此后似不复居上饶。词中"白头见君恨晚"语,恐是最后居饶作。

【启勋案】

右一条考证乃伯兄批在信州本此词之眉。此一首四卷本失载,唯见十二卷本,因亦以附于丙辰。盖丙辰下半年乃徙居铅山也。

蓦山溪

赵昌父赋一丘一壑，格律高古，因效其体

饭蔬饮水，客莫嘲吾拙。高处看浮云，一丘壑、中间甚乐。功名妙手，壮也不如人，今老矣，尚何堪，堪钓前溪月。

病来止酒，辜负鸬鹚杓。岁晚念平生，待都与邻翁细说。人间万事，先觉者贤乎，深雪里，一枝开，春事梅先觉。

【启勋案】

此词亦见四卷本丙集，因亦以附于丙辰。

鹧鸪天

登一丘一壑偶成

莫殢春光花下游。便须准备落花愁。百年雨打风吹却，万事三平二满休。　　将扰扰，付悠悠。此生于此百无忧。新愁次第相抛舍，要伴春归天尽头。

【启勋案】

此词不见于四卷本，姑以附于前首之后。（丙辰）

浣溪沙

瓢泉偶作

新葺茅檐次第成。青山恰对小窗横。去年曾共燕经营。

病怯杯盘甘止酒，老依香火苦翻经。夜来依旧管弦声。

【校】

"病怯"，信州本"怯"作"却"。从四卷本丙集。

【启勋案】

先生以丙辰岁自带湖迁瓢泉，而止酒诸作既证实为乙卯年事，此词首一句当是迁新居未久。而止酒亦正是乙卯、丙辰间事。乙卯犹在带湖，此词既入瓢泉作，当是丙辰。

最高楼
闻前冈周氏旌表有期

君听取，尺布尚堪缝，斗粟也堪舂。人间朋友犹能合，古来兄弟不相容。棣华诗，悲二叔，吊周公。　　长叹息、脊令原上急，重叹息、豆萁煎正泣。形则异，气正同。周家五世将军后，前冈千载义居风。看明朝，丹凤诏，紫泥封。

【校】

题，四卷本丙集无"前冈"二字。

南乡子
庆前冈周氏旌表

无处著风光。天上飞来诏十行。父老欢呼童稚舞，前冈。千载周家孝义乡。　　草木尽芬芳。更觉溪头水也香。我道乌头门侧畔，诸郎。准备他年昼锦堂。

【校】

题，四卷本丙集无"前冈"二字。

"风光"，丙集"风"作"春"。

"前冈"，丙集"冈"作"江"。

【启勋案】

《江西通志》："铅山周钦若，字彦恭，累世业儒。初有声三舍，不就禄仕，积书教子。钦若始愿，欲伯仲同居，自以行季不得专主为恨。病急索纸书遗嘱，以孝弟之义戒其子。卒后妻虞氏守义如夫子言。子四：藻、芸、苾、苻，守遗训同居。至庆元，已三世矣。三年，州以状闻，朝廷旌表其间，长吏致礼，免本家差役"云。先生以两词记其事，或当日以地方绅士资格为之请旌也。《广信府志》："铅山县有周氏同居堂。宋鹅湖处士周钦若立。韩龙学为之记。略云：周处士世居鹅湖山下，累代不析产。食指至六百而能举家雍穆"云。可知前冈乃在鹅湖山下。

案：宁宗庆元三年丁巳，先生五十八岁。

蓦山溪

停云竹径初成

小桥流水，欲下前溪去。唤起古人来，伴先生、风烟杖屦。行穿窈窕，时历小崎岖。斜带水，半遮山，翠竹栽成路。　　一尊遐想，剩有渊明趣。山上有停云，看山下、濛濛细雨。野花啼鸟，不肯入诗来。还一似，笑翁诗，自没安排处。

【启勋案】

此亦经营瓢泉之宅也。集中有一《瑞鹧鸪》词："秋水观中山月夜，停云堂下菊花秋"，可见秋水、停云皆瓢泉宅中庭院。参观下文《哨遍》之案语。此词见丙集，当是作于移居之翌年。（丁巳）

声声慢

櫽括渊明《停云》诗

停云霭霭，八表同昏，尽日时雨濛濛。搔首良朋，门前平陆成江。春醪湛湛独抚，恨弥襟、闲饮东窗。空延伫、恨舟车南北，欲往何从。　　叹息东园佳树，列初荣枝叶，再竞春风。日月于征，安得促席从容。翩翩何处飞鸟，息庭柯、好语和同。当年事，问几人、亲友似翁。

【启勋案】

此词亦见丙集。丙集乃自壬子帅闽起，以至于壬戌帅越前。中间家居铅山者，唯此数年。此词或是"停云"命名之始。姑以附于前首之后。（丁巳）

贺新郎

邑中园亭，仆皆为赋此词。一日独坐停云，水声山色，竞来相娱，意溪山欲援例者，遂作数语，庶几仿佛渊明思亲友之意云

甚矣吾衰矣。怅平生、交游零落，只今余几。白发空垂

三千丈，一笑人间万事。问何物、能令公喜。我见青山多妩
媚，料青山、见我应如是。情与貌，略相似。　　一尊搔首
东窗里。想渊明、停云诗就，此时风味。江左沉酣求名者，
岂识浊醪妙理。回首叫、云飞风起。不恨古人吾不见，恨古
人、不见吾狂耳。知我者，二三子。

【校】

　　题，《花庵》作"自述"。

【启勋案】

　　此词亦见丙集。因汇附于丁巳。

又
再用前韵

　　鸟倦飞还矣。笑渊明、瓶中储粟，有无能几。莲社高人
留翁语，我醉宁论许事。试沽酒、重斟翁喜。一见萧然音韵
古，想东篱、醉卧参差是。千载下，竟谁似。　　元龙百尺
高楼里。把新诗、殷勤问我，停云情味。北夏门高从拉攞，
何事须人料理。翁曾道、繁华朝起。尘土人言宁可用，顾青
山、与我何如耳。歌且和，楚狂子。

【启勋案】

　　用前首韵，当是同时作。此词不见四卷本，唯信州十二卷本有
之。（丁巳）

雨中花慢
登新楼，有怀赵昌甫、徐斯远、韩仲止、吴子似、杨民瞻

旧雨常来，今雨不来，佳人偃蹇谁留。幸山中芋栗，今岁全收。贫贱交情落落，古今吾道悠悠。怪新来却见，文反离骚，诗发秦州。　　功名只道，无之不乐。那知有更堪忧。怎奈向、儿曹抵死，唤不回头。石卧山前认虎，蚁喧床下闻牛。为谁西望，凭栏一饷，却下层楼。

【校】

"诗发"，四卷本丙集"发"字脱。

又
吴子似见和，再用韵为别

马上三年，醉帽吟鞍，锦囊诗卷长留。怅溪山旧管，风月新收。明便关河杳杳，去应日月悠悠。笑千篇索价，未抵蒲桃，五斗凉州。　　停云老子，有酒盈尊，琴书端可消忧。浑未解、倾身一饱，渐米矛头。心似伤弓塞雁，身如喘月吴牛。晚天凉也，月明谁伴，吹笛南楼。

【校】

"蒲桃"，《历代诗余》"桃"作"萄"。

"塞雁"，信州本"塞"作"寒"。从四卷本丁集。《历代诗余》作"塞"。

"晚天凉也",信州本"晚"作"晓","也"作"夜"。从四卷本丁集。《历代诗余》同信州本。

【启勋案】

右两首原唱见四卷本丙集,和韵见丁集。先生与吴子似定交甚晚,两人唱和无见甲、乙集者,因此而知所谓"新楼"者必是瓢泉而非带湖矣。且"停云"乃瓢泉亭馆之名,证据颇多。丙辰由上饶迁铅山,则所谓"新楼"者,添置当非甚晚。因以附于丁巳。

永遇乐

检校停云新种杉松,戏作。时欲作亲旧报书,纸笔偶为大风吹去,末章因及之

投老空山,万松手种,政尔堪叹。何日成阴,吾年有几,似见儿孙晚。古来池馆,云烟草棘,长使后人凄断。想当年、良辰已恨,夜阑酒空人散。　　停云高处,谁知老子,万事不关心眼。梦觉东窗,聊复尔尔,起欲题书简。霎时风怒,倒翻笔砚,天也只教吾懒。又何事、催诗急雨,片云斗暗。

【校】

题,四卷本丙集"因"字脱。

临江仙

停云偶作

偶向停云堂上坐,晓猿夜鹤惊猜。主人何事太尘埃。低

头还说向，被召又重来。　　多谢北山山下老，殷勤一语佳哉。借君竹杖与芒鞋。径须从此去，深入白云堆。

【启勋案】

　　此词不见四卷本。但"停云"之作似是徙居铅山后，因以附于丁巳。

瑞鹧鸪

　　期思溪上日千回。樟木桥边酒数杯。人影不随流水去，醉颜重带少年来。　　疏蝉响涩林逾静，冷蝶飞轻菊半开。不是长卿终慢世，只缘多病又非才。

【启勋案】

　　此词不见于四卷本。期思即瓢泉所在地。带湖之宅毁于火乃在丙辰。但是年三月先生仍在带湖，则徙铅山当在下半年。此词当或作于丁巳。

山花子

病起，独坐停云

　　强欲加餐竟未佳。只宜长伴病僧斋。心似风吹香篆过，也无灰。　　山下朝来云出岫，随风一去未曾回。次第前村行雨了，合归来。

【校】

　　题，四卷本丙集作"赋清虚"。

【启勋案】

　　词见丙集。因亦以附入停云诸作。（丁巳）

南歌子

新开池，戏作

　　散发披襟处，浮瓜沉李杯。涓涓流水细侵阶。凿个池儿唤个，月儿来。　　画栋频摇动，红蕖尽倒开。斗匀红粉照香腮。有个人人把做，镜儿猜。

【校】

　　"红蕖"，四卷本丙集"蕖"作"葵"。

【启勋案】

　　此词见丙集。亦当是布置瓢泉之庭园。姑以附于丁巳。

鹧鸪天

戊午拜复职奉祠之命

　　老退何曾说著官。今朝放罪上恩宽。便支香火真祠俸，更缀文书旧殿班。　　扶病脚，洗衰颜。快从老病借衣冠。此身忘世浑容易，使世相忘却自难。

【饮冰室考证】

按文知是复予祠禄，并复其集英殿旧职也。是时韩侂胄当国，或欲收揽时望，故敷衍先生，所谓"使世相忘却自难"也。然先生宦情之阑珊，诵词文可见。乃世有以寿韩词嫁名先生者，用此词作反证，其伪已不辨自明矣。

案：宁宗庆元四年戊午，先生五十九岁。

又
有感

出处从来自不齐。后车方载太公归。谁知寂寞空山里，却有高人赋采薇。　　黄菊嫩，晚香枝。一般同是采花时。蜂儿辛苦多官府，蝴蝶花间自在飞。

【校】

"谁知"，四卷本丁集此二句作"谁知孤竹夷齐子，正向空山赋《采薇》"。

【启勋案】

此词见丁集。题曰"有感"，词意则言出处事。虽无实据，谓必是此年作。但丙、丁集词正是戊午前后。附载于此，年代亦不乱。

六州歌头

西湖万顷，楼观矗千门。春风路，红堆锦，翠连云，俯层轩。风月都无际，荡空霭，开绝境，云梦泽，饶八九，不须吞。翡翠明珰，争上金堤去、勃窣媻姗。看贤王高会，飞盖入云烟。白鹭振振。鼓咽咽。 记风流远，更休作，嬉游地，等闲看。君不见，韩献子，晋将军。赵孤存。千古传忠献，两定策，纪元勋。孙又子，方谈笑，整乾坤。直使长江如带，依前是，□赵须韩。伴皇家快乐，长在玉津边。只在南园。

【饮冰室考证】

　　丙集本有《六州歌头》一首，玩文知是赠韩平原者，诸本皆无，想是韩败后编者削去。

【启勋案】

　　右一条乃伯兄批在信州本之眉。此词作年无可考。因前首《鹧鸪天》之考证，言及韩平原。姑附于此。且见于丙集时代亦只在此数年，未为误也。

　　《武林旧事》："南园，中兴后所创。光宗朝赐韩侂胄，陆放翁为记。后复归御前，名庆乐。赐嗣荣王与芮，又改胜景。"《蓉塘诗话》："庆乐园，韩平原之南园也。有碑石卧荆棘中，犹存古桂百余。"《梦粱录》："南园内有十样亭榭，工巧无二。射圃、走马廊、流杯池、山洞，堂宇宏丽，野店村庄，装点时景。"

兰陵王

　　己未八月二十日夜，梦有人以石研屏见饷者，其色如玉，光润可爱。中有一牛，磨角作斗状，云："湘潭里中有张其姓者，多力善斗，号张难敌。一日，与人搏，偶败，忿赴河而死。居三日，其家人来视之，浮水上，则牛耳。自后并水中之山往往有此石，或得之，里中辄不利。"梦中异之，为作诗数百言，大抵皆取古之怨愤变化异物等事，觉而忘其言，后三日，赋词以识其异

　　恨之极。恨极销磨不得。苌弘事人道后来，其血三年化为碧。郑人缓也泣。吾父攻儒助墨。十年梦、沉痛化余，秋柏之间既为实。　　相思重相忆。被怨结中肠，潜动精魄。望夫江上岩岩立。嗟一念中变，后期长绝，君看启母愤所激。又俄顷为石。　　难敌。最多力。甚一忿沉渊，精气为物，依然困斗牛磨角。便影入山骨，至今雕琢。寻思人世，只合化，梦中蝶。

【饮冰室考证】

　　词文恢诡冤愤，盖借以摅其积年胸中魂磊不平之气。

【启勋案】

　　宁宗庆元五年己未，先生六十岁。

哨遍

秋水观

　　蜗角斗争，左触右蛮，一战连千里。君试思，方寸此心微。总虚空、并包无际。喻此理。何言泰山毫末，从来天地一秭米。嗟小大相形，鸠鹏自乐，之二虫又何知。记跰行仁义孔丘非。更殇乐长年老彭悲。火鼠论寒，冰蚕语热，定谁同异。　　噫。贵贱随时。连城才换一羊皮。谁与齐万物，庄周吾梦见之。正商略遗篇，翻然顾笑，空堂梦觉题秋水。

有客问洪河，百川灌雨，径流不辨涯涘。于是焉、河伯欣然喜。以天下、之美尽在已。渺沧溟、望洋东视。逡巡向若惊叹，谓我非逢子。大方达观之家未免，长见悠然笑耳。此堂之水几何其。但清溪一曲而已。

又
用前韵

一壑自尊，五柳笑人，晚乃归田里。问谁知，几者动之微。望飞鸿、冥冥天际。论妙理。浊醪正堪长醉，从今自酿躬耕米。嗟美恶难齐，盈虚如代，天耶何必人知。试回头五十九年非。似梦里欢娱觉来悲。夔乃怜蚿，谷亦亡羊，算来何异。　　嘻。物讳穷时。丰狐文豹罪之皮。富贵非吾愿，皇皇乎欲何之。正万籁都沉，月明中夜，心弥万里清如水。却自觉神游，归来坐对，依稀淮岸江涘。看一时、鱼鸟忘情喜。会我已、忘机更忘己。又何曾、物我相视。非鱼濠上遗意，要是吾非子。但教河伯休惭海若，小大均为水耳。世间喜愠更何其。笑先生三仕而已。

【校】
"吾非子"，《历代诗余》"吾"作"我"。

【饮冰室考证】
第二首有"试回头五十九年非"语，知是本年作。第一首既为同韵原唱，则亦同时作也。《铅山志》云："秋水观在县东二十里。"

盖距瓢泉甚近。他词中所谓秋水瀑泉、醉眠秋水等皆指此。

【启勋案】

读先生"晨来问疾"之《六州歌头》显然知为规画布置其瓢泉新居之庭园而作。中有"秋水堂前，曲沼明如镜，可烛眉须。被山头急雨，耕垄灌泥涂。谁使吾庐，映污渠"数语。又有章谦亨之《摸鱼儿》题为"过期思稼轩之居，曾留饮于秋水观，赋一辞谢之"。颇疑秋水观亦即先生期思新居之一院落，取一名胜之名以为名，非谓铅山县东之秋水观也。《西湖游览志》："贾似道离亭，在西冷桥南。波光万顷，与阑槛相值，内有秋水观。"又云："秋水观乃贾相行乐处。"可见借名胜以自名其庭院，实古今人所常有。以先生之《六州歌头》及章谦亨之《摸鱼儿》词题证之，实可确定先生瓢泉之庭园有一秋水观。先生词中有"秋水堂前曲，沼明如镜……谁使吾庐，映污渠"，固明明以秋水堂为吾庐矣。

案：章谦亨字牧叔，苕溪人。绍定间知铅山。

案：庆元五年己未，先生六十岁。

案："笑尘劳、三十九年非"之《满江红》乃四十岁作。"四十九年前事"之《水调歌头》乃五十岁作。"试回头五十九年非"之《哨遍》乃六十岁作。四十、五十、六十先生皆有一首回顾词，愈可证《满江红》一首之案语不为武断。因《水调歌头》一首题为"元日投宿博山寺"，有与陈同父相往还之种种历史作铁证，知是五十岁之元日作也。

菩萨蛮
昼眠秋水

葛巾自向沧浪濯。朝来漉酒那堪著。高树莫鸣蝉。晚凉秋水眠。　　竹床能几尺。上有华胥国。山上咽飞泉。梦中琴断绒。

【校】
　　"断绒"，信州本"绒"作"弦"。从四卷本丙集。

【启勋案】
　　此词无年月可考，但见于四卷本丙集，姑附于此。（己未）

玉楼春
效白乐天体

　　少年才把笙歌盏。夏日非长秋夜短。因他老病不相饶，把好心情都做懒。　　故人别后书来劝。乍可停杯强吃饭。云何相见酒边时，却道达人须引满。

又
用韵答叶仲洽

　　狂歌击碎村醪盏。欲舞还怜衫袖短。心如溪上钓矶闲，身似道旁官堠懒。　　山中有酒提壶劝。好语怜君堪鲊饭。至今有句落人间，渭水秋风黄叶满。谚云"馋如鸱子，懒如堠子"。

【校】
　　"怜君"，四卷本丁集"怜"作"多"。
　　"秋风"，四卷本"秋"作"西"。

又
用韵答吴子似县尉

君如九酝台粘盏。我似茅柴风味短。几时秋水美人来，长恐扁舟乘兴懒。　　高怀自饮无人劝。马有青刍奴白饭。向来珠履玉簪人，颇觉斗量车载满。

【启勋案】

右三首同韵，知是同时作。均见四卷本丁集。

沁园春
和吴子似县尉

我见君来，顿觉吾庐，溪山美哉。恨平生肝胆，都成楚越，只今胶漆，谁是陈雷。搔首踟蹰，爱而不见，要得诗来渴望梅。还知否，快清风入手，日看千回。　　直须抖擞尘埃。人怪我、柴门今始开。向松间乍可，从他喝道，庭中且莫，踏破苍苔。岂有文章，谩劳车马，待唤青刍白饭来。君非我，任功名意气，莫恁徘徊。

【校】

"快清风"，《历代诗余》"快"作"恰"。

【饮冰室考证】

子似名绍古，号云锦。饶州安仁县石痕里人。早岁即从学象山。

《象山集》卷三有"与吴子嗣诗"八首，即此人。（案伯兄此条乃批在信州本之眉。）

【启勋案】

《广信府志》："吴绍古，字子嗣，鄱阳人。庆元五年任铅山尉。"庆元五年己未，先生六十岁，正是由三山落职，家居铅山，尚未起任浙帅时。虽则此次家居非只一年，但读"柴门今始开"之句，似是子似初就铅山任，第一次见面时唱和之作。因以系于己未。前三首《玉楼春》有连带关系，并附此年。

浪淘沙
送吴子似县尉

金玉旧情怀。风月追陪。扁舟千里兴佳哉。不似子猷行半路，却掉船回。　　来岁菊花开。记我清杯。西风雁过填山台。把似情他书不到，好与同来。

【饮冰室考证】

丙集与吴子似唱和甚多，乙集只此一首。

【启勋案】

此词颇不可解。吴子似作铅山县尉，乃在庆元五年己未先生六十岁时。乙集乃截止于绍熙二年辛亥先生五十二岁时。县尉之称岂能见诸乙集？且先生与子似唱和诸词，全在丙、丁集。五十二岁以前似未相识也。此词作年虽未能确指，姑移置于子似作县尉之初年，以待考。

鹧鸪天

寿吴子似县尉，时摄事城中

上巳风光好放怀。故人犹未看花回。茂林映带谁家竹，曲水流传第几杯。　　摛锦绣，写琼瑰。长年富贵属多才。要知此日生男好，曾有周公被褓来。

【校】

题，四卷本丁集无"吴"字，无"县尉"二字。

"故人"，丁集作"忆君"。

【启勋案】

吴子似生日在上巳。见《新荷叶》词题。

又

去岁君家把酒杯。雪中曾见牡丹开。而今纨扇薰风里，又见疏枝月下梅。　　欢几许，醉方回。明朝归路有人催。低声待向谁家道，带得歌声满耳来。

【饮冰室考证】

此当是与前首同题。

【启勋案】

右两词虽无本年作之明文，但子似乃庆元己未初来铅山作县尉，姑以入本年。

沁园春

寿赵茂嘉郎中，时以制置兼济仓振济里中，除直秘阁

甲子相高，亥首曾疑，绛县老人。看长身玉立，鹤般风度，方颐须磔，虎样精神。文烂卿云，诗凌鲍谢，笔势骎骎更右军。浑余事，羡仙都梦觉，金阙名存。　　门前父老忻忻。焕奎阁、新褒诏语温。记他年帷幄，须依日月，只今剑履，快上星辰。人道阴功，天教多寿，看到貂蝉七叶孙。君家里，是几枝丹桂，几树灵椿。

【校】

题，信州本无"制"字。从四卷本。

"相高"，四卷本丁集"高"作"交"。

满江红

寿赵茂嘉郎中。前章记兼济仓事

我对君侯，怪长见、两眉阴德。还梦见、玉皇金阙，姓名仙籍。旧岁炊烟浑欲断，被公扶起千人活。算胸中、除却五车书，都无物。　　山左右，溪南北。花远近，云朝夕。看风流杖屦，苍髯如戟。种柳已成陶令宅，散花更满维摩室。劝人间、且住五千年，如金石。

【校】

题，四卷本丁集"寿"作"呈"，"兼"作"广"。

"怪长"，四卷本作"长怪"。

"还梦见"，四卷本作"更长梦"。

"山"，四卷本作"溪"。

"溪"，四卷本作"山"。

【启勋案】

《广信府志》："赵茂嘉名不遁，铅山人。幼有文名，登隆兴癸未进士。尝立兼济仓于铅山县之天王寺。庆元五年，除直秘阁以旌之。"（己未）

新荷叶

上巳日吴子似谓古今无此词索赋

曲水流觞，赏心乐事良辰。兰蕙风光，转头天气还新。明眸皓齿，看江头、有女如云。折花归去，绮罗陌上芳尘。　　能几多春，试听啼鸟殷勤。对景兴怀，向来哀乐纷纷。且题醉墨，似兰亭、列叙时人。后之览者，又将有感斯文。

【校】

"对景"，四卷本丙集作"览物"。

"列叙"，《历代诗余》"列"作"别"。

又

徐思上巳乃子似生日，因改定

曲水流觞，赏心乐事良辰。今几千年，风流禊事如新。明眸皓齿，看江头、有女如云。折花归去，绮罗陌上芳尘。　　丝竹纷纷，杨花飞鸟衔巾。争似群贤，茂林修竹兰亭。一觞一咏，亦足以、畅叙幽情。清欢未了，不如留住青春。

【启勋案】

此词见四卷本丁集。但当是与前首同时。上年之上巳日，有寿吴子似之作。姑以此两首入庚申。

感皇恩

读《庄子》，闻朱晦庵即世

案上数篇书，非庄即老。会说忘言始知道。万言千句，不自能忘堪笑。今朝梅雨霁、青天好。　　一壑一丘，轻衫短帽。白发多时故人少。子云何在，应有玄经遗草。江河流日夜、何时了。

【校】

题，四卷本丙集作"读《庄子》有所思"。

"今朝"，四卷本作"朝来"。

【启勋案】

《宋史》：“宁宗庆元六年庚申三月甲子（即初九日），提举南京鸿庆宫朱熹卒。”晦翁生于建炎四年庚戌，卒年七十一。时党祸正盛，门生故吏无敢往吊者。先生独为文以祭之。全文已佚，唯本传录存四句云：“所不朽者，垂万世名。孰谓公死，凛凛犹生。”伯兄著《先生年谱》，即止于此“凛凛犹生”之“生”字，实其生平所书最后之一字矣。时则民国十七年十月十二日也。

案：宁宗庆元六年庚申，先生六十一岁。

哨遍

赵昌父之祖季思学士，退居郑圃，有亭名鱼计，宇文叔通为作古赋。今昌父之弟成父，于所居凿池筑亭，榜以旧名，昌父为成父作诗，属余赋词，余为赋《哨遍》。庄周论“于蚁弃知，于鱼得计，于羊弃意”，其义美矣。然上文论虱托于豕而得焚，羊肉为蚁所慕而致残，下文将并结二义，乃独置豕虱不言，而遽论鱼，其义无所从起。又间于羊蚁两句之间，使羊蚁之义离不相属，何耶？其必有深意存焉，顾后人未之晓耳。或言蚁得水而死，羊得水而病，鱼得水而活。此最穿凿，不成义趣。余尝反复寻绎，终未能得。意世必有能读此书而了其义者，他日倘见之而问焉。姑先识余疑于此词云尔

池上主人，人适忘鱼，鱼适还忘水。洋洋乎，翠藻青萍里。想鱼兮、无便于此。尝试思。庄周正谈两事，一明豕虱一羊蚁。说蚁慕于膻，于蚁弃知，又说于羊弃意。甚虱焚于豕独忘之。却骤说于鱼为得计。千古遗文，我不知言，以我非子。　　噫。子固非鱼。鱼之为计子焉知。河水深且广，风涛万顷堪依。有网罟如云，鹈鹕成阵，过而留泣计应非。其外海茫茫，下有龙伯，饥时一啖千里。更任公、五十犗为

饵，使海上、人人厌腥味。似鹍鹏、变化能几。东游入海此计，直以命为嬉。古来谬算狂图五鼎，烹死指为平地。嗟鱼欲事远游时，请三思而行可矣。

【校】

过片，信州本作"子固非鱼，噫"。从《历代诗余》。

"能几"，《历代诗余》"能"字脱。

"指为"，《历代诗余》"指"作"恒"。

【启勋案】

赵昌父名蕃，其先居郑州。至昌甫之父乃迁广信玉山县之章泉。因以为号。以荫补仕，受学于刘清之。鱼计亭，《信州府志》："赵旸父叡居郑州时，有鱼计亭。宇文黄中为之赋。后四世孙藏复作亭于玉山县之章泉，以旧赋刻石，亦以旧名名其亭。"《舆地纪胜》："赵叡居郑州，有亭曰鱼计。叡子旸以提点坑冶来居玉山，亦作鱼计亭。"章泉，《信州府志》："章泉在玉山县双峰山下。赵蕃以为号。"

案：昌父与先生交甚晚，甲、乙、丙集无唱和之作。想在先生迁居铅山后乃纳交。盖昌父隐居求志，五十犹问学于朱晦翁。其品格之高尚可知。铅山距章泉不远，自先生移居后，遂成莫逆。唱和诸作尽在此数年间。姑以附于庚申。

案：过片第一句《历代诗余》作"噫。子固非鱼"；信州本作"子固非鱼。噫"，自不如《历代诗余》之善。

鹧鸪天

祝良显家牡丹一本百朵

占断雕栏只一株。春风费尽几工夫。天香夜染衣犹湿，国色朝酣醉未苏。　　娇欲语，巧相扶。不妨老干自扶疏。恰如翠幕高堂上，来看红衫百子图。

【启勋案】

先生诗存有《庚申二月二十八日同杜叔高、祝彦集约赏牡丹》之绝句二首。此词见丙集，作品正是庚申前后数年间。姑以此词系于庚申。

又

赋牡丹，主人以谤花，索赋解嘲

翠盖牙签数百株。杨家姊妹夜游初。五花结队香如雾，一朵倾城醉未苏。　　闲小立，困相扶。夜来风雨有情无。愁红惨绿今宵看，恰似吴宫教阵图。

又

再赋

浓紫深黄一画图。中间更有玉盘盂。先裁翡翠装成盖，更点胭脂染透酥。　　香潋滟，锦模糊。主人长得醉工夫。莫携弄玉栏边去，羞得花枝一朵无。

【启勋案】

此二首亦见丙集。玩文当是同时作。

柳梢青

辛酉生日前两日，梦一道士话长年之术，梦中痛以理折之，觉而赋八难之辞

莫炼丹难。黄河可塞，金可成难。休辟谷难。吸风饮露，长忍饥难。　　劝君莫远游难。何处有、西王母难。休采药难。人沉下土，我上天难。

案：宁宗嘉泰元年辛酉，先生六十二岁。

【启勋案】

伯兄于所著《先生年谱》中世系谱之考证谓："四卷本所收词，截止庆元庚申，先生六十一岁为止。"似不确。此首之题，有"辛酉"二字，而见于丙集，唯"壬戌岁生日书怀"之《临江仙》乃不见于四卷本。可证四卷本所收词，乃止于嘉泰元年辛酉，先生六十二岁之年。

临江仙

昨日得家报，牡丹渐开，连日少雨多晴，常年未有。仆留龙安萧寺，诸君亦不果来，岂牡丹留不住为可恨耶？因取来韵，为牡丹下一转语

只恐牡丹留不住，与春约束分明。未开微雨半开晴。要花开定准，又更与花盟。　　魏紫朝来将进酒，玉盘盂样先呈。鞓红似向舞腰横。风流人不见，锦绣夜间行。

【启勋案】

《读史方舆纪要》:"龙安驿,即故龙安县。宋庆历中置,属南昌府安义县。"又:"唐武德五年析建昌县地置龙安县,属南昌州,八年县废,置龙安镇。"《旧志》:"龙安城在建昌县南六十里。"案南昌即当日之隆兴,属豫章。词题"昨日得家报"云云,必非知隆兴府时作,因在职不能如是之暇逸也。且上饶之宅乃成于知隆兴之年,与家报"常年未有"之说亦不相合。集中尚有"游龙安"之《玉楼春》四首,两首见丁集。建昌与铅山为邻,而距上饶较远。因以游龙安诸词汇附于丁集之末年辛酉,不中亦不远矣。

玉楼春

戏赋云山

何人半夜推山去。四面浮云猜是汝。常时相对两三峰,走遍溪头无觅处。　　西风瞥起云横度。忽见东南天一柱。老僧拍手笑相夸,且喜青山依旧住。

【校】

"相夸",四卷本丁集"夸"作"誇"。《历代诗余》作"誇"。

"且喜",丁集"且"作"相"。

又

用韵答傅岩叟、叶仲洽、赵国兴

青山不解乘云去。怕有愚公惊著汝。人间踏地出租钱,借使移将无著处。　　三星昨夜光移度。妙语来题桥上柱。黄花不插满头归，定情白云遮且住。

【校】

"不解"，四卷本丁集"解"作"会"。

又

无心云自来还去。元共青山相尔汝。霎时迎雨障崔嵬，雨过却寻归路处。　　侵天翠竹何曾度。遥见屹然星砥柱。今朝不管乱云深，来伴仙翁山下住。

又

瘦筇倦作登高去。却怕黄花相尔汝。岭头拭目望龙安，更在云烟遮断处。　　思量落帽人风度。休说当年功纪柱。谢公直是爱东山，毕竟东山留不住。

【启勋案】

前二首见四卷本丁集。后二首不载于四卷本。四首同韵，知是同时作。第四首有"岭头拭目望龙安"之句，知是隆兴作，因以附于辛酉。

卷五

共一百三十首

年　绍熙三年壬子至嘉泰元年辛酉

岁　五十三至六十二

地　三山　带湖　瓢泉

贺新郎

题赵兼善龙图东山园小鲁亭

下马东山路。恍临风、周情孔思，悠然千古。寂寞东家丘何在，缥渺危亭小鲁。试重上、岩岩高处。更忆公归西悲日，正濛濛、陌上多零雨。嗟费却，几章句。　　谢公雅志还成趣。记风流、中年怀抱，长携歌舞。政尔良难君臣事，晚听秦筝声苦。快满眼、松篁千亩。把似渠垂功名泪，算何如、且作溪山主。双白鸟，又飞去。

【校】

题，四卷本丁集无"龙图"二字，"东山"之下信州本无"园"字。据丁集补。

【启勋案】

《信州府志》："东山在铅山县城东三里。山间有亭。春陵守赵充夫治其地，为东园，后废云。"东山园或即此。

案：以下诸词皆见于四卷本丙、丁两集。虽未能一一举其年，但知是从绍熙三年壬子至嘉泰元年辛酉十年间之作品。中间有六年闲居于铅山林下，故得词甚多。

又

题傅君用山园

曾与东山约。为鲦鱼、从容分得，清泉一勺。堪笑高人读书处，多少松窗竹阁。甚长被、游人占却。万卷何言达时用，士方穷、早与人同乐。新种得，几花药。　　山头怪石蹲秋鹗。俯人间、尘埃野马，孤撑高攫。拄杖危亭扶未到，已觉云生两脚。更换却、朝来毛发。此地千年曾物化，莫呼猿、且自多招鹤。吾亦有，一丘壑。

【校】

题，四卷本丁集无"傅"字。

"早与"，丁集本"早"下注"去声"二字。

【启勋案】

此词张功甫有和韵题"次辛稼轩韵寄呈"："邂逅非专约。记当年、林堂对竹，艳歌春酌。一笑乘鸾明月影，余事丹青麟阁。待宇宙、长绳穿却。念我中原空有梦，渺风尘、万里迷长乐。愁易老，欠灵药。　　别来几度霜天鹗，厌纷纷、吞腥啄腐，狗偷乌攫。东晋风流兼慷慨，公自阳春有脚。妙悟处、不存毫发。何日相从云水去，看精神、峭紧芝田鹤。书壮语，遍岩壑。"功甫名镃，号约斋居士，西秦人。循王俊诸孙。官奉议郎。有《玉照堂词》一卷，今已佚。此词见《南湖诗余》。"看精神、峭紧芝田鹤"一句，真似为先生写一小照，活画一身长玉立、好作事而绝对负责之人。

又

用韵题赵晋臣敷文积翠岩，余谓当筑陂于其前

拄杖重来约。到东风、洞庭张乐，满空箫勺。巨海拔犀头角出，东向此山高阁。尚依旧、争前又却。老我伤怀登临

际，问何方、可以平哀乐。唯是酒，万金药。　　劝君且作横空鹗。更休论、人间腥腐，纷纷乌攫。九万里风斯在下，翻覆云头两脚。快直上、昆仑濯发。好卧长虹陂十里，是谁言、听取双黄鹤。携翠影，浸云壑。

【校】

题，四卷本丁集"谓当"二字作"欲令"。

"此山"，信州本"此"作"北"。从四卷本。《历代诗余》作"北"。

"十里"，《历代诗余》"十"作"千"。

【启勋案】

读此词题，愈可证晋臣之积翠岩非贵溪县之积翠岩。彼乃公众名胜，似不能据为己有而加以工程也。参观"我笑共工缘底怒"之《归朝欢》案语。

又

韩仲止判院山中见访，席上用前韵

听我三章约。有谈功、谈名者舞，谈经深酌。作赋相如亲涤器，识字子云投阁。算枉把、精神费却。此会不如公荣者，莫呼来、政尔妨人乐。医俗士，苦无药。　　当年众鸟看孤鹗。意飘然、横空直把，曹吞刘攫。老我山中谁来伴，须信穷愁有脚。似剪尽、还生僧发。自断此生天休问，倩何人、说与乘轩鹤。吾有志，在丘壑。起用《世说》语。

【启勋案】

韩仲止名淲，号涧泉。尚书元吉子。有《涧泉诗余》一卷。以上三首叠韵，知是同时作。亦正三山归后优游林下语也。

又

　　严和之好古博雅，以严本庄姓，取蒙庄、子陵四事：曰濮上、曰濠梁、曰齐泽、曰严濑，为四图，属余赋词。余谓蜀君平之高，扬子云所谓"虽隋和何以加诸"者，班孟坚独取子云所称述为王、贡诸传《序引》，不敢以其姓名列诸传，尊之也。故余以谓和之当并图君平像，置之四图之间，庶几严氏之高节备焉。作《乳燕飞》词使歌之

　　濮上看垂钓。更风流、羊裘泽畔，精神孤矫。楚汉黄金公卿印，比著渔竿谁小。但过眼、才堪一笑。惠子焉知濠梁乐，望桐江、千丈高台好。烟雨外，几鱼鸟。　　古来如许高人少。细平章、两翁似与，巢由同调。已被尧知方洗耳，毕竟尘污人了。要名字、人间如扫。我爱蜀庄沉冥者，解门前、不使征车到。君为我，画三老。

又
题傅岩叟悠然阁

　　路入门前柳。到君家、悠然细说，渊明重九。晚岁凄其无诸葛，唯有黄花入手。更风雨、东篱依旧。陡顿南山高如许，是先生、拄杖归来后。山不记，何年有。　　是中不减康庐秀。倩西风、为君唤起，翁能来否。鸟倦飞还平林去，云自无心出岫。剩准备、新诗几首。欲辨忘言当年意，慨遥遥、我去羲农久。天下事，可无酒。

【校】

"陡"，四卷本丁集作"斗"。

"陡顿"，《历代诗余》及辛启泰本皆作"频顾"。

又
用前韵再赋

肘后俄生柳。叹人生、不如意事，十常八九。右手淋浪才有用，闲却持螯左手。漫赢得、伤今感旧。投阁先生唯寂寞，笑是非、不了身前后。持此语，问乌有。　青山幸自重重秀。问新来、萧萧木落，颇堪秋否。总被西风都瘦损，依旧千岩万岫。把万事、无言搔首。翁比渠侬人谁好，是我常、与我周旋久。宁作我，一杯酒。

【校】

"颇堪"，《历代诗余》"颇"作"可"。

【启勋案】

此词四卷本失载。唯与前首同韵，当是同时作。

念奴娇
赵晋臣敷文十月望生日，自赋词，属余和韵

看公风骨，似长松磊落、多生奇节。世上儿曹都蓄缩，冻芋旁堆秋菋。结屋溪头，境随人胜，不是江山别。紫云如

阵，妙歌争唱新阕。　　尊酒一笑相逢，与公臭味，菊茂兰须悦。天上四时调玉烛，万事宜询黄发。看取东归，周家叔父，手把元龟说。祝公长似，十分今夜明月。

【校】

　　题，四卷本丁集无"赵"字，又无"敷文"二字。

又
和赵国兴知录韵

　　为沽美酒，过溪来谁道、幽人难致。更觉元龙楼百尺，湖海平生豪气。自叹年来，看花索句，老不如人意。东风归路，一川松竹如醉。　　怎得身似庄周，梦中蝴蝶，花底人间世。记取江头三月暮，风雨不为春计。万斛愁来，金貂头上，不抵银瓶贵。无多笑我，此篇聊当宾戏。

又
重九席上

　　龙山何处，记当年高会、重阳佳节。谁与老兵供一笑，落帽参军华发。莫倚忘怀，西风也解，点检尊前客。凄凉今古，眼中三两飞蝶。　　须信采菊东篱，高情千载，只有陶彭泽。爱说琴中如得趣，弦上何劳声切。试把空杯，翁还肯道，何必杯中物。临风一笑，请翁同醉今夕。

【校】

"也解"，四卷本丁集"解"作"会"。

【启勋案】

龙山在江陵城西北十五里。桓温九日登高，孟嘉落帽处也。

又

用韵答傅先之提举

君诗好处，似邹鲁儒家、还有奇节。下笔如神强押韵，遗恨都无毫发。炙手炎来，掉头冷去，无限长安客。丁宁黄菊，未消勾引蜂蝶。　天上绛阙清都，听君归去，我自癯山泽。人道君才刚百炼，美玉都成泥切。我爱风流，醉中倾倒，丘壑胸中物。一杯相属，莫孤风月今夕。

【校】

题，四卷本丁集无"提举"二字。

"押韵"，丁集"押"作"压"。

又

赋傅岩叟香月堂两梅

未须草草，赋梅花多少、骚人词客。总被西湖林处士，不肯分留风月。疏影横斜，暗香浮动，把断春消息。试将花品，细参今古人物。　看取香月堂前，岁寒相对，楚两龚之洁。自与诗家成一种，不系南昌仙籍。怕是当年，香山老子，姓白来江国。谪仙人字，太白还又名白。

【校】

题，四卷本丙集作"赋梅花"。

"细参"，丙集作"未忝"。

又

余既为傅岩叟两梅赋词，傅君用席上有请，云家有四古梅，今百年矣，未有以品题。乞援香月堂例。欣然许之，且用前篇体制戏赋

是谁调护，岁寒枝都把、苍苔封了。茅舍疏篱江上路，清夜月高山小。摸索应知，曹刘沈谢，何况霜天晓。芬芳一世，料君长被花恼。　　惆怅立马行人，一枝最爱，竹外横斜好。我向东邻曾醉里，唤起诗家二老。拄杖而今，婆娑雪里，又识商山皓。请君置酒，看渠与我倾倒。

【校】

"醉里"，《历代诗余》"里"作"后"。

水调歌头

题张晋英提举玉峰楼

木末翠楼出，诗眼巧安排。天公一夜削出，四面玉崔嵬。畴昔此山安在，应为先生见晚，万马一时来。白鸟飞不尽，却带夕阳回。　　劝君饮，左手蟹，右手杯。人间万事

变灭，今古几池台。君看庄生达者，犹对山林皋壤，哀乐未
忘怀。我老尚能赋，风月试追陪。

又
醉吟

四坐且勿语，听我醉中吟。池塘春草未歇，高树变鸣
禽。鸿雁初飞江上，蟋蟀还来床下，时序百年心。谁要卿料
理，山水有清音。　　　欢多少，歌长短，酒浅深。而今已不
如昔，后定不如今。闲处直须行乐，良夜更教秉烛，高会惜
分阴。白发短如许，黄菊倩谁簪。

又
题吴子似顤山经德堂，堂陆象山所名也

唤起子陆子，经德问何如。万钟于我何有，不负古人
书。闻道千章松桂，剩有四时柯叶，霜雪岁寒余。此是顤山
境，还似象山无。　　　耕也馁，学也禄，孔之徒。青衫毕竟升
斗，此意颇关渠。天地清宁高下，日月东西寒暑，何用著工夫。
两字君勿惜，借我榜吾庐。

【校】

题，信州本"所名"作"取名"。从四卷本丁集。

"青衫"，信州本"衫"作"山"。从四卷本。

"颇关"，丁集"颇"作"正"。

【饮冰室考证】

　　子似早岁即从学象山。《象山集》卷三有《与吴子似诗》八首。《经德堂记》，见《象山集》卷五。绍熙元年撰。象山卒于绍熙三年，此词云"唤起子陆子"，似是象山卒后语。

【启勋案】

　　右之考证在信州本此词之眉。吴子似名绍古，饶州安仁县人。

又

　　赵昌父七月望日用东坡韵叙太白、东坡事见寄，过相褒借，且有秋水之约。八月十四日余卧病博山寺中，因用韵为谢，兼简子似

　　我志在寥阔，畴昔梦登天。摩挲素月人世，俯仰已千年。有客骖鸾并凤，云遇青山赤壁，相约上高寒。酌酒援北斗，我亦虱其间。　　少歌曰，神甚放，形则眠。鸿鹄一再高举，天地睹方圆。欲重歌兮梦觉，推枕惘然独念，人事底亏全。有美人可语，秋水隔婵娟。

【校】

　　题，信州本"余卧病"之"余"字脱，"简子似"作"寄吴子似"。从四卷本丁集。

又

题永丰杨少游提点一枝堂

　　万事几时足，日月自西东。无穷宇宙人是，一粟太仓

中。一葛一裘经岁，一钵一瓶终日，老子旧家风。更著一杯酒，梦觉大槐宫。　　记当年，吓腐鼠，叹冥鸿。衣冠神武门外，惊倒几儿童。休说须弥芥子，看取鹍鹏斥鷃，小大若为同。君欲论齐物，须访一枝翁。

【启勋案】

《读史方舆纪要》："永丰县在广信府东南四十五里。本上饶县地，乾元初析置永丰县，属信州。"又吉安府亦有一永丰县，宋至和元年置，属吉州。故广信府之永丰亦名广丰。

又
席上为叶仲洽赋

高马勿捶面，千里事难量。长鱼变化云雨，无使寸鳞伤。一壑一丘吾事，一斗一石皆醉，风月几千场。须作蝟毛磔，笔作剑锋长。　　我怜君，痴绝似，顾长康。纶巾羽扇颠倒，又似竹林狂。解道长江如练，准备停云堂上，千首买秋光。怨调为谁赋，一斛贮槟榔。

满江红
山居即事

几个轻鸥，来点破、一泓澄绿。更何处、一双鸂鶒，故来争浴。细读离骚还痛饮，饱看修竹何妨肉。有飞泉、日日供明珠，五千斛。　　春雨满，秧新谷。闲永日，眠黄犊。

看云连麦陇，雪堆蚕簇。若要足时今足矣，以为未足何时足。被野翁、相挟入东园，枇杷熟。

【校】

　　"五千"，四卷本丙集"五"作"三"。《历代诗余》作"三"。
　　"野翁"，信州本及丙集"翁"作"老"。从《历代诗余》。
　　"相挟"，信州本及丙集"挟"作"扶"。从《历代诗余》。

【启勋案】

　　先生上饶之宅似在平原，地势开展。铅山之宅似在高地，林壑幽深。读集中词可以仿佛得之。故凡"山居"云者，皆指瓢泉也。此词之最后一韵，初亦疑其不叶，今见《历代诗余》作"被野翁、相挟入东园"，是矣。

木兰花慢

寄题吴克明广文菊隐

　　路傍人怪问，此隐者，姓陶不。甚黄菊如云，朝吟暮醉，唤不回头。纵无酒成怅望，只东篱、搔首亦风流。与客朝飡一笑，落英饱便归休。　　古来尧舜与巢由。江海去悠悠。待说与佳人，种成香草，莫怨灵修。我无可无不可，意先生、出处有如丘。闻道问津人过，杀鸡为黍相留。

【校】

　　题，四卷本丙集题作"广文克明菊隐"。
　　"朝飡"，丙集"飡"作"餐"。《历代诗余》作"餐"。

又

中秋饮酒将旦，客谓前人诗词有赋待月，无送月者，因用《天问》体赋

可怜今夕月，向何处，去悠悠。是别有人间，那边才见，光景东头。是天外空汗漫，但长风、浩浩送中秋。飞镜无根谁系，姮娥不嫁谁留。　　谓经海底问无由。恍惚使人愁。怕万里长鲸，从横触破，玉殿琼楼。虾蟆故堪浴水，问云何、玉兔解沉浮。若道都齐无恙，云何渐渐如钩。

【校】

"经海"，四卷本丙集"经"作"洋"。

水龙吟

爱李延年歌、淳于髡语，合为词，庶几《高唐》《神女》《洛神赋》之意云

昔时曾有佳人，翩然绝世而独立。未论一顾倾城，再顾又倾人国。宁不知其，倾城倾国，佳人难再得。看行云行雨，朝朝暮暮，阳台下、襄王侧。　　堂上更阑烛灭，记主人、留髡送客。合尊促坐，罗襦襟解，微闻芗泽。当此之时，止乎礼义，不淫其色。但啜其泣矣，啜其泣矣，又何嗟及。

又

老来曾识渊明，梦中一见参差是。觉来幽恨，停觞不

御，欲歌还止。白发西风，折腰五斗，不应堪此。问北窗高卧，东篱自醉，应别有、归来意。　　须信此翁未死，到如今凛然生气。吾侪心事，古今长在，高山流水。富贵他年，直饶未免，也应无味。甚东山何事，当时也道，为苍生起。

【校】

"未免"，《历代诗余》作"来晚"。

永遇乐

梅雪

怪底寒梅，一枝雪里，直恁愁绝。问讯无言，依稀似妒，天上飞英白。江山一夜，琼瑶万顷，此段如何妒得。细看来、风流添得，自家越样标格。　　晚来楼上，对花临镜，学作半妆宫额。著意争妍，那知却有，人妒花颜色。无情休问，许多般事，且自访梅踏雪。待行过、溪桥夜半，更邀素月。

【校】

"江山"，信州本"山"作"上"，从四卷本丁集。《历代诗余》亦作"山"。

"宫额"，《历代诗余》"宫"作"娇"。

又

戏赋辛字送茂嘉十二弟赴调

烈日秋霜，忠肝义胆，千载家谱。得姓何年，细参辛字，一笑君听取。艰辛做就，悲辛滋味，总是辛酸辛苦。更十分、向人辛辣，椒桂捣残堪吐。　　世间应有，芳甘浓美，不到吾家门户。比著儿曹，累累却有，金印光垂组。付君此事，从今直上，休忆对床风雨。但赢得、靴纹绉面，记余戏语。

【校】

　　题，四卷本丁集无"十二"两字。"调"作"部"。

喜迁莺

谢赵晋臣敷文赋芙蓉词见寿，用韵为谢

　　暑风凉月，爱亭亭无数，绿衣持节。掩冉如羞，参差似妒，拥出芙渠花发。步衬潘娘堪恨，貌比六郎谁洁，添白鹭，晚晴时公子，佳人并列。　　休说。搴木末，当日灵均，恨与君王别。心阻媒劳，交疏怨极，恩不甚兮轻绝。千古离骚文字，芳至今犹未歇。都休问，但千杯快饮，露荷翻叶。

【校】

　　题，四卷本丁集无"谢赵"及"敷文"四字。"芙蓉"作"夫容"。《花庵》题作"荷花"。

　　"芙渠"，《花庵》"渠"作"蓉"。

八声甘州

夜读《李广传》，不能寐，因念晁楚老、杨民瞻约同居山间，戏用李广事，赋以寄之

　　故将军饮罢夜归来，长亭解雕鞍。恨灞陵醉尉，匆匆未

识，桃李无言。射虎山横一骑，裂石响惊弦。落魄封侯事，岁晚田园。　　谁向桑麻社曲，要短衣匹马，移住南山。看风流慷慨，谈笑过残年。汉开边、功名万里，甚当时、健者也曾闲。纱窗外、斜风细雨，一阵轻寒。

【校】

"田园"，四卷本丙集"园"作"间"。

汉宫春
立春

春已归来，看美人头上，袅袅春幡。无端风雨，未肯收尽余寒。年时燕子，料今宵、梦到西园。浑未办、黄柑荐酒，更传青韭堆盘。　　却笑东风从此，便薰梅染柳，更没些闲。闲时又来镜里，转变朱颜。清愁不断，问何人、会解连环。生怕见、花开花落，朝来塞雁先还。

西江月
春晚

剩欲读书已懒，只因多病长闲。听风听雨小窗眠。过了春光太半。　　往事如寻去鸟，清愁难解连环。流莺不肯入西园。唤起画梁飞燕。

【启勋案】

此一首不载于四卷本。玩词句，与"立春"之《汉宫春》似是同时前后作。《汉宫春》见丙集，作年亦甚晚矣。姑以汇附于此。

满庭芳
和章泉赵昌父

西崦斜阳，东江流水，物华不为人留。铮然一叶，天下已知秋。屈指人间得意，问谁是、骑鹤扬州。君知我，从来雅兴，未老已沧州。　　无穷身外事，百年能几，一醉都休。恨儿曹抵死，谓我心忧。况有溪山杖屦，阮籍辈、须我来游。还堪笑，机心早觉，海上有惊鸥。

【校】

题，四卷本丙集作"和昌父"。

"铮然"，信州本"铮"作"峥"。从四卷本。《历代诗余》作"玲"。

"雅兴"，丙集"兴"作"意"。

"杖屦"，《历代诗余》"屦"作"履"。

洞仙歌

浮石山庄，余友月湖道人何同叔之别墅也。山类罗浮，故以名。同叔尝作《游山次序榜》示余，且索词，为赋《洞仙歌》以遗之。同叔顷游罗浮，遇一老人，庞眉幅巾，语同叔云："当有晚年之契。"盖仙云

松关桂岭，望青葱无路。费尽银钩榜佳处。怅空山岁晚，窈窕谁来，须著我、醉卧石楼风雨。　　仙人琼海上，握手当年，笑许君携半山去。劚叠嶂，卷飞泉，洞府凄凉，又却

怕先生多取。怕夜半、罗浮有时还，好长把烟云，再三遮住。

【启勋案】

同叔名异，崇仁人。光宗时为右正言，嘉定初权工部尚书。

又

赵晋臣和李能伯韵，属余同和。赵以兄弟有职名为宠，词中颇叙其盛，故末章有"裂土分茅"之句

旧交贫贱，太半成新贵。冠盖门前几行李。看匆匆西笑，争出山来，凭谁问、小草何如远志。　　悠悠今古事，得丧乘除，暮四朝三又何异。任掀天事业，冠古文章，有几个、笙歌晚岁。况满屋貂蝉未为荣，记裂土分茅，是公家世。

【启勋案】

茂嘉、晋臣与先生交甚晚，自徙居铅山后乃相酬唱。读此词，可见先生当日功名之念，已如闻雁过长空。时独怪晋臣，何必讨此没趣？

祝英台近

与客饮瓢泉，客以泉声喧静为问，余醉，未及答，或者以"蝉噪林逾静"代对，意甚美矣，翌日为赋此词以褒之

水纵横，山远近，拄杖占千顷。老眼羞明，水底看山影。试教水动山摇，吾生堪笑，似此个、青山无定。　　一

瓢饮。人问翁爱飞泉，来寻个中静。绕屋声喧，怎做静中境。我眠君且归休，维摩方丈，待天女、散花时问。

【校】

题，"以褒之"，丁集作"褒之也"。

"羞明"，四卷本丁集"明"作"将"。

又

绿杨堤，青草渡，花片水流去。百舌声中，唤起海棠睡。断肠几点愁红，啼痕犹在，多应怨、夜来风雨。　　别情苦。马蹄踏遍长亭，归期又成误。帘卷青楼，回首在何处。画梁燕子双双，能言能语，不解道、相思一句。

【启勋案】

此词信州十二卷本失载，据四卷本丁集补入。

婆罗门引

别杜叔高。叔高长于楚词

落花时节，杜鹃声里送君归。未消文字湘累。只怕蛟龙云雨，后会渺难期。更何人念我，老大伤悲。　　已而已而。算此意、只君知。记取岐亭买酒，云洞题诗。争如不见，才相见、便有别离时。千里月、两地相思。

又

用韵别郭逢道

绿阴啼鸟，阳关未彻早催归。歌珠凄断累累。回首海山何处，千里共襟期。叹高山流水，弦断堪悲。　　中心怅而。似风雨、落花知。更拟停云君去，细和陶诗。见君何日，待琼林、宴罢醉归时。人争看、宝马来思。

又

用韵答傅先之，时傅宰龙泉归

龙泉佳处，种花满县却东归。腰间金若累累。须信功名富贵，长与少年期。怅高山流水，古调今悲。　　卧龙暂而。算天上、有人知。最好五十学《易》，三百篇《诗》。男儿事业，看一日、须有致君时。端的了、休便寻思。

【启勋案】

《读史方舆纪要》："龙泉县在吉安府西南二百七十里，乃汉之庐陵县地。"

又

用韵答赵晋臣敷文

不堪鹧鸪，早教百草放春归。江头愁杀吾累。却觉君侯雅句，千载共心期。便留春甚乐，乐了须悲。　　琼而素而。被花恼、只莺知。正要千钟角酒，五字裁诗。江东日暮，道绣斧、人去未多时。还又要、玉殿论思。

【启勋案】

　　右词四首，一二两首见四卷本丙集。第三首见丁集。第四首不见于四卷本，唯信州十二卷本有之。但同用一韵，当是同时作。

又

赵晋臣敷文张灯甚盛，索赋，偶忆旧游，末章因及之

　　落星万点，一天宝焰下层霄。人间叠作仙鳌。最爱金莲侧畔，红粉裛花梢。更鸣鼍击鼓，喷玉吹箫。　　曲江画桥。记花月、可怜宵。想见闲愁未了，宿酒才消。东风摇荡，似杨柳、十五女儿腰。人共柳、那个无聊。

粉蝶儿

和赵晋臣敷文赋落梅

　　昨日春如，十三女儿学绣。一枝枝、不教花瘦。甚无情，便下得，雨僝风僽。向园林、铺作地衣红绉。　　而今春似，轻薄荡子难久。记前时、送春归后。把春波，都酿作，一江醇酎。约清愁、杨柳岸边相候。

【校】

　　"醇酎"，四卷本丙集"醇"作"春"。《历代诗余》作"醇酒"。

江神子

闻蝉蛙戏作

簟铺湘竹帐笼纱。醉眠些。梦天涯。一枕惊回，水底沸鸣蛙。借问喧天成鼓吹，良自苦，为官哪。　　心空喧静不争多。病维摩。意云何。扫地烧香，且看散天花。斜日绿阴枝上噪，还又问，是蝉么。

【校】

"哪"，《历代诗余》作"耶"。

又

送元济之归豫章

乱云扰扰水潺潺。笑溪山。几时闲。更觉桃源，人去隔仙凡。桃源乃王氏酒垆，与济之作别处。万壑千岩楼外雪，琼作树，玉为栏。　　倦游回首且加餐。短篷寒。画图间。见说娇鬟，拥髻待君看。二月东湖湖上路，宫柳嫩，野梅残。

【校】

注，四卷本丙集无。

【启勋案】

《读史方舆纪要》："东湖在南昌府（即豫章）城东南隅。周广五里，沿堤植柳，名万金堤。湖之北岸曰百花洲。"

又

别吴子似，末章寄潘德久

看君人物汉西都。过吾庐。笑谈初。便说公卿，元自要通儒。一自梅花开了后，长怕说，赋归欤。　　而今别恨满江湖。怎消除。算何如。杖屦当时，闻早放教疏。今代故交新贵后，浑不寄，数行书。

【校】

题，四卷本丁集"吴"字脱。信州本"章"字脱。

又

侍者请先生赋词自寿

两轮屋角走如梭。太忙些。怎禁他。拟倩何人，天上劝羲娥。何似从容来少住，倾美酒，听高歌。　　人生今古不消磨。积教多。似尘沙。未必坚牢，划地实堪嗟。莫道长生学不得，学得后，待如何。

【校】

"实堪"，四卷本丁集实作事。

感皇恩

庆姉母王恭人七十

七十古来稀，未为希有。须是荣华更长久。满床靴笏，罗列儿孙新妇。精神浑似个、西王母。　　遥想画堂，两行红袖。妙舞清歌拥前后。大男小女，逐个出来为寿。一个一百岁、一杯酒。

【校】

"浑似"，四卷本丙集"似"作"是"。

【启勋案】

此当是祐之之太夫人。祐之奉母居浮梁，浮梁属饶州，距铅山颇远。篇中云"遥想画堂"，知是在铅山遥祝。

又
寿铅山陈丞及之

富贵不须论，公应自有。且把新词祝公寿。当年仙桂，父子同攀希有。人言金殿上、他年又。　　冠冕在前，周公拜手。同日催班鲁公后。此时人羡，绿鬓朱颜依旧。亲朋来贺喜、休辞酒。

【启勋案】

铅山县在广信府南八十里。《读史方舆纪要》："南唐置铅山场，寻升铅山县，属信州。"

行香子
山居客至

白露园蔬。碧水溪鱼。笑先生、钓罢远锄。小窗高卧，风展残书。看北山移，盘谷序，辋川图。　　白饭青刍。赤脚长须。客来时、酒尽重沽。听风听雨，吾爱吾庐。叹苦无心，刚自瘦，此君疏。

又
博山戏呈赵昌甫、韩仲止

少日尝闻。富不如贫。贵不如、贱者长存。由来至乐，总属闲人。且饮瓢泉，弄秋水，看停云。　　岁晚情亲，老语弥真。记前时、劝我殷勤。都休瘥酒，也莫论文。把相牛经，种鱼法、教儿孙。

【校】
题，四卷本丁集"呈"作"简"。

【启勋案】
此词亦可见"秋水""停云"，乃瓢泉别墅之庭院。

又
云岩道中

云岫如簪。野涨挼蓝。向春阑、绿醒红酣。青裙缟袂，两两三三。把曲生禅，玉版局，一时参。　　挂杖弯环，过眼嵌岩。岸轻乌、白发鬖鬖。他年来种，万桂千杉。听小绵蛮，新格磔、旧呢喃。

【校】

"版局"，四卷本丙集"局"作"句"。

【启勋案】

《广信府志》："云岩在铅山西十八里。缘径数百步始至其巅，两崖崚嶒，怪石上有天窗宝盖，地势渐高。道人为桥，为堂，为殿，皆因其次。第一穴可容百人。天阴出云，则雨岩以是得名。""博山在广丰县西二十里。"

案：庆元二年至嘉泰二年，为先生晚年生涯最平稳之数年。读此三首《行香子》，其身心之闲暇可见。

踏莎行

赋稼轩，集经句

进退存亡，行藏用舍。小人请学樊须稼。衡门之下可栖迟，日之夕矣牛羊下。　　去卫灵公，遭桓司马。东西南北之人也。长沮桀溺耦而耕，丘何为是栖栖者。

【启勋案】

先生以稼名其轩，在筑室上饶之先。此词见丙集。所赋为带湖、为瓢泉无可考。

破阵子

峡石道中有怀吴子似县尉

宿麦畦中雉雊，柔桑陌上蚕生。骑火须防花月暗，玉唾长携彩笔行。隔墙人笑声。　　莫说弓刀事业，依然诗酒功名。千载图中今古事，万石溪头长短亭。小塘风浪平。<small>时修图经筑亭堠。</small>

【校】

　　题，四卷本丙集无"吴"字，无"县尉"二字。

　　"玉唾"，《历代诗余》"唾"作"兔"。

【启勋案】

　　峡石在铅山县西南，乃关隘之一。时吴子似作铅山尉。

又

赠行

　　少日春风满眼，而今秋叶辞柯。便好消磨心下事，也忆寻常醉后歌。新来白发多。　　明日扶头颠倒，倩谁伴舞婆娑。我定思君拼瘦损，君不思兮可奈何。天寒将息呵。

临江仙

簪花屡堕，戏作

　　鼓子花开春烂缦，荒园无限思量。今朝拄杖过西乡。急呼桃叶渡，为看牡丹忙。　　不管昨宵风雨横，依然红紫成行。白头陪奉少年场。一枝簪不住，推道帽檐长。

又

醉帽吟鞭花不住，却招花共商量。人生何必醉为乡。从教斟酒浅，休更和诗忙。　　一斗百篇风月地，饶他老子当行。从今三万六千场。青青头上发，还作柳丝长。

【启勋案】

　　此词不见于四卷本，但与前首同韵，知是嘉泰元年以前作。因附于此。

南乡子

送赵国宜赴高安户曹。赵乃茂嘉郎中之子。茂嘉尝为高安幕官，题诗甚多

日日老莱衣。更解风流蜡凤嬉。膝上放教文度去，须知。要使人看玉树枝。　　剩记乃翁诗。绿水红莲觅旧题。归骑春衫花满路，相期。来岁流觞曲水时。

【校】

　　题，四卷本丁集作"送筠州赵司户，茂中之子。茂中尝为筠州幕官，题诗甚多。"

　　注："尝为筠州"，"尝"作"常"，似误。

【启勋案】

　　《读史方舆纪要》："筠州即唐之靖州，武德七年改筠州。宋宝庆初改瑞州。"高安县属瑞州府。

鹧鸪天

博山寺作

不向长安路上行。却教山寺厌逢迎。味无味处求吾乐，材不材间过此生。　　宁作我，岂其卿。人间走遍却归耕。一松一竹真朋友，山鸟山花好弟兄。

又

不寐

老病那堪岁月侵。霎时光景值千金。一生不负溪山债，百药难医书史淫。　　随巧拙，任浮沉。人无同处面如心。不妨旧事从头记，要写行藏入笑林。

又

有客慨然谈功名，因追念少年时事，戏作

壮岁旌旗拥万夫。锦襜突骑渡江初。燕兵夜娖侧角切。银胡䩮，汉箭朝飞金仆姑。　　追往事，叹今吾。春风不染白髭须。却将万字平戎策，换得东家种树书。

【校】

"却将"，四卷本丁集"却"作"都"。

【启勋案】

此当是追念缚虏献俘时，实先生生平最快意之一事。亦可见当日先生之部曲不在少数。诗集有"送别湖南部曲"一首："青山白马万人呼，幕府当年急急符。愧我明珠成薏苡，负君赤手缚於菟"。可见景卢之《稼轩记》谓"齐虏负国，先生赤手领五十骑，缚取于五十万众中。如挟兔兔"，皆是事实。然则先生帅潭时，部曲犹相随也。计先生自渡江以至按抚湖南，相去恰二十年。此一首《鹧鸪天》在丁集，距帅潭后又当二十年。英雄老去，最易兴感。不知作此词时，当年麾下壮夫尚有几人。

又
重九席上作

戏马台前秋雁飞。管弦歌舞更旌旗。要知黄菊清高处，不及当年二谢诗。　　倾白酒，绕东篱。只今陶令有心期。明朝九日浑潇洒，莫使尊前欠一枝。

【校】

题，信州本无"作"字。从四卷本丁集。
"九日"，四卷本丁集作"重九"。

又
戏题村舍

鸡鸭成群晚未收。桑麻长过屋山头。有何不可吾方羡，要底都无饱便休。　　新柳树，旧沙洲。去年溪打那边流。自言此地生儿女，不嫁余家即聘周。

【校】

"未收"，四卷本丙集"未"作"不"。

"余家"，丙集"余"作"金"。

又

睡起即事

水荇参差动绿波。一池蛇影噤群蛙。因风野鹤饥犹舞，积雨山栀病不花。　　名利处，战争多。门前蛮触日干戈。不知更有槐安国，梦觉南柯日未斜。

又

石壁虚云积渐高。溪声绕屋几周遭。自从一雨花零落，却爱微风草动摇。　　呼玉友，荐溪毛。殷勤野老苦相邀。杖藜忽避行人去，认是翁来却过桥。

【校】

"苦相邀"，《历代诗余》"苦"作"著"。

又

寻菊花无有戏作

掩鼻人间臭腐场。古今唯有酒偏香。自从来住云烟畔，直到而今歌舞忙。　　呼老伴，共秋光。黄花何处避重阳。要知烂熳开时节，直待西风一夜霜。

【校】

"来住"，四卷本丙集"来"作"归"。

又

席上吴子似诸友见和，再用韵答之

翰墨诸公久擅场。胸中书传许多香。都无丝竹衔杯乐，却有龙蛇落笔忙。　　闲意思，老风光。酒徒今有几高阳。黄花不怯西风冷，只怕诗人两鬓霜。

【校】

"诸公"，四卷本丙集"公"作"君"。
"却有"，丙集"有"作"看"。

又

自古高人最可嗟。只因疏懒取名多。居山一似庚桑楚，轻树真成郭橐驼。　　云子饭，水晶瓜。林间携客更烹茶。

君归休矣吾忙甚，要看蜂儿晚趁衙。

又
寄叶仲洽

是处移花是处开。古今兴废几池台。背人翠羽偷鱼去，抱蕊黄须趁蝶来。　　掀老瓮，拨新醅。客来且尽两三杯。日高盘馔供何晚，市远鱼鲑买未回。

又
和吴子似山行韵

谁共春光管日华。朱朱纷纷野蒿花。闲愁投老无多子，酒病而今较减些。　　山远近，路横斜。正无聊处管弦哗。去年醉处犹能记，细数溪边第几家。

【校】
　　"纷纷"，四卷本丙集作"粉粉"。《历代诗余》同。

又
过峡石，用韵答吴子似

叹息频年廪未高。新词空贺此丘遭。遥知醉帽时时落，见说吟鞭步步摇。　　干玉唾，秃锥毛。只今明月费招邀。

最怜乌鹊南飞句，不解风流见二乔。

又
吴子似过秋水

秋水长廊水石间。有谁来共听潺潺。羡君人物东西晋，分我诗名大小山。　　穷自乐，懒方闲。人间路窄酒杯宽。看君不了痴儿事，又似风流靖长官。

【校】

"懒方闲"，信州本"懒"作"晚"。从四卷本丁集。

玉楼春

三三两两谁家妇。听取鸣禽枝上语。提壶沽酒已多时，婆饼焦时须早去。　　醉中忘却来时路。借问行人家住处。只寻古庙那边行，更过溪南乌柏树。

【校】

"谁家妇"，四卷本丙集"妇"作"女"。

又
乐令谓卫玠："人未尝梦捣齑餐铁杵，乘车入鼠穴。"以谓世无是事故也。余谓世无是事而有是理，乐所谓无，犹云有也。戏作数语以明之

有无一理谁差别。乐令区区犹未达。事言无处未尝无，

试把所无凭理说。　　伯夷饥采西山蕨。何异捣虀餐杵铁。仲尼去卫又之陈，此是乘车穿鼠穴。

又
隐湖戏作

客来底事逢迎晚。竹里鸣禽寻未见。日高犹苦圣贤中，门外谁酣蛮触战。　　多方为渴泉寻遍，何日成阴松种满。不辞长向水云来，只怕频烦鱼鸟倦。

【校】

"圣贤中"，《历代诗余》"中"作"心"。

"频烦"，信州本"烦"作"频"。从四卷本丁集。

鹊桥仙
赠鹭鸶

溪边白鹭，来吾告汝，溪里鱼儿堪数。主人怜汝汝怜鱼，要物我、欣然一处。　　白沙远浦，青泥别渚，剩有虾跳鳅舞。听君飞去饱时来，看头上、风吹一缕。

【校】

"主人"句，《历代诗余》作"主怜汝汝又怜鱼"。

西江月

寿祐之弟，时新居落成

画栋新垂帘幕，华灯未放笙歌。一杯潋滟泛金波。先向太夫人贺。　　富贵吾应自有，功名不用渠多。只将绿鬓抵羲娥。金印须教斗大。

【校】

题，四卷本丁集作"寿钱塘弟，正月十六日，时新居成"。

【启勋案】

祐之奉母南迁，居浮梁。集中赠祐之词十余首，见乙集者一二首，见丙、丁集者亦不过一二首，余俱见甲集。所谓"新居"者，如在浮梁，则此词定是早年作。但丁集题作"钱塘弟"，岂祐之复自浮梁迁临安耶？

又

遣兴

醉里且贪欢笑，要愁那得工夫。近来始觉古人书。信著全无是处。　　昨夜松边醉倒，问松我醉何如。只疑松动要人扶。以手推松曰去。

又

和晋臣登悠然阁

一柱中擎远碧，两峰旁耸高寒。横陈削尽短长山。莫把一分增减。　　我望云烟目断，人言风景天悭。被公诗笔尽追还。重上层梯一览。

【校】

    题，信州本作"悠然阁"三字。从四卷本丁集。

    "旁耸"，丁集"耸"作"倚"。

    "重上"，丁集"重"作"更"。

    "层梯"，丁集"梯"作"楼"。

又

示儿曹以家事付之

万事烟云忽过，百年蒲柳先衰。而今何事最相宜。宜醉宜游宜睡。　　早趁催科了纳，更量出入收支。乃翁依旧管些儿。管竹管山管水。

【校】

    "百年"，四卷本丙集作"一身"。

又

题可卿影像

人道偏宜歌舞，天教只入丹青。喧天画鼓要他听。把着花枝不应。　　何处娇魂瘦影，向来软语柔情。有时醉里唤卿卿。却被旁人笑问。

【启勋案】

此词信州十二卷本失载。见四卷本丙集。

又

堂上谋臣帷幄，边头猛将干戈。天时地利与人和。燕可伐与曰可。　　此日楼头鼎鼎，他时剑履山河。都人齐和大风歌。管领群臣来贺。

【饮冰室考证】

丁集本有此词，唯汲古阁本《龙州词》亦有之。为稼轩作，抑刘改之作，固已传闻异词。《吴礼部诗话》则谓："不唯非辛作，并非刘作，实当时京师人之小词也。"

【启勋案】

右之考证并词，同见于信州本之眉。信州本无此一首。刘改之尝在先生幕，二人作品有误入之可能，但无确实反证。既载于丁集，故伯兄亦不否认。《吴礼部诗话》亦不过否认而已，并未举出有力之反证。《龙洲词》有异文，录之如下："堂上谋臣樽俎，边头将士干戈。天时地利与人和。燕可伐与曰可。　　今日楼头鼎鼎，明年带砺山河。大家齐唱大风歌，同日四方来贺。"

朝中措

夜深残月过山房。睡觉北窗凉。起绕中庭独步，一天星斗文章。　　朝来客话，山林钟鼎，那处难忘。君向沙头细问，白鸥知我行藏。

又

九日小集，时杨世长将赴南宫

年年团扇怨秋风。愁绝宝杯空。山下卧龙丰度，台前戏马英雄。　　而今休也，花残一似，人老花同。莫怪东篱韵减，只今丹桂香浓。

【校】

"宝杯"，《历代诗余》"宝"作"玉"。

清平乐

木樨

月明秋晓。翠盖团团好。碎剪黄金教恁小。都著叶儿遮了。　　打来休似年时。小窗能有高低。无顿许多香处，只消三两枝儿。

【校】

"教恁小"，《历代诗余》"教"作"敷"。

又

再赋

东园向晓。阵阵西风好。唤起诗人金小小。翠羽玲珑装

了。　　一枝枕畔开时。罗帏翠幕低垂。恁地十分遮护，打
窗早有蜂儿。

【校】

　　"低垂"，信州本作"垂低"。从四卷本丙集。《历代诗余》作
"低垂"。

【启勋案】

　　右第一首，四卷本失载。第二首见丙集。用前韵，自是同时作。

又

忆吴江赏木樨

　　少年痛饮。忆向吴江醒。明月团团高树影。十里水沉烟
冷。　　大都一点宫黄。人间直恁芳芬。怕是秋天风露，染
教世界都香。

【校】

　　题，四卷本丙集作"谢叔良惠木樨"。
　　"团团"，丙集作"团圆"。
　　"水沉烟冷"，丙集作"蔷薇水冷"。

又

　　清词索笑。莫厌银杯小。应是天孙新与巧。剪恨裁愁句

好。　　　有人梦断关河。小窗日饮亡何。想是重帘不卷，泪痕滴尽湘娥。

又

春宵睡重。梦里还相送。枕畔起寻双玉凤。半日才知是梦。　　　一从卖翠人还。又无音信经年。却把泪来做水，流也流到伊边。

【启勋案】
此一首信州十二卷本失载，见四卷本丙集。

菩萨蛮
赠张医道服为别，且令馈河豚

万金不换囊中术。上医元自能医国。软语到更阑。绨袍范叔寒。　　　江头杨柳路。马踏春风去。快趁两三杯。河豚欲上来。

又
赵晋臣席上。时张菩提叶灯，赵茂嘉扶病携歌者

看灯元是菩提叶。依然会说菩提法。法似一灯明。须臾千万灯。　　　灯边花更满。谁把空花散。说与病维摩。而今

天女歌。

又
题云岩

　　游人占却岩中屋。白云只在檐头宿。啼鸟苦相催。夜深归去来。　　松篁通一径。噀嗲山花冷。今古几千年。西乡小有天。

【校】
　　三、四句,四卷本丙集作"谁解探玲珑,青山十里空"。

又
重到云岩,戏徐斯远

　　君家玉雪花如屋。未应山下成三宿。啼鸟几曾催。西风犹未来。　　山房连石径。云卧衣裳冷。倩得李延年。清歌送上天。

【启勋案】
　　《广信府志》:"云岩在铅山西十八里。两崖峻嶒,缘径数百步始至其巅。"前一首见丙集。后一首四卷本失载,见信州本。以同韵知是同时作。又第一首三、四两句"珑""空"两韵异,可见十二卷乃改定本。

又

赠周国辅侍人

画楼影醮清溪水。歌声响彻行云里。帘幕燕双双。绿杨低映窗。　　曲中特地误。要试周郎顾。醉里客魂消。春风大小乔。

【启勋案】

此一首信州十二卷本失载，见四卷本丙集。

卜算子

寻春作

修竹翠萝寒，迟日江山暮。幽径无人独自芳，此恨知无数。　　只共梅花语，懒逐游丝去。著意寻春不肯香，香在无寻处。

【校】

题，四卷本丁集无。

"翠萝"，丁集"萝"作"罗"。

"梅花语"，"语"字丁集脱。

又

为人赋荷花

红粉靓梳妆，翠盖低风雨。占断人间六月凉，明月鸳鸯浦。　　根底藕丝长，花里莲心苦。只为风流有许愁，更衬佳人步。

【校】
　　题，四卷本丁集作"荷花"。

又

闻李正之茶马讣音

　　欲行且起行，欲坐重来坐。坐坐行行有倦时，更枕闲书卧。　　病是近来身，懒是从前我。净扫瓢泉竹树阴，且恁随缘过。

【校】
　　题，四卷本丁集无。

【饮冰室考证】
　　此题想是误著。

【启勋案】
　　右之考证见信州本此词之下。案先生与李正之有赠答，见本集。玩此词，似不是闻讣之作。

又

饮酒败德

　　盗跖傥名丘，孔子如名跖。跖圣丘愚直到今，美恶无真实。　　简策写虚名，蝼蚁侵枯骨。千古光阴一霎时，且进杯中物。

【校】
"如名"，四卷本丁集"如"作"还"。

又
齿落

刚者不坚牢，柔的难摧挫。不信张开口角看，舌在牙先堕。　　已阙两边厢，又豁中间个。说与儿曹莫笑翁，狗窦从君过。

【校】
"柔的"，四卷本丁集"的"作"者"。

又
饮酒成病

一个去学仙，一个去学佛。仙饮千杯醉似泥，皮骨如金石。　　不饮更康强，佛寿须千百。八十余年入涅槃，且进杯中物。

【校】
"康强"，信州本"强"作"疆"。从四卷本丁集。
"涅槃"，信州本"槃"作"盘"。从四卷本丁集。

又

饮酒不写书

一饮动连宵，一醉长三日。废尽寒温不写书，富贵何由得。　　请看冢中人，冢似当时笔。万札千书只恁休，且进杯中物。

丑奴儿

书博山道中壁

少年不识愁滋味，爱上层楼。爱上层楼。为赋新词强说愁。　　而今识尽愁滋味，欲说还休。欲说还休。却道天凉好个秋。

【校】

题，信州本无。从四卷本丙集。

又

此生自断天休问，独倚危楼。独倚危楼。不信人间别有愁。　　君来正是眠时节，君且归休。君且归休。说与西风一任秋。

【启勋案】

此一首四卷本失载，但与前首同韵，当是同时作。

又
和铅山陈簿韵二首

鹅湖山下长亭路，明月临关。明月临关。几阵西风落叶干。　　新词谁解裁冰雪，笔墨生寒。笔墨生寒。会说离愁千万般。

【校】

　　题，四卷本丁集无。

又

年年索尽梅花笑，疏影黄昏。疏影黄昏。香满东风月一痕。　　清诗落叶无人寄，雪艳冰魂。雪艳冰魂。浮玉溪头烟树村。

【校】

　　"月一痕"，《历代诗余》"月"作"玉"。

【启勋案】

　　此一首四卷本丁集失载。但信州本题作二首。两词相连接，当是前题。玉溪，亦名浮玉溪，源发玉山县之怀玉山。

浣溪沙
偕杜叔高、吴子似宿山寺，戏作

花向今朝粉面匀。柳因何事翠眉颦。东风吹雨细于尘。

自笑好山如好色，只今怀树更怀人。闲愁闲恨一番新。

【校】

"一番"，信州本"番"作"翻"。从四卷本丙集。

又

歌串如珠个个匀。被花勾引笑和韶。向来惊动画梁尘。
莫倚笙歌多乐事，相看红紫又抛人。旧巢还有燕泥新。

又

父老争言雨水匀。眉头不似去年韶。殷勤谢却甑中尘。
啼鸟有时能劝客，小桃无赖已撩人。梨花也作白头新。

【启勋案】

右三词第一首见丙集，余两首四卷本失载，但同韵，当是同
时作。

又

席上赵景山提干赋溪台和韵

台倚崩崖玉灭痕。青山却作捧心韶。远林烟火几家村。
引入沧浪鱼得计，展成寥阔鹤能言。几时高处见层轩。

【校】

"灭痕"，四卷本丙集"痕"作"瘢"。

又

妙手都无斧凿痕。饱参佳处却成颦。恰如春入浣花村。
笔墨今宵光有艳，管弦从此悄无言。主人席次两眉轩。

【启勋案】

此一首不载于四卷本，然用前首韵，当是同时作。

又
种松竹未成

草木于人也作疏。秋来咫尺异荣枯。空山岁晚孰华余。
孤竹君穷犹抱节，赤松子嫩已生须。主人相爱肯留无。

山花子
答傅岩叟酬春之约

艳杏夭桃两行排。莫携歌舞去相催。次第未堪供醉眼，去
年栽。　　春意才从梅里过，人情都向柳边来。咫尺东家还
又有，海棠开。

又
用韵谢傅岩叟瑞香之惠

句里明珠字字排。多情应也被春催。怪得名花和泪送，雨中栽。　　赤脚未安芳斛稳，娥眉早把橘枝来。报道锦薰笼底下，麝脐开。

【启勋案】

右第一首见丙集，第二首四卷本失载。以同韵，知是同时作。

又
与客赏山茶，一朵忽堕地，戏作

酒面低迷翠被重。黄昏院落月朦胧。堕髻啼妆孙寿醉，泥秦宫。　　试问花留春几日，略无人管雨和风。瞥向绿珠楼下见，堕残红。

浪淘沙
山寺夜半闻钟

身世酒杯中。万事皆空。古来三五个英雄。雨打风吹何处是，汉殿秦宫。　　梦入少年丛。歌舞匆匆。老僧夜半误鸣钟。惊起西窗眠不得，卷地西风。

锦帐春

席上和杜叔高

春色难留，酒杯常浅。更旧恨、新愁相间。五更风，千里梦。看飞红几片。这般庭院。　　几许风流，几般娇懒，问相见、何如不见。燕飞忙，莺语乱。恨重帘不卷。翠屏平远。

东坡引

闺怨

玉纤弹旧怨。还敲绣屏面。清歌目送西风雁。雁行吹字断。雁行吹字断。　　夜深拜月，琐窗西畔。但桂影、空阶满。翠帷自掩无人见。罗衣宽一半。罗衣宽一半。

【校】

"拜月"，《历代诗余》"拜"字下有"半"字。

又

君如梁上燕。妾如手中扇。团团青影双双伴。秋来肠欲断。秋来肠欲断。　　黄昏泪眼，青山隔岸。但咫尺、如天远。病来只谢傍人劝。龙华三会愿。龙华三会愿。

又

花梢红未足。条破惊新绿。重帘下遍阑干曲。有人春睡
熟。有人春睡熟。　　鸣禽破梦云偏亸。起来香腮褪红玉。
花时爱与愁相续。罗裙过半幅。罗裙过半幅。

【校】

"偏亸",《历代诗余》"偏"字下有"目"字。

夜游宫
苦俗客

几个相知可喜。才厮见、说山说水。颠倒烂熟只这是。
怎奈向,一回说,一回美。　　有个尖新底。说底话、非名
即利。说的口干罪过你。且不罪,俺略起,去洗耳。

唐河传
效花间体

春水。千里。孤舟浪起。梦携西子。觉来村巷夕阳斜。
几家。短墙红杏花。　　晚云做造些儿雨。折花去。岸上谁
家女。太狂颠。那边。柳绵。被风吹上天。

【校】

"那边",四卷本丙集作"那岸边"。

醉花阴
为人寿

黄花谩说年年好。也趁秋光老。绿鬓不惊秋，若斗尊前，人好花堪笑。　　蟠桃结子知多少。家住三山岛。何日跨归鸾，沧海飞尘，人世因缘了。

【校】

题，四卷本丁集无。

"归鸾"，信州本"归"作"飞"从四卷本丁集。

品令
族姑庆八十，来索俳语

更休说。便是个、住世观音菩萨。甚今年、容貌八十岁，见底道、才十八。　　莫献寿星香烛，莫祝灵椿龟鹤。只消得、把笔轻轻去，十字上、添一撇。

【校】

"灵椿龟"，四卷本丙集作"重龟椿"。

河渎神
女城祠，效花间体

芳草绿萋萋。断肠绝浦相思。山头人望翠云旗。蕙肴桂酒君归。　　惆怅画檐双燕舞。东风吹散灵雨。香火冷残箫鼓。斜阳门外今古。

武陵春
春兴

桃李风前多妩媚，杨柳更温柔。唤取笙歌烂熳游。且莫管闲愁。　　好趁晴时连夜赏，雨便一春休。草草杯盘不要收。才晚又扶头。

【校】

"晴时"，四卷本丙集作"春晴"。

点绛唇

身后虚名，古来不换生前醉。青鞋自喜。不踏长安市。　　竹外僧归，路指霜钟寺。孤鸿起。丹青手里。剪破松江水。

生查子
有觅词者，为赋

去年燕子来，绣户深深处。花径得泥归，都把琴书污。　　今年燕子来，谁听呢喃语。不见卷帘人，一阵黄昏雨。

又

青山招不来，偃蹇谁怜汝。岁晚太寒生，唤我溪边住。
山头明月来，本在高高处。夜夜入清溪，听读离骚去。

【校】

"溪边"，《历代诗余》"边"作"头"。

"高高"，信州本作"天高"。从四卷本丁集。《历代诗余》作
"天高"。

又

简吴子似县尉

高人千丈崖，太古储冰雪。六月火云时，一见森毛发。
俗人如盗泉，照影都昏浊。高处挂吾瓢，不饮吾宁渴。

【校】

题，四卷本丁集作"简子似"。

又

和赵晋臣敷文春雪

漫天春雪来，才抵梅花半。最爱雪边人，楚些裁成乱。
雪儿偏能歌，只要金杯满。谁道雪天寒，翠袖阑干暖。

昭君怨

　　人面不如花面。花到开时重见。独倚小阑干。许多山。
落叶西风时候。人共青山都瘦。说道梦阳台。几曾来。

【校】

　　"说道"，信州本"道"作"到"。从四卷本丙集。

乌夜啼

　　晚花露叶风条。燕燕高。行过长廊西畔，小红桥。
歌再唱，人再舞，花才消。更把一杯重劝，摘樱桃。

【校】

　　"燕燕"，《历代诗余》作"燕双"。
　　"再唱"，四卷本丙集"唱"作"起"。

卷六

共一百十九首

年　嘉泰二年壬戌至开禧三年丁卯

岁　六十三至六十八

地　会稽　京口　瓢泉

临江仙

壬戌岁生日书怀

六十三年无限事，从头悔恨难追。已知六十二年非。只应今日是，后日又寻思。 少是多非唯有酒，何须过后方知。从今休似去年时。病中留客饮，醉里和人诗。

【启勋案】

此词题有"壬戌"二字，而不见于四卷本。先生自福州归来以后，优游于泉石间者，于兹八年。为平生家居最长之时期。此八年中，最初一年居上饶，余七年则居铅山。翌年癸亥起任浙帅。从此又浮沉宦海者三年。至六十七岁丙寅，复居铅山，卒于丁卯。丁集无此词，而会稽、京口诸作亦不一见，可证四卷本乃截上于辛酉。又辛酉生日之《柳梢青》不载于丁集，而载于丙集，又可证丙、丁两集乃同时先后出。想因自乙集以后，先生闲居八年，作品甚多，且又兼辑甲、乙二集之所遗，若载以一卷，则篇幅未免与甲、乙二集太相悬，乃分装两卷，合为甲、乙、丙、乙四集。此丙、丁两集之次序所以独凌乱也。

汉宫春

会稽秋风亭观雨

亭上秋风，记去年袅袅，曾到吾庐。山河举目虽异，风景非殊。功成者去，觉团扇、便与人疏。吹不断，斜阳依旧，茫茫禹迹都无。 千古茂陵词在，甚风流章句，解拟相如。只今木落江冷，眇眇愁余。故人书报，莫因循、忘却莼鲈。谁念我，新凉灯火，一编太史公书。

【校】

"茂陵"，《历代诗余》"陵"作"林"。

"词在"，《历代诗余》"词"作"犹"。

【饮冰室考证】

以下四首皆嘉泰辛酉至甲子数年中作。

【启勋案】

此词作于癸亥，正先生帅越时。丘宗卿有次韵一首，题为"和辛幼安秋风亭韵，癸亥中秋前二日"："闻说瓢泉，占烟霏空翠，中着精庐。旁连吹台燕榭，人境清殊。犹疑未足，称主人、胸次恢疏。天自与，相攸佳处，除今禹会应无。　　选胜卧龙东畔，望蓬莱堆起，岩壑屏如。秋风夜凉弄笛，明月邀予。三英笑粲，更吴天、不隔莼鲈。新度曲，银钩照眼，争看阿素工书。"姜白石亦有和章，题"次韵稼轩"云，曰："归欤，纵垂天曳曳，终反衡庐。扬州十年一梦，俯仰差殊。秦碑越殿，悔旧游、作计全疏。分付与，高怀老尹，管弦丝竹宁无。　　知公爱山入剡，若南寻李白，问讯何如。年年雁飞波上，愁亦关予。临皋领客，向月边、携酒携鲈。今但借，秋风一榻，公歌我亦能书。"张功甫有和章，题"稼轩帅浙东，作秋风亭成，以长短句寄余，欲和久之。偶霜晴，小楼登眺，因次来韵代书奉酬"："城畔芙蓉，爱吹晴映水，光照围庐。清霜乍雕岸柳，风景偏殊。登楼念远，望越山、青补林疏。人正在，秋风亭上，高情远解知无。　　江南久无豪气，看规恢意慨，当代谁如。乾坤尽归妙用，何处非余。骑鲸浪海，更那须、采菊思驴。应会得，文章事业，从来不在诗书"。读张功甫词题及丘宗卿和章，乃知秋风亭为先生帅浙时手创。功甫名镃，秦川人。先生到处建筑，亦其特性。到滁州建奠枕楼、繁雏馆，到会稽又建秋风亭。以下和韵二首自是同时作。（癸亥）

【启勋案】

　　伯兄著《稼轩先生年谱》，至庆元庚申而止。此一首之考证，乃批于信州本之眉。

又
答李兼善提举和章

　　心似孤僧，更茂林修竹，山上精庐。维摩定自非病，谁遣文殊。白头自昔，叹相逢、语密情疏。倾盖处，论心一语，只今还有公无。　　最喜阳春妙句，被西风吹堕，金玉铿如。夜来归梦江上，父老欢余。荻花深处，唤儿童、吹火烹鲈。归去也，绝交何必，更修山巨源书。

【校】

　　"自昔"，《历代诗余》"昔"作"惜"。

又
答吴子似总干和章

　　达则青云，便玉堂金马，穷则茅庐。逍遥小大自适，鹏鷃何殊。君如星斗，灿中天、密密疏疏。荒草外，自怜萤火，清光暂有还无。　　千古季鹰犹在，向松江道我，问讯何如。白头爱山下去，翁定嗔余。人生谩尔，岂食鱼、必鲙之鲈。还自笑，君诗顿觉，胸中万卷藏书。

【校】

"顿觉"，《历代诗余》"顿"作"频"。

又

会稽蓬莱阁怀古

秦望山头，看乱云急雨，倒立江湖。不知云者为雨，雨者云乎。长空万里，被西风、变灭须臾。回首听，月明天籁，人间万窍号呼。　　谁向若耶溪上，倩美人西去，麋鹿姑苏。至今故国人望，一舸归欤。岁云暮矣，问何不、鼓瑟吹竽。君不见，王亭谢馆，冷烟寒树啼乌。

【启勋案】

此词姜白石有和章，题"次韵稼轩蓬莱阁"："一顾倾吴，苎萝人不见，烟杳重湖。当时事如对弈，此亦天乎。大夫仙去，笑人间、千古须臾。有倦客，扁舟夜泛，犹疑水鸟相呼。　　秦山对楼自绿，怕越王故垒，时下樵苏。只今倚阑一笑，然则非欤。小丛解唱，倩松风、为我吹竽。更坐待，千岩月落，城头渺渺啼乌"。

案：《元和郡县志》："浙东观察使治越州。秦会稽郡，汉顺帝时浙江东西分吴越。隋改越州。"《名胜志》："南渡后，始改名绍兴府。"又："蓬莱阁在州治设厅之后，吴越钱王所建。"《旧记》云："蓬莱山正偶会稽。"王象之《舆地纪胜》："绍兴郡治在卧龙山上。蓬莱阁在郡设厅后，取元微之'我是玉皇香案吏，谪居犹得近蓬莱'

句也。"《读史方舆纪要》："秦望山在江阴县西南二十七里。本名峨耳山。秦始皇常登此山四望，因名。"又："秦望山属仁和县，在杭州府西南十里。"《舆地志》："秦始皇东游，登山瞻望，欲渡会稽。因名。"（癸亥）

上西平

会稽秋风亭观雪

九衢中，杯逐马，带随车。问谁解、爱惜琼华。何如竹外，静听窣窣蟹行沙。自怜是海山头，种玉人家。　　纷如斗，娇如舞，才整整，又斜斜。要图画、还我渔蓑。冻冷应笑，羔儿无分漫煎茶。起来极目，向弥茫、数尽归鸦。

【启勋案】

　　前四首《汉宫春》有丘宗卿和韵，知是嘉泰三年癸亥作。《上西平》一首，疑亦本年作。案丘宗卿名崈，江阴军人。隆兴元年进士。姜白石名夔，字尧章，鄱阳人。流寓吴兴。故嘉泰初先生帅越时，得以常相酬唱。

　　案：宁宗嘉泰三年癸亥，先生六十四岁。

满江红

紫陌飞尘，望十里、雕鞍绣毂。春未老、已惊台榭，瘦红肥绿。睡雨海棠犹倚醉，舞风杨柳难成曲。问流莺、能说故园无，曾相熟。　　　岩泉上，飞凫浴。巢林下，栖禽宿。
恨荼蘼开晚，谩翻船玉。莲社岂堪谈昨梦，兰亭何处寻遗
墨。但羁怀、空自倚秋千，无心蹴。

【校】

"船玉"，《历代诗余》"船"作"红"。

【启勋案】

此词无题，亦不见于四卷本。以伯兄考证之原则例之，当是壬戌
以后作。虽则"兰亭"二字如此用法，未能即据为会稽作，但此词乃
他乡作客而非家居，玩文自知。壬戌以后，先生宦游在外者，唯会稽
与京口两地。此词写山水明秀，绝非京口。因以附于癸亥。莲社似亦
先生同人，铅山宴会地南涧、介庵诸人集中常道之。

又案：先生帅浙东之年月，据辛敬甫所编之《年谱》，谓在庆元
四年戊午。据《朝野杂记》及《续通鉴》，则皆云在嘉泰三年癸亥
冬。以余所考，言戊午者实失之太早，言癸亥冬者亦失之太迟。丘
宗卿所和秋风亭观雨之《汉宫春》词，既题作"癸亥中秋前二日"
云云，则先生之到浙东，最迟亦在中秋前。其必非癸亥冬，明矣。
此所谓铁板证据，不容疑问者也。至于言戊午者之必失之太早，则
以戊、己、庚、辛、壬诸年之作品，乃在铅山，而非会稽，证据甚
多。即"壬戌岁生日书怀"之《临江仙》，词意亦似仍在家中。则戊
午之说，其必为太早无疑矣。

鹧鸪天

东阳道中

扑面征尘去路遥。香篝渐觉水沉销。山无重数周遭碧，

花不知名分外娇。 人历历，马萧萧。旌旗又过小红桥。愁边剩有相思句，摇断吟鞭碧玉稍。

【校】

题，信州本无。《花庵》作"东阳道中"。

【启勋案】

此词不见于四卷本。信州十二卷本有之而无题。《花庵》题作"东阳道中"，今从之。东阳县乃浙江金华府属，知是嘉泰三年癸亥帅浙时作。读"旌旗又过小红桥"之句，颇似安抚使赴任。若游览湖山，未必以旌旗开道也。《读史方舆纪要》："东阳县在金华府东百三十里。在汉名乌伤县。唐初为义乌县，垂拱二年析置东阳县。五代梁开平四年，钱镠奏改东场。宋咸平二年复名东阳。"

又

和陈提干

剪烛西窗夜未阑。酒豪诗兴两联绵。香喷瑞兽金三尺，人插云梳玉一弯。 倾笑语，捷飞泉。觥筹到手莫留连。明朝再作东阳约，肯把鸾胶续断弦。

【启勋案】

此词见《补遗》。因有"明朝再作东阳约"之句，当是浙中作。姑汇附于此。

渔家傲

湖州幕官作舫室

风月小斋模画舫。绿窗朱户江湖样。酒是短桡歌是桨。和情放。醉乡稳到无风浪。　　自有拍浮千斛酿。从教日日蒲桃涨。门外独醒人也访。同俯仰。赏心却在鸱夷上。

【饮冰室考证】

先生与湖州关系极薄。

【启勋案】

右之考证，见于《补遗》本调之跋。此词见《补遗》，无年月可考。姑以附于浙江诸词之后。

永遇乐

京口北固亭怀古

千古江山，英雄无觅，孙仲谋处。舞榭歌台，风流总被，雨打风吹去。斜阳草树，寻常巷陌，人道寄奴曾住。想当年、金戈铁马，气吞万里如虎。　　元嘉草草，封狼居胥，赢得仓皇北顾。四十三年，望中犹记，烽火扬州路。可堪回首，佛狸祠下，一片神鸦社鼓。凭谁问、廉颇老矣，尚能饭否。

【校】

"可堪"，《历代诗余》"堪"作"怜"。

【饮冰室考证】

绍兴三十二年，公知忠义军常书记，奉表归朝。嘉泰四年，公知镇江府。相距恰四十三年。别本"烽火"或作"灯火"，非。此句正言归朝时出入烽火中耳。

【启勋案】

右之考证，乃伯兄批于信州本本阕之眉。《宋史》本传："绍兴三十二年，耿京遣将贾端与弃疾奉表来归。高宗召见，授承务郎。即以京知东平府节度使。"先生北还复命，行至海州，闻张安国已杀耿京，降金。乃径趋金营，即众中缚安国以归，献俘行在。斩安国于市。嘉泰四年，先生在浙东帅任召见。力言金必内乱，请朝庭备战。上嘉许，寻差知镇江府。

案：此词白石有和章，题曰"北固亭次稼轩韵"："云隔迷楼，苔封很石，人向何处。数骑秋烟，一篙寒汐，千古空来去。使君心在，苍崖绿嶂，苦被北门留住。有尊中、酒差可饮，大旗尽绣熊虎。

前身诸葛，来游此地，数语便酬三顾。楼外冥冥，江皋隐隐，认得征西路。中原生聚，神京耆老，南望长淮金鼓。问当时、依依种柳，至今在否。"白石此词，乃追写先生四十三年前之英姿。

案：宁宗嘉泰四年甲子，先生六十五岁。

南乡子

登京口北固亭有怀

何处望神州。满眼风光北固楼。千古兴亡多少事，悠悠。不尽长江滚滚流。　　年少万兜鍪，坐断东南战未休。天下英雄谁敌手。曹刘。生子当如孙仲谋。

瑞鹧鸪
京口有怀山中故人

暮年不赋短长词。和得渊明数首诗。君自不归归甚易，今犹未足足何时。　　偷闲定向山中老，此意须教鹤辈知。闻道只今秋水上，故人曾榜北山移。

【启勋案】

此词韩南涧有和章，题"辛镇江有长短句，因韵偶成，愧非禹步尔"："南兰陵郡鹧鸪词。底用登临更赋诗。贵不能淫非一日，老当益壮未多时。　　人间天上风云会，眼底眉前岁月知。只有海门横北固，宦情随牒想推移。"先生守京口只此一年，南涧题为"辛镇江"，自是此时作。

又
京口病中起登连沧观偶成

声名少日畏人知。老去行藏与愿违。山草旧曾呼远志，故人今有寄当归。　　何人可觅安心法，有客来观杜德机。却笑使君那得似，清江万顷白鸥飞。

【启勋案】

《舆地纪胜》："连沧观在镇江府治。乃一郡之绝胜处。"先生以嘉泰四年自浙帅任召见，寻差知镇江府。渡江献俘之旧游重认，而规复神州之壮志已无可酬之希望，故《瑞鹧鸪》两首倍觉阑珊。

又

胶胶扰扰几时休。一出山来不自由。秋水观中山月夜，停云堂下菊花秋。 随缘道理应须会，过分功名莫强求。先_{去声}。自一身愁不了，那堪愁上更添愁。

【启勋案】

秋水观、停云堂皆先生瓢泉宅中之庭院。此词似亦与前首同时作。到此追怀往事，受极大刺激，宦情阑珊，觉此次出山之非计，而想念铅山故居也。

生查子

题京口郡治尘表亭

悠悠万世功，矻矻当年苦。鱼自入深渊，人自居平土。红日又西沉，白浪长东去。不是望金山，我自思量禹。

【启勋案】

此亦当是甲子作。《读史方舆纪要》："京口属秦会稽郡。汉因之。三国时孙权自吴徙都于丹徒，故有京口之名。自晋至隋，京口常为重镇。隋初废为延陵县，开皇十五年置润州，旋废。唐武德三年复之。开宝八年改军名曰镇江。政和三年升镇江府。"又："北固山在城北一里，下临长江，三面滨水，回岭斗绝，势最险固。蔡谟起楼其上，以贮军实。谢安复营葺之，即所谓北固楼，亦曰北固亭。大同十年武帝改名。北固有甘露寺，据山之麓，乃三国时吴甘露中所建也。"

瑞鹧鸪

乙丑奉祠归，舟次余干赋

江头日日打头风。憔悴归来邷曼容。郑贾正应求死鼠，叶公岂是好真龙。　　孰居无事陪犀首，未办求封遇万松。却笑千年曹孟德，梦中相对也龙钟。

【启勋案】

《读史方舆纪要》："余干县在饶州南百二十里。春秋时为越西境，所谓干越也。汉为余汗县。刘宋改汗为干。隋平陈，县属饶州。"

玉楼春

乙丑京口奉祠西归，将至仙人矶

江头一带斜阳树。总是六朝人住处。悠悠兴废不关心，唯有沙洲双白鹭。　　仙人矶下多风雨。好卸征帆留不住。直须抖擞尽尘埃，却趁新凉秋水去。

【启勋案】

辛敬甫《稼轩先生年谱》："开禧元年乙丑，先生在镇江任。坐谬举，降朝散大夫。按《桯史》，先生守南徐，即以是年去。又按《洺水集》，乙丑先生免归，有《玉楼春》《满鹧鸪》词。"

案：先生之政治生涯，即以此年为结束矣。《宋史》本传虽有翌年"进龙图阁、知江陵府，令赴行在奏事，试兵部侍郎"事，但辞未就。《玉楼春》词之结句"却趁新凉秋水去"，亦可证，秋水观乃瓢泉宅中之一院落也。仙人矶，亦名三山矶，距采石矶不远。陈尧佐尝泊舟矶下，一老叟告之曰：明日之午有大风，宜避之。至时果然，行舟尽覆。故名。

案：宁宗开禧元年乙丑，先生六十六岁。

菩萨蛮

江摇病眼昏如雾。送愁直到津头路。归念乐天诗。人生足别离。　　云屏深夜语。梦到君知否。玉箸莫偷垂。断肠天不知。

又

西风都是行人恨。马头渐喜归期近。试上小红楼。飞鸿字字愁。　　阑干闲倚处。一带山无数。不似远山横。秋波相共明。

【启勋案】

此二首不载于四卷本。当是壬戌以后作。老病江行，似是由京口归家时。因以附于乙丑。第二首之"马头渐喜归期近"，亦是客路归家时作。壬戌以后，先生由客中归来，亦唯此一年。

满江红
呈赵晋臣敷文

老子平生，原自有、金盘华屋。还又要、万间寒士，眼前突兀。一舸归来轻似叶，两翁相对清如鹄。道如今、吾亦爱吾庐，多松菊。　　人道是，荒年谷。还又似，丰年玉。甚等闲却为，鲈鱼归速。野鹤溪边留杖屦，行人墙外听丝竹。问近来、风月几篇诗，三千轴。

【启勋案】

此词不载于四卷本。似是晚年作。且先生与晋臣交甚晚，唱和之作，甲集无一焉。考先生自营庐舍后罢官归来，只有三次：一罢隆兴帅任归上饶，一罢福州帅任归上饶，一罢知镇江府归铅山。晋臣家铅山，且篇中"两翁相对清如鹄"语，作年似甚晚可见。"一舸归来"当是由镇江归铅山。因以附于丙寅。

案：宁宗开禧二年丙寅，先生六十七岁。

又
游清风峡和赵晋臣敷文韵

两峡崭岩，问谁占、清风旧筑。更满眼、云来鸟去，涧红山绿。世上无人供笑傲，门前有客休迎肃。怕凄凉、无物伴君时，多栽竹。　　风采妙，凝冰玉。诗句好，余膏馥。叹只今人物，一夔应足。人似秋鸿无定住，事如飞弹须圆熟。笑君侯、陪酒又陪歌，阳春曲。

【校】

"更满眼"，《历代诗余》作"满眼里"。

【启勋案】

《舆地纪胜》："清风峡在铅山县西北五里。嘉祐中刘辉之道于所居之旁，得土山，洗而出石，因名。"此与前首疑是同年作。

临江仙

戏为期思詹老寿

手种门前乌桕树，而今千尺苍苍。田园只是旧耕桑。杯盘风月夜，箫鼓子孙忙。　　七十五年无事客，不妨两鬓如霜。绿窗划地调红妆。更从今日醉，三万六千场。

【启勋案】

此词不载四卷本。计自壬戌后，得家居与野老话桑麻者，唯最后之两年，因以系于丙寅。

鹊桥仙

席上和赵晋臣敷文

少年风月，少年歌舞，老去方知堪羡。叹折腰五斗赋归来，问走了、羊肠几遍。　　高车驷马，金章紫绶，传语渠侬稳便。问东湖、带得几多春。且看凌云笔健。

【启勋案】
　　此词不载于四卷本。当是壬戌以后作。读"叹折腰五斗赋归来，问走了、羊肠几遍"及"高车驷马，金章紫绶，传语渠侬稳便"等句，对于宦途已是澈底觉悟。壬戌以后，先生解绶归家，自是甲寅。

贺新郎

赋海棠

　　著厌霓裳素。染胭脂、苧罗山下，浣沙溪渡。谁与流霞千古酝，引得东风相误。从奥入、吴宫深处。鬓乱钗横浑不醒，转越江、划地迷归路。烟艇小，五湖去。　　当时倩得春留住。就锦屏、一曲种种，断肠风度。才是清明三月近，须要诗人妙句。笑援笔、殷勤为赋。十样蛮笺纹错绮，粲珠玑、渊掷惊风雨。重唤酒，共花语。

【校】
　　"才是"，《历代诗余》"是"作"得"。

【启勋案】
　　据伯兄考证，宋四卷本甲集辑于先生四十八岁丁未，乙集辑于五十二岁辛亥，丙、丁集辑于六十二岁辛酉，自是正确。故凡六十三岁以后，如会稽、京口诸作，唯见于信州十二卷本，四卷本无一焉。可见丙、丁集虽间有辑甲、乙集之遗，但必无壬戌以后作也。然而四卷本所无而见于信州本及《补遗》者，则通各时代都有。除将有确实考证者系诸年，余则汇录于此，以俟异日。

又

和吴明可给事安抚

世路风波恶。喜清时、边夫袖手，□将帷幄。正值春光二三月，两两燕穿帘幕。又怕个、江南花落。与客携壶连夜饮，任蟾光、飞上阑干角。何时唱，从军乐。　　归欤已赋居岩壑，悟人世、正类春蚕，自相缠缚。眼畔昏鸦千万点，□欠归来野鹤。都不恋、黑头黄阁。一咏一觞成底事，庆康宁、天赋何须药。金盏大，为君酌。

水调歌头

即席和金华杜仲高韵，并寿诸友，唯醼乃佳耳

万事一杯酒，长叹复长歌。杜陵有客刚赋，云外筑婆娑。须信功名儿辈，谁识年来心事，古井不生波。种种看余发，积雪就中多。　　二三子，问丹桂，倩素蛾。平生萤雪男儿，无奈五车何。看取长安得意，莫恨春风看尽，花柳自蹉跎。今夕且欢笑，明月镜新磨。

又

赋傅岩叟悠然阁

岁岁有黄菊，千载一东篱。悠然政须两字，长笑退之诗。自古此山原有，何事当时才见，此意有谁知。君起更斟

酒，我醉不须辞。　　　回首处，云正出，鸟倦飞。重来楼上
一句，端的与君期。都把轩窗写遍，更使儿童诵得，《归去
来兮辞》。万卷有时用，植杖且耘籽。

又

赋松菊堂

渊明最爱菊，三径也栽松。何人收拾千载，风味此山
中。手把离骚读遍，自扫落英餐罢，杖屦晓霜浓。皎皎太独
立，更插万芙蓉。　　　水潺湲，云颒洞，石巃嵸。素琴浊酒唤
客，端有古人风。却怪青山能巧，政尔横看成岭，转面已成峰。诗句
得活法，日月有新工。

又

落日古城角，把酒劝君留。长安路远何事，风雪敝貂
裘。散尽黄金身世，不管秦楼人怨，归计狎沙鸥。明夜扁舟
去，和月载离愁。　　　功名事，身未老，几时休。诗书万卷
致身，须到古伊周。莫学班超投笔，纵得封侯万里，憔悴老
边州。何处依刘客，寂寞赋登楼。

又

和马叔度游月波楼

客子久不到，好景为君留。西楼著意吟赏，何必问更

筹。唤起一天明月，照我满怀冰雪，浩荡百川流。鲸饮未吞海，剑气已横秋。　　野光浮，天宇迥，物华幽。中州遗恨不知，今夜几人愁。谁念英雄老矣，不道功名蕞尔，决策尚悠悠。此事费分说，来日且扶头。

又
巩采若寿

　　泰岳倚空碧，汶□卷云寒。萃兹山水奇秀，列宿下人寰。八世家传素业，一举手攀丹桂，依约笑谈间。宾幕佐储副，和气满长安。　　分虎符，来近甸，自金銮。政平讼简无事，酒社与诗坛。会看沙堤归去，应使神京再复，款曲问家山。玉佩揖空阔，碧雾翳苍鸾。

【饮冰室考证】

　　采若当与稼轩同乡，亦北人南归者。

　　案：右之考证，见于朱氏《彊村丛书·稼轩词补遗》本阕题下。此词诸本失载，唯见《补遗》，采若之名亦只见于此一首。

满江红
中秋

　　美景良辰，算只是、可人风月。况素节、扬辉长是，十分清彻。著意登楼瞻玉兔，何人张幕遮银阙。倩飞廉、得得为吹开，凭谁说。　　弦与望，从圆缺。今与昨，何区别。

羡夜来手把，桂花堪折。安得便登天柱上，从容陪伴酬佳
节。更如今、不听麈谈清，愁如发。

【校】

"手把"，《历代诗余》作"把手"。

又
暮春

点火樱桃，照一架、荼蘼如雪。春正好、见龙孙穿破，
紫苔苍壁。乳燕引雏飞力弱，流莺唤友娇声怯。问春归、不
肯带愁归，肠千结。　　　　层楼望，春山叠。家何在，烟波
隔。把古今遗恨，向他谁说。蝴蝶不传千里梦，子规叫断三
更月。听声声、枕上劝人归，归难得。

【启勋案】

此词不见四卷本。信州十二卷本有之而无题。辛启泰本题作
"暮春"，今从之。作客思家之作，集中殊不多见，但客于何方则难
考耳。先生对于家人之爱虽极厚（读《哭子诗》及寿其夫人词可
见），然殊不恋家。《信州府志》载，永丰县之博山寺侧，有稼轩书
舍，谓先生尝读书于此云。淳熙十二年以前且勿论，即上饶之宅落
成后，亦常独居此。醉卧博山寺、卧病于博山寺之作，集中屡见。
最奇异者，乃元日投宿博山寺一首，作于五十之年。时上饶之第宅
已成，上饶距博山极近，几等于郊外。旧社会之观念，视度岁为家
族之大典。有家而独居萧寺以度岁，宁非大奇？因此等事可作研究
先生性格之资料，故不惮繁冗而叙述之。又上饶之宅毁于火，集中

无一语及之，是亦一特性也。

又

风卷庭梧，黄叶坠、新凉如洗。一笑折、秋英同赏，弄香挼蘂。天远难穷休久望，楼高欲下还重倚。拚一襟、寂寞泪弹秋，无人会。　　今古恨，沉荒垒。悲欢事，随流水。想登楼青鬓，未堪憔悴。极目烟横山数点，孤舟月淡人千里。对婵娟、从此话离愁，金尊里。

又

和傅岩叟香月韵

半山佳句，最好是、吹香隔屋。又还怪、冰霜侧畔，蜂儿成簇。更把香来薰了月，却教影去斜侵竹。似神清、骨冷住西湖，何由俗。　　根老大，穿坤轴。枝夭矫，蟠龙斛。快酒兵长俊，诗坛高筑。一再人来风味恶，两三杯后花缘熟。记五更、联句失弥明，龙衔烛。

又

老子常年，饱经惯、花期酒约。行乐处、轻裘缓带，绣鞍金络。明月楼台箫鼓夜，梨花院落鞦韆索。共何人、对饮五三钟，颜如玉。　　嗟往事，空萧索。怀新恨，又飘泊。

但年来何待，许多幽独。海水连天凝望远，山风吹雨征衫薄。向此际、羸马独骎骎，情怀恶。

瑞鹤仙
赋梅

雁霜寒透幕。正护月云轻，嫩冰犹薄。溪奁照梳掠。想含香弄粉，艳妆难学。玉肌瘦弱。更重重、龙绡衬著。倚东风、一笑嫣然，转盼万花羞落。　　寂寞。家山何在，雪后园林，水边楼阁。瑶池旧约。鳞鸿更仗谁托。粉蝶儿只解，寻桃觅柳，开遍南枝未觉。但伤心、冷落黄昏，数声画角。

【校】
"鳞鸿"，《历代诗余》作"邻翁"。

【启勋案】
此词不见于四卷本。作年当甚晚。

洞仙歌
红梅

冰姿玉骨，自是清凉□。此度浓妆为谁改。向竹篱茅舍，几误佳期，招伊怪、满脸颜红微带。　　寿阳妆鉴里，应是承恩，纤手重匀异香在。怕等闲，春未到，雪里先开，风流嗷、说与群芳不解。更总做、北人未识伊，据品调、难作杏花看待。

上西平

送杜叔高

恨如新，新恨了，又重新。看天上、多少浮云。江南好景，落花时节又逢君。夜来风雨春归，似欲留人。　　尊如海，人如玉，诗如锦，笔如神。能几字，尽殷勤。江天日暮，何时重与细论文。绿杨阴里，听阳关、门掩黄昏。

【校】

"能几"，《历代诗余》"能"上有"更"字，合律。

千年调

庶庵小阁名曰卮言，作此词以嘲之

卮酒向人时，和气先倾倒。最要然然可可，万事称好。滑稽坐上，更对，鸱夷笑。寒与热，总随人，甘国老。少年使酒，出口人嫌拗。此个和合道理，近日方晓。学人言语，未会十分巧。看他门，得人怜，秦吉了。

江神子

赋梅寄余叔良

暗香横路雪垂垂。晚风吹。晓风吹。花意争春，先出岁寒枝。毕竟一年春事了，缘太早，却成迟。　　未应全是雪霜姿。欲开时。未开时。粉面朱唇，一半点胭脂。醉里谤花花莫恨，浑冷淡，有谁知。

又
和李能伯韵，呈赵晋臣

五云高处望西清。玉阶升。棣华荣。筑屋溪头，楼观画难成。长夜笙歌还起问，谁放月，又西沉。　　家传鸿宝旧知名。看长生。奉严宸。且把风流，水北画耆英。咫尺西风诗酒社，石鼎句，要弥明。

又
戏同官

留仙初试䌽罗裙。小腰身。可怜人。江国幽香，曾向雪中闻。过尽东园桃与李，还见此，一枝春。　　庾郎襟度最清真。挹芳尘。便情亲。南馆花深，清夜驻行云。拼却日高呼不起，灯半灭，酒微醺。

一剪梅
中秋无月

忆对中秋丹桂丛。花在杯中，月在杯中。今宵楼上一尊同。云湿纱窗，雨湿纱窗。　　浑欲乘风问化工。路也难通，信也难通。满堂唯有花烛红。杯且从容，歌且从容。

又

尘酒衣裾客路长。霜林已晚，秋蕊犹香。别离触处是悲凉。梦里青楼，不忍思量。　　天宇沉沉落日黄。云遮望眼，山割愁肠。满怀珠玉泪浪浪。欲倩西风，吹到兰房。

又

歌罢尊空月坠西。百花门外，烟翠霏微。绛纱笼烛照于飞。归去来兮，归去来兮。　　酒入香腮分外宜。行行问道，还肯相随。娇羞无力应人迟。何幸如之，何幸如之。

踏莎行
赋木犀

弄影阑干，吹香岩谷。枝枝点点黄金粟。未堪收拾付薰炉，窗前且把离骚读。　　奴仆葵花，儿曹金菊。一秋风露清凉足。傍边只欠个姮娥，分明身在蟾宫宿。

【校】
"欠个"，《历代诗余》作"是欠"。

又
和赵国兴知录韵

吾道悠悠，忧心悄悄。最无聊处秋光到。西风林外有啼鸦，斜阳山下多衰草。　　长忆商山，当年四老。尘埃也走咸阳道。为谁书到便幡然，至今此意无人晓。

又
春日有感

萱草齐阶，芭蕉弄叶。乱红点点团香蝶。过墙一阵海棠风，隔帘几处梨花雪。　　愁满芳心，酒潮红颊。年年此际伤离别。不妨横管小楼中，夜阑吹断千山月。

破阵子
赵晋臣敷文幼女县主觅词

菩萨丛中慧眼，硕人诗里娥眉。天上人间真福相，画就描成好靥儿。行时娇更迟。　　劝酒偏他最劣，笑时犹有些痴。更著十年君看取，两国夫人更是谁。殷勤秋水词。

临江仙

小靥人怜都恶瘦，曲眉天与长颦。沉思欢事惜腰身。枕添离别泪，粉落却深匀。　　翠袖盈盈浑力薄，玉笙袅袅愁新。夕阳依旧倚窗尘。叶红苔郁碧，深院断无人。

又

逗晓莺啼声昵昵，掩关高树冥冥。小渠春浪细无声。并床听夜雨，出藓辘轳青。　　碧草旋荒金谷路，乌丝重记兰亭。强扶残醉绕云屏。一枝风露湿，花重入疏棂。

又

春色饶君白发了，不妨倚绿偎红。翠鬟催唤出房栊。垂肩金缕窄，醮甲宝杯浓。　　睡起鸳鸯飞燕子，门前沙暖泥融。画楼人把玉西东。舞低花外月，唱彻柳边风。

又

金谷无烟宫树绿，嫩寒生怕春风。博山微透暖薰笼。小楼春色里，幽梦雨声中。　　别浦鲤鱼何日到，锦书封恨重重。海棠花下去年逢。也应随分瘦，忍泪觅残红。

又

手捻黄花无意绪，等闲行尽回廊。卷帘芳桂散余香。枯荷难睡鸭，疏雨暗添塘。　　忆得旧时携手处，如今水远山长。罗巾浥泪别残妆。旧欢新梦里，闲处却思量。

又

老去浑身无著处，天教只住山林。百年光景百年心。更欢须叹息，无病也呻吟。　　试向浮瓜沉李处，清风散发披襟。莫嫌浅后更频斟。要他诗句好，须是酒杯深。

蝶恋花
客有"燕语莺啼人乍远"之句，用为首句

燕语莺啼人乍远。却恨西园、依旧莺和燕。笑语十分愁一半。翠围特地春光暖。　　只道书来无过雁。不道柔肠、近日无肠断。柄玉莫摇湘泪点。怕君唤作秋风扇。

又

洗尽机心随法喜。看取尊前、秋思如春意。谁与先生宽发齿。醉时唯有歌而已。　　岁月何须溪上记。千古黄花、自有渊明比。高卧石龙呼不起。微风不动天如醉。

【启勋案】
　　集中屡见石龙。《广信府志》："石龙洞在铅山西三十里。洞深半里许，下有石，温润可爱，隐然作双龙盘旋状。甘泉时滴"云，不如是否即此。

又

何物能令公怒喜。山要人来、人要山无意。恰似哀筝弦下齿。千情万意无时已。　　自要溪堂韩作记。今代机云、好语花难比。老眼狂花空处起。银钩未见心先醉。

鹧鸪天
和张子志提举

别后妆成白发新。空教儿女笑陈人。醉寻夜雨旗亭酒，梦断东风辇路尘。　　骑骙骒，簌青云。看公冠佩玉阶春。忠言句句唐虞际，便是人间要路津。

又

樽俎风流有几人。当年未遇已心亲。金陵种柳欢娱地，庾岭逢梅寂寞滨。　　樽似海，笔如神。故人南北一般春。玉人好把新妆样，淡画眉儿浅注唇。

又

指点斋樽特地开。风帆莫引酒船回。方惊共折津头柳，却喜重寻岭上梅。　　催月上，唤风来。莫愁瓶罄耻金罍。只愁画角楼头起，急管哀弦次第催。

又

困不成眠奈夜何。情知归未转愁多。暗将往事思量遍，谁把多情恼乱他。　　些底事，误人哪。不成真个不思家。娇痴却妒香香睡，唤起醒松说梦些。

又

一夜清霜变鬓丝。怕愁刚把酒禁持。玉人今夜相思不，想见频将翠枕移。　　真个恨，未多时。也应香雪减些儿。菱花照面须频记，曾道偏宜浅画眉。

又

木落山高一夜霜。北风驱雁又离行。无言每觉情怀好，不饮能令兴味长。　　频聚散，试思量。为谁春草梦池塘。中年长作东山恨，莫遣离歌苦断肠。

又

读渊明诗不能去手，戏作小词以送之

晚岁躬耕不怨贫。只鸡斗酒聚比邻。都无晋宋之间事，自是羲皇以上人。　　千载后，百篇存。更无一字不清真。
若教王谢诸郎在，未抵柴桑陌上尘。

【启勋案】

　　先生最心仪陶渊明之为人，集中常道之。渊明卒于元嘉丁卯九月，
先生卒于开禧丁卯九月。乃渊明以后之第十三丁卯，相距七百八十年。
同是丁卯，同是九月，可谓巧合。以此事可为记忆之助，因偶及之。

又

　　发底青青无限春。落红飞雪谩纷纷。黄花也伴秋光老，
何似尊前见在身。　　书万卷，笔如神。眼看同辈上青云。
个中不许儿童会，只恐功名更避人。

又

和赵晋臣敷文韵

　　绿鬓都无白发侵。醉时拈笔越精神。爱将芜语追前事，
更把梅花比那人。　　回急雪，遏行云。近时歌舞旧时情。
君侯试识谁轻重，看取金杯几许深。

又

和傅先之提举赋雪

　　泉上长吟我独清。喜君来共雪争明。已惊并水鸥无色，

更怪行沙蟹有声。　　　添爽气，动雄情。奇因六出忆陈平。却嫌鸟雀投林去，触破当楼云母屏。

玉楼春

风前欲劝春光住。春在城南芳草路。未随流落水边花，且作飘零泥上絮。　　　镜中已作星星误。人不负春春自负。梦回人远许多愁，只在梨花风雨处。

西江月
木樨

金粟如来出世，蕊宫仙子乘风。清香一袖意无穷。洗尽尘缘千种。　　　长为西风作主，更居明月光中。十分秋意与玲珑。拚却今宵无梦。

又
和赵晋臣敷文赋秋水瀑泉

八万四千偈后，更谁妙语披襟。纫兰结佩有同心。唤取诗翁来饮。　　　镂玉裁冰著句，高山流水知音。胸中不受一尘侵。却怕灵均独醒。

【校】

"更谁"，《历代诗余》"谁"作"谈"。

又

粉面都成醉梦，霜鬓能几春秋。来时诵我伴牢愁。一见尊前似旧。　　诗在阴何侧畔，字居罗赵前头。锦囊来往几时休。已遣蛾眉等候。

【校】

"诵我"，《历代诗余》"诵"作"送"。

朝中措
为人寿

年年黄菊艳秋风。更有拒霜红。黄似旧时宫额，红如此日芳容。　　青青未老，尊前要看，儿辈平戎。试酿西江为寿，西江绿水无穷。

清平乐
书王德由主薄扇

溪回沙浅。红杏都开遍。鸂鶒不知春水暖。犹傍垂杨春岸。　　片帆千里轻船。行人想见欹眠。谁似先生高举，一行白鹭青天。

好事近

中秋席上和王路钤

明月到今宵，长是不如人约。想见广寒宫殿，正云梳风掠。　　夜深休更唤笙歌，檐头雨声恶。不是小山词就，这一场寥索。

【启勋案】

《续通鉴》"嘉泰元年春正月，命路钤按阅诸州兵士[1]，毋受馈遗及擅招军，违者置诸法"云，不知是否即此人。

又

和城中诸友韵

云气上林梢，毕竟非空非色。风景不随人去，到而今留得。　　老无情味到篇章，诗债怕人索。却笑近来林下，有许多词客。

又

春日郊游

春动酒旗风，野店芳醪留客。系马水边幽寺，有梨花如

---

[1]　按："诸州"，底本作"都州"，据中华书局点校本《续资治通鉴》改。

雪。　　山僧欲看醉魂醒，茗碗泛香白。微记碧苔归路，袅一鞭春色。

又

花月赏心天，抬举多情诗客。取次锦袍须贳，爱春醅浮雪。　　黄鹂何处故飞来，点破野云白。一点暗红犹在，正不禁风色。

又

口占

医者索酬劳，那得许多钱帛。只有一个整整，也和盘盛得。　　下官歌舞转凄凉，剩得几枝笛。觑著者般火色，告妈妈将息。

【启勋案】

此词诸本不载。见《清波别志》，谓先生"在上饶，属其室病，呼医对脉。吹笛婢名整整者侍侧，乃指以谓医曰'老妻病安，以此人为赠'。不数日果勿药，乃践前约。口占《好事近》以送之"云。《绝妙好词笺》亦收录此词，查、厉两公乃博雅君子，当不误。姑以附存于此。

菩萨蛮

功名饱听儿童说。看公两眼明如月。万里勒燕然。老人书一编。　　玉阶方寸地。好趁风云会。他日赤松游。依然万户侯。

又
送曹君之庄所

人间岁月堂堂去。劝君快上青云路。圣处一灯传。工夫萤雪边。　　曲生风味恶。辜负西窗约。沙岸片帆开。寄书无雁来。

又
和夏中玉

与君欲赴西楼约。西楼风急征衫薄。且莫上兰舟。怕人清泪流。　　临风横玉管。声散江天满。一夜旅中愁。蛩吟不忍休。

【启勋案】
夏中玉，维扬人。

丑奴儿
醉中有歌此诗以劝酒者，聊檃括之

晚来云淡秋光薄，落日晴天。落日晴天。堂上风斜画烛烟。　　从渠去买人间恨，字字都圆。字字都圆。肠断西风十四弦。

【校】

　　调，《历代诗余》作《采桑子》。

　　题，《历代诗余》作"赠歌者"。

又

　　寻常中秋扶头后，歌舞支持。歌舞支持。谁把新词唤住伊。　　临岐也有旁人笑，笑已争知。笑已争知。明月楼空燕子飞。

又

　　近来愁似天来大，谁解相怜。谁解相怜。又把愁来做个天。　　都将今古无穷事，放在愁边。放在愁边。却自移家向酒泉。

浣溪沙
寿内子

　　寿酒同斟喜有余。朱颜却对白髭须。两人百岁恰乘除。婚嫁剩添儿女拜，平安频拆外家书。年年堂上寿星图。

【饮冰室考证】

　　先生夫人姓氏及结婚年无考。但二十三岁脱身南归时，似未有眷属。此词虽不知作于何年，然"朱颜"对"白须"，则年齿相悬可知。"两人百岁乘除"，亦决非齿相若者。倘夫妇一五十一，一四十九，合成百岁，此何足异？而见诸诗词以为美谈耶？此词或作于六十二三岁，夫人年方三十七八，故乘除成百岁。夫鬓已白而妇颜尚朱也。

【启勋案】

　　右之考证，见伯兄所著《先生年谱》中之世系谱。

又

别杜叔高

　　这里裁诗话别离。那边应是望归期。人言心急马行迟。去雁无凭传锦字，春泥抵死污人衣。海棠过了有荼蘼。

山花子

　　日日闲看燕子飞。旧巢新垒画帘低。玉历今朝推戊巳，住衔泥。　　先自春光留不住，那堪更著子规啼。一阵晚风吹不断，落花溪。

【校】

　　"住衔泥"，《历代诗余》"住"作"却"。

减字木兰花
宿僧房有作

僧窗夜雨。茶鼎熏炉宜小住。却恨春风。勾引诗来恼杀翁。　　狂歌未可。且把一尊料理我。我到亡何。却听侬家陌上歌。

又

昨朝官告。一百五年村父老。更莫惊疑。刚道人生七十稀。　　使君喜见。恰恨华堂开寿宴。问寿如何。百代儿孙拥太婆。

醉太平
春晚

态浓意远。颦轻笑浅。薄罗衣窄絮风软。鬓云欺翠卷。南园花树春光暖，红香径里榆钱满。欲上鞦韆又惊懒，且归休怕晚。

【校】

"颦轻"，信州本作"眉颦"。从《历代诗余》。

太常引

赋十四弦

仙机似欲织纤罗。髣髴度金梭。无奈玉纤何。却弹作、清商恨多。　　珠帘影里，如花半面，绝胜隔帘歌。世路苦风波。且痛饮、公无渡河。

又

寿赵晋臣敷文

论公耆德旧宗英。吴季子、百余龄。奉使老于行。更看舞、听歌最精。　　须同卫武，九十入相，萊竹自青青。富贵出长生。记门外、清溪姓彭。彭溪，晋臣居也。

恋绣衾

无题

长夜偏冷添被儿。枕头儿。移了又移。我自是笑别人底，却元来、当局者迷。　　如今只恨因缘浅，也不曾、抵死恨伊。合手下、安排了，那筵席。须有散时。

杏花天

牡丹昨夜方开遍。毕竟是。今年春晚。荼蘼付与薰风管。燕子忙时莺懒。　　多病起、日长人倦。不待得、酒阑歌散。甫能得见茶瓯面。却早安排肠断。

【校】

"不待得"，《历代诗余》"得"作"到"。

武陵春

走去走来三百里，五日以为期。六日归时已是疑。应是望多时。　　鞭个马儿归去也，心急马行迟。不免相烦喜鹊儿。先报那人知。

谒金门

归去未。风雨送春行李。一枕离愁头彻尾。如何消遣是。　　遥想归舟天际。绿鬓珑璁慵理。好梦未成莺唤起。粉香犹有孾。

又

和陈提干

山共水。美满一千余里。不避晓行并早起。此情都为你。　　不怕与人尤孾。只怕被人调戏。因甚无个阿鹊地。没工夫说里。

酒泉子

无题

流水无情，潮到空城头尽白，离歌一曲怨残阳。断人肠。　　东风官柳舞雕墙。三十六宫花溅泪，春声何处说兴亡。燕双双。

霜天晓角

暮山层碧。掠岸西风急。一夜软红深处，应不是、利名客。　　玉人还伫立。绿窗生怨泣。万里衡阳归恨，先倩雁寄消息。

点绛唇

留博山寺，闻光风主人微恙而归，时春涨断桥

隐隐轻雷，雨声不受春回护。落梅如许。吹尽墙边去。　　春水无情，碍断溪南路。凭谁诉。寄声传语。没个人知处。

生查子

梅子褪花时，直与黄梅接。烟雨几曾开，一江春里活。

富贵使人忙，也有闲时节。莫作路旁花，长教人看杀。

又
和夏中玉

一天霜月明，几处砧声起。客梦已难成，秋色无边际。
旦夕是重阳，菊有黄花蕊。只怕又登高，未饮心先醉。

昭君怨
送晁楚老游荆门

夜雨剪残春韭。明日重斟别酒。君去问曹瞒。好公安。
试看如今白发。却为中年离别。风雨正崔嵬。早归来。

如梦令
赋梁燕

燕子几曾归去。只在翠岩深处。重到画梁间，谁与旧巢
为主。深许。深许。闻道凤凰来住。

又
赠歌者

韵胜仙风缥缈。的皪娇波宜笑。串玉一声歌，占断多情

风调。清妙。清妙。留住飞云多少。

念奴娇
谢王广文双姬词

西真姊妹，料凡心忽起、共辞瑶阙。燕燕莺莺相并比，的当两团儿雪。合韵歌喉，同茵舞袖，举措□□别。江梅影里，迥然双蕊奇绝。　　还听别院笙歌，仓皇走报，笑语浑重叠。拾翠洲边携手处，疑是桃根桃叶。并蒂芳莲，双头红药，不意俱攀折。今宵鸳帐，有同对影明月。

又
三友同饮借赤壁韵

论心论相，便择术满眼、纷纷何物。踏碎铁鞋三百纳，不在危峰绝壁。龙友相逢，洼樽缓举，议论敲冰雪。何妨人道，圣时同见三杰。　　自是不日同舟，平戎破虏，岂由言轻发。任使穷通相鼓弄，恐是真□难灭。寄食王孙，丧家公子，谁握周公发。冰□皎皎，照人不下霜月。

又
赠夏成玉

妙龄秀发，湛灵台一点、天然奇绝。万壑千岩归健笔，扫尽平山风月。雪里疏梅，霜头寒菊，迥与余花别。识人清眼，慨然怜我疏拙。　　遐想后日蛾眉，两山横黛，谈笑风生颊。握手论文情极处，冰玉一时清洁。扫断尘劳，招呼萧散，满酌金蕉叶。醉乡深处，不知天地空阔。

惜奴娇
戏同官

风骨萧然，称独立、群仙首。春江雪一枝梅秀。小样香檀，映朗玉、纤纤手。未久。转新声、冷冷山溜。　　曲里传情，更浓似、尊中酒。信倾盖、相逢如旧。别后相思，记敏政、堂前柳。知否。又拚了、一场消瘦。

眼儿媚
妓

烟花丛里不宜他。绝似好人家。淡妆娇面，轻注朱唇，一朵梅花。　　相逢比著年时节，顾意又争些。来朝去也，莫因别个，忘了人咱。

出塞[1]
春寒有感

莺未老。花谢东风扫。鞦韆人倦彩绳间，又被清明过

---

[1] 按：调名底本原作"□□□出塞"，据邓广铭《稼轩词编年笺注》改。

了。　　　日长减破夜长眠，别听笙箫吹晓。锦笺封与怨春诗，寄与归云缥缈。

【饮冰室考证】

稼轩先生不应有出塞之作。

【启勋案】

右之考证，见《稼轩词补遗》本调之下。但本集独宿博山王氏庵之《清平乐》亦有"平生塞北江南"之句，或两随计吏抵燕山时，曾游塞外欤？

苏武慢
雪

帐暖金丝，杯干云液。战退夜□飋飋。障泥系马，扫路迎宾，先借落花春色。歌竹传觞，探梅得句，人在玉楼琼室。唤吴姬学舞，风流轻转，弄娇无力。　　　尘世换、老尽青山，铺成明月，瑞物已深三尺。丰登意绪，婉娩光阴，都作暮寒堆积。回首驱羊，旧节入蔡，奇兵等闲陈迹。总无如现在，尊前一笑，坐中赢得。

绿头鸭
七夕

叹飘零。离多会少堪惊。又争如、天人有信，不同浮世难凭。占秋初、桂花散采，向夜久、银汉无声。凤驾催云，红帷卷月，冷冷一水会双星。素杼冷、临风休织，深诉隔年诚。飞光浅、青童语款，丹鹤桥平。　　看人间、争求新巧，纷纷女伴欢迎。避灯时、彩丝未整，拜月处、珠网先成。谁念监州，萧条官舍，烛摇秋扇坐中庭。笑此夕、金钗无据，遗恨满蓬瀛。欹高枕、梧桐听雨，如是天明。

金菊对芙蓉

远水生光，遥山耸翠，霁烟深锁梧桐。正零瀼玉露，淡荡金风。东篱菊有黄花吐，对映水、几簇芙蓉。重阳佳致，可堪此景，酒酽花浓。　　追念景物无穷。叹少年胸襟，忒煞英雄。把黄英红萼，甚物堪同。除非腰佩黄金印，座中拥、红粉娇容。此时方称，情怀尽拚，一饮千钟。

【启勋案】

此词见《草堂诗余》，诸本皆未收。颇不类先生作。但万氏《词律》亦引此词，与康伯可之"梧叶飘黄"相考订，不审是否亦据《草堂诗余》，抑别有所本也。

归朝欢

丁卯岁寄题眉山李参政石林

见说岷峨千古雪。都说岷峨山上石。君家右史老泉公，千金费尽勤收拾。一堂真石室。空庭更与添突兀。记当时，长编笔砚，日日云烟湿。　　野老时逢山鬼泣。谁夜持山去难觅。有人依样入明光，玉阶之下岩岩立。琅玕无数碧。风流不数平原物。欲重吟，青葱玉树，须倩子云笔。

【校】

"石室"，《历代诗余》作"万石"。

"空庭"，《历代诗余》"空"作"闲"。

【启勋案】

宁宗开禧三年丁卯，先生六十八岁。

洞仙歌

丁卯八月病中作

贤愚相去，算其间能几。差以毫厘缪千里。细思量义利，舜跖之分，孳孳者、等是鸡鸣而起。　　味甘终易坏，岁晚还知，君子之交淡如水。一饷聚飞蚊，其响如雷，深自觉昨非今是。羡安乐窝中泰和汤，更剧饮无过，半醺而已。

【启勋案】

此一首实为先生绝笔，距属圹已不满一月矣。先生生于南宋高宗绍兴十年庚申五月十一日卯时，卒于宁宗开禧三年丁卯九月初十。是年先生诏赴行在奏事，试兵部侍郎，辞免家居。进枢密院都承旨，未受命而卒。葬于铅山县南十五里之阳源山。特赠四官。理宗绍定六年，追赠光禄大夫。度宗追赠少师，谥忠敏。

邯郸张野夫有《水龙吟》一首，题曰"酹稼轩墓"，颇能道出先生之生平："岭头一片青山，可能埋得凌云气。遐方异域，当年滴尽，英雄清泪。星斗撑肠，云烟盈纸，文章游戏。漫人间留得，阳春白雪。千载下、无人继。　　不见戟门华第。见萧萧、竹拙松悴。问谁料理，带湖烟景，瓢泉风味。万里中原，不堪回首，人生如寄。且临风高唱，逍遥旧曲，为先生醉。"见《古山乐府》。

跋[1]

诸家所刻之稼轩先生词，以信州十二卷本为最多，计五百七十三首。照目录计，乃五百七十二。因《鹧鸪天》词六十首，而该目录则错算为五十九首故也。万载辛氏《补遗》计三十六首，内二首误入朱希真《樵歌》，一首重出信州本，实得三十三首。明吴讷《唐宋百家词》所收之稼轩四卷本，其中为信州本及辛氏《补遗》所无者计甲集一首、乙集六首、丙集四首、丁集四首，都为十五首。又于《清波别志》辑得一首，《草堂诗余》辑得一首，为诸本所未收。以上合计共得六百二十三首，是为稼轩传世词之总数。既知四卷本非辑于一时，而有断代性质，故凡甲集词之未能编出者，亦可确定为四十八岁以前作品。乙集词之未能编出者，亦知不外为四十九岁至五十二岁之四年间作品。丙、丁两集之未能编出者，亦知当是五十三岁至六十二岁之十年间作品。虽则后辑之三集，间有兼收前集之所遗，但为数无多，其有显明之证据者，已悉提置于本年。至于嘉泰壬戌以后，为四卷本所未及收之词，与乎信州本及《补遗》所载、而为四卷本失载之词，共计一百八十一首。其中能编出年代者，已有八十九首。尚余九十三首则以附于卷六。但仍以丁卯之绝笔词殿全集之后。统计认为不知年之词，仅全集七分之一强，亦始料所不及也。然而未能一一系诸年，是以不敢冒编年之名，而唯曰疏证。《补遗》之三十三首，乃据辛敬甫嘉庆十六年刊之《稼轩集钞存》。其间讹脱之字，则依归安朱氏《彊村丛书》本改正。

《历代诗余》所选之稼轩词，共二百九十一首。其中有《端正好》一首，"软波拖碧蒲芽短"。《菩萨蛮》一首，"东风约略吹罗幕"。为诸本所

---

[1] 按：标题底本原无，为编者所加。

无。《端正好》即《杏花天》，乃误入《梅溪词》，故《菩萨蛮》一首，亦未敢必其为稼轩作。日前穷两日之力，取以校信州十二卷本。其间互异者，凡二百十数字，且多独胜处。如《沁园春》之"此心无有亲冤"，信州本作"新冤"，伯兄奋笔改"新"为"亲"，而《历代诗余》果作"亲"。又《哨遍》之过片第一句"噫。子固非鱼，鱼之为计子焉知"，信州本及小草斋本皆作"子固非鱼，噫"，其不如《历代诗余》远矣。又《满江红》之结句，信州本作"被野老、相扶入东园，枇杷熟"，久已疑其不叶。争奈信州十二卷本、宋四卷本、淳熙三卷本皆作如是云云。今见《历代诗余》乃作"被野翁、相挟入东园，枇杷熟"。诸如此类尚多，独惜不获见其所据之原本以窥全豹耳。

汲古阁《宋六十家词》之《稼轩集》，其编排次第，与信州本悉相同。唯少十一首，且强分十二卷为四。至于字之异同，则介乎信州本与《历代诗余》之间。可证诸家所据之原本，各不相若也。

十八年十二月二十一日启勋记

附录：跋四卷本稼轩词

　　《文献通考》著录《稼轩词》四卷（《宋史·艺文志》同），而引《直斋书录解题》注其下云："信州本十二卷，视长沙为多。"或误以为此四卷者即长沙本，实则直斋所著录乃长沙本，只一卷耳。十二卷之信州本，宋刻无传，黄荛夫旧藏之元大德间广信书院本，今归聊城杨氏，而王半塘四印斋据以翻雕者，即彼本也。可见《稼轩词》在宋有三刻：一为长沙一卷本，二为信州十二卷本，三即四卷本。明清以来传世者惟信州本，毛刻《六十一家词》亦四卷，实乃割裂信州本以求合《通考》之卷数，毛氏常态如此，不足深怪，而使读者或疑毛王二刻不同源、而毛刻即《通考》与宋志之旧，则大不可也。

　　近武进陶氏景印宋元本词集，中有《稼轩词》甲乙丙三集，其编次与毛王本全别，文字亦多异同，余读之颇感兴趣，顾颇怪其何以卷数畸零，与前籍所著录者悉无合也。嗣从直隶图书馆假得明吴文恪讷所辑《唐宋名贤百家词》，其《稼轩集》正采此本，而丁集赫然在焉，乃拍案叫绝，知马贵与所见四卷本固未绝于人间也。甲集卷首有淳熙戊申正月元日门人范开序，称"开久从公游，暇日裒集冥搜，才逾百首，皆亲得于公者。以近时流布于海内者率多赝本，吾为此惧，故不敢独阙，将以祛传者之惑焉"。范开贯历无考，然信州本有赠送酬和范先之之词多首，而此本凡先之皆作廓之，盖一人而有两字，开与先与廓义皆相属，疑即是人，诚从公游最久矣。戊申为淳熙十五年，稼轩四十九岁，知甲集所载皆四十八岁以前作。稼轩年寿虽难确考，但六十八岁尚存，则集中有明证，乙丙丁三集所收，则戊申后十余年间作也。其是否并出范开裒录，抑他人续辑，下文当更论之。

　　此本最大特色，在含有编年意味。盖信州本以同调名之词汇录一处，长调在先，短调在后，少作晚作，无从甄辨。此本阅数年编辑一次，虽每首作年难一一确指，然某集所收为某时期作品，可略推见。

考稼轩以二十九岁通判建康府，三十一岁知滁州，三十五岁提点江西刑狱，三十七岁知江陵府，三十八岁移帅隆兴（江西），仅三月被召内用，旋出为湖北转运副使，四十岁移湖南，寻知潭州兼湖南安抚，四十二三岁之间转知隆兴府兼江西安抚，五十间（？）以言者落职，久之主管冲佑观，五十二岁起福建提点刑狱，旋知福州兼福建安抚，五十四岁被召还行在，五十六岁落职家居，五十九岁复职奉祠，六十一二岁间起知绍兴府兼浙东安抚，六十五岁知镇江府，明年乞祠归，六十七岁差知绍兴府又转江陵府，皆辞免，未几遂卒。其生平仕历大略如此。以上所考，据本传，参以本集题注等，虽未敢谓十分正确，大致当不谬。

此本甲集编成在戊申元日，明见范序，其所收诸词，皆四十八岁前官建康滁州湖北湖南江西时所作，既极分明。乙集于宦闽时之词一首未见收录，可推定其编辑年当在绍熙二年辛亥以前，所收词以戊申己酉庚戌等年为大宗，亦间补收丁未以前之作。丙集自宦闽词起收，其最末一首为辛酉生日，盖壬子至辛酉十年间、五十三岁至六十二岁之作，中间强半为落职家居时也。丁集所收词，时代颇广漠难辨，似是杂补前三集之所遗。惟有一点极当注意者，稼轩晚年帅越、帅镇江时诸名作，如登会稽蓬莱阁、京口北固亭怀古诸篇，皆未收录。《北固亭怀古》词云："四十三年，望中犹记，烽火扬州路。"稼轩于绍兴三十二年以忠义军掌书记奉表归朝，以嘉泰四年知镇江府，相距恰四十三年。作此词时年六十六，几最晚作矣。此决非弃而不取，实缘编集时尚未有此诸词耳。然则丁集之编，当与丙集略同时，其年虽不能确指，要之四集皆在稼轩生存时已编成，则可断言也。若欲为《稼轩词》编年，凭借兹本，按历年游宦诸地之次第，旁考其来往人物，盖可什得五六。就中江西一地，稼轩家在广信，而数度宦隆兴（南昌），故在江西所作词及赠答江西人之词，集中最多，其时代亦最难梳理，略依此本甲乙丙三集所先后收录，划分为数期，而推考其为某期所作，虽未能尽正确，抑亦不远也。

惟四集中丙丁集所甄采，似不如甲乙集之精严，其字句间与信州本有异同者，甲乙集多佳胜，丙丁集时或劣误，似非同出一手编辑。若吾所忖度范廓之即范开之说果不谬，则似甲乙集皆范辑，丙丁集则非范辑。盖辛范分携，在绍熙元二年间，廓之赴行在，稼轩起为闽宪，故丙集中即无复与廓之往还之作。廓之既不侍左右，自无从检集箧稿，他人因其旧名而续之，未可知也。

信州本共得词五百七十二首，此本四集合计，除其复重，共得四百二十七首，但其中却有二十首为信州本所无者，内四首辛敬甫补遗本有之。丙集有《六州歌头》一首，丁集有《西江月》一首，皆谀颂韩平原作。《西江月》之非辛词，《吴礼部诗话》引谢叠山文已明辨之；《六州歌头》当亦是嫁名。本传称："朱熹殁，伪学禁方严，门生故旧至无送葬者，弃疾为文往哭之。"时稼轩之年已六十一矣，其于韩不惮批其逆鳞如此，以生平淡荣利尚气节之人，当垂暮之年而谓肯作此无聊之媚灶耶？范序谓惧流布者多赝本，此适足证丙丁集之未经范手厘订尔。

戊辰中元，新会梁启超